Hold Still

Nina LaCour

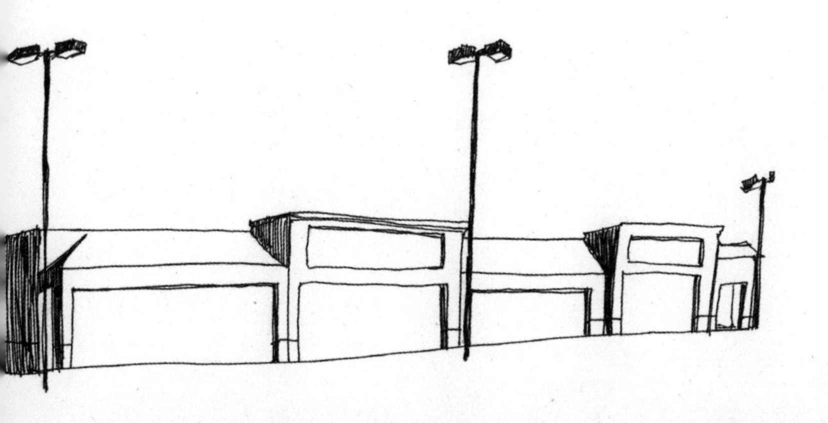

우리가 있던 자리에

니나 라쿠르 지음

임슬애 옮김

든

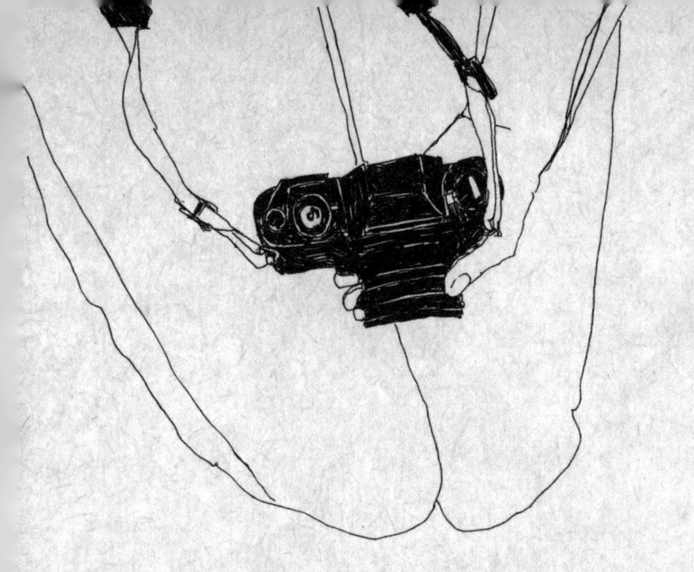

나의 가족, 그리고 크리스틴을 위해

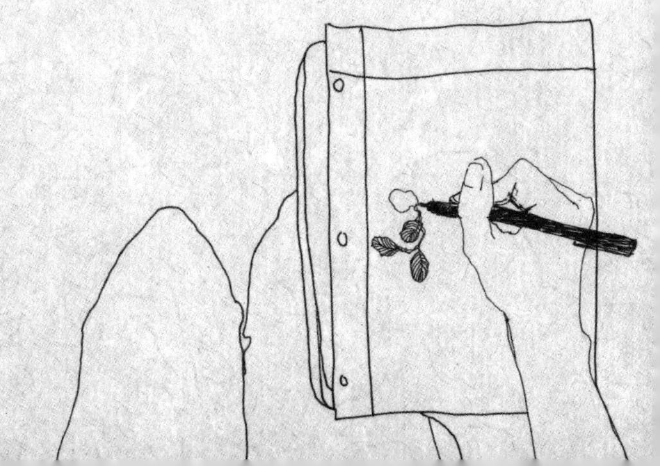

***일러두기**

각주는 모두 옮긴이의 주입니다.

여름

/

머리카락 끝에 모인 물방울이 바닥으로 떨어진다. 그렇게 수건을 적시고, 소파 쿠션 위에 웅덩이를 형성한다. 심장이 어찌나 세게 뛰는지 그 박동이 귀에서도 느껴진다.

"딸, 잘 들어봐."

엄마의 입이 잉그리드, 라는 이름을 발음하자 나는 콧노래를 부르기 시작한다. 사실 노래라고는 할 수 없고, 그냥 같은 음의 콧소리를 길게 내뱉는 것이다. 이러면 내가 미친 사람처럼 보인다는 걸 안다. 이래도 달라지는 것은 아무것도 없다는 걸 안다. 하지만 우는 것보다는 낫다. 소리를 지르는 것보다도 낫다. 두 사람이 내게 하는 말을 듣는 것보다도 낫다.

무언가 내 가슴에 세게 부딪힌다. 닻, 그리고 중력. 곧 나는 내게 굴복할 것이다. 비틀비틀 위층으로 올라가 어제 입었던 청바지를 꿰입고 탱크톱을 뒤집어쓴다. 그러고는 집을 나서 길을 걷다가 모퉁이를 돌아 버스 정류장으로 간다. 아빠가 나를 부르지만 대답하지 않는다. 그 대신, 문이 막 닫히려는 버스 위로 올라탄다. 나는 뒤쪽에 앉는다. 버스가 움직이기 시작한다. 로스 세로스와 그다음 마을을 지나자 처음 보는 거리가 나온다. 나는 거기서 내린다. 버스 정류장 벤치에 앉아 숨을 고른다. 이 동네는 빛깔도 다르다. 더 푸르다. 얼굴에 미소를 머금은 여자가 유아차에 아기를 태우고 내 옆을 지나간다. 나뭇가지가 바람에 흔들거린다. 나는 공기처럼 가벼워지고 싶다.

하지만 제멋대로인 내 손은 움직임을 갈구한다. 나무 벤치의 쪼개진 한쪽 끝을 후벼 파기 시작한다. 그러느라 원래 짧았던 오른손 손톱이 더 짧게 부서지지만, 작은 나뭇조각을 부숴내는 데에 성공한다. 그 조각을 동그랗게 오므린 손바닥에 놓고 다시 후벼 파기를 계속한다.

어젯밤 내내, 내 목소리가 담긴 녹음물을 듣고 또 들었다. 나는 생물학과 관련된 정보를 낭독하고 있었다. 이제 그 목소리가, 재난영화의 배경음악으로 쓰면 딱 맞을 목소리가 내 머릿속을 맴돌고, 그 자리에 있던 다른 모든 것을 내몬다. *눈이 갈색인 남성과*

눈이 갈색인 여성이 아이를 낳으면 그 아이는 갈색 눈일 확률이 높다. 하지만 부모 양쪽에게 파란 눈 유전자가 있다면 아이의 눈이 파란색일 확률도 있다.

눈송이 무늬 카디건을 입은 할아버지가 내 옆에 앉아 있다. 이제 내 오므린 손의 반 정도가 나뭇조각으로 채워졌다. 할아버지의 시선이 느껴지지만 멈출 수 없다. 이렇게 말하고 싶다. *뭘 봐요? 할아버지는 이 더운 6월에 크리스마스 스웨터를 입고 있으면서.*

"아가야, 내가 도와줄까?" 할아버지가 묻는다. 하얀 콧수염이 듬성듬성하다.

나는 벤치에서 시선을 떼지 않고 고개를 젓는다. *아뇨.*

할아버지는 주머니에서 핸드폰을 꺼낸다. "어디 연락할 곳 없니?"

내 심장이 엇박자로 뛰기 시작하고, 나는 콜록거린다.

"엄마에게 전화해줄까?"

잉그리드의 머리는 금발이다. 눈은 파란색인데, 그 말은 잉그리드의 아버지는 눈이 갈색이지만 열성 파란 눈 유전자를 보유하고 있다는 뜻이다.

버스가 다가온다. 할아버지는 일어서서 그쪽으로 손을 흔든다.

그리고 "아가야."라고 말한다.

할아버지는 내 어깨를 도닥여줄 것처럼 손을 들어 올리더니,

움직임을 멈춘다.

내 왼손은 나뭇조각으로 가득하고, 이제 넘치기 시작한다. 나는 아가가 아니다. 나는 당장이라도 폭발해 사라져 버릴 소녀다.

내게서 물러선 할아버지는 버스에 올라타 이내 시야에서 사라진다.

차들이 내 앞을 지나간다. 연이어 질주하는 색색의 흐릿한 형체들. 가끔은 빨간불이나 길을 건너는 사람들 때문에 멈추기도 하지만, 결국에는 예외 없이 떠난다. 여기서 살 수도 있을 것 같다. 영원히 이 자리에 앉아서 벤치를 후벼 파면서 도보에 수북한 나뭇조각 더미가 생길 때까지 앉아 있는 것이다. 누군가를 아끼는 것이 어떤 느낌인지는 잊고.

버스가 도착하지만, 손을 저어 보내 버린다. 몇 분 뒤 파란색 자동차가 정차하고, 뒷좌석에 탄 두 여자아이가 날 바라본다. 한 명은 금발에 피부가 하얗고, 다른 한 명은 갈색 머리에 피부색도 더 어둡다. 색색의 머리핀이 두 소녀의 머리카락을 장식하고 있다. 자매일 수도 있겠지만, 그렇지 않을 가능성이 더 크다. 나를 자세히 보고 싶은 여자아이들의 머리가 비스듬히 기울어진다. 시선이 강렬하다. 파란불로 바뀌자, 내려간 창문 밖으로 자매의 작은 손이 뻗어 나온다. 나를 향해 빠르게 흔들리는 손들은 손목에서 돋아난 몇 마리 새처럼 보인다.

시간이 흐르고, 아빠가 탄 자동차가 내 앞에 멈춘다. 아빠는 조수석으로 몸을 내밀고 차 문을 연다. 가죽 냄새. 에어컨에서 나오는 차고 희박한 공기. 나는 차에 탄다. 아빠가 나를 집으로 데려가게 놔둔다.

2

다음 날, 나는 종일 잔다. 화장실에 갈 때마다 거울을 보지 않으려 애쓴다. 다만 딱 한 번, 반사된 얼굴을 피하지 못한다. 양쪽 눈이 전부 한 대 맞은 것 같은 모습이다.

3

그다음 날에 대해서는 말할 수 없다.

4

우리는 캘리포니아주 1번 고속도로를 거의 기어가고 있다. 아빠가 운전에 조심스러운 데다가 높은 곳을 무서워하기 때문이다. 우리 밑으로, 한쪽에는 바위와 바다가 보이고 다른 한쪽에는 빽

빽한 숲과 팻말이 보인다. '인구 84명의 마을에 오신 것을 환영합니다.' 엄마는 소장하고 있는 클래식 CD를 전부 가져왔다. 지금은 베토벤 음악이 나오고 있다. *엘리제를 위하여*라는, 엄마가 항상 피아노로 연주하는 곡이다. 지금도 엄마의 손가락은 무릎 위에서 부드럽게 춤추고 있다.

우리는 작은 마을 변두리에 차를 세우고 점심을 먹는다. 함께 오래된 퀼트 위에 앉아 있다. 엄마 아빠가 나를 바라보고, 나는 닳아서 부드러워진 천과 손바느질한 자국을 바라본다.

"네가 알아야 할 것들이 있어." 엄마가 말한다.

나는 지나가는 자동차 소리, 파도 소리, 바삭거리는 샌드위치 포장지 소리에 귀를 기울인다. 그럼에도 그들이 내뱉는 단어 중 어떤 것은 내 안으로 침투하고 만다. *우울증 진단, 약물, 그 애가 아홉 살이었을 때부터.* 바다는 저 멀리 있지만, 파도가 부서지는 소리는 엄청나다. 그 소리만은 우리를 집어삼킬 정도로 가깝다.

"케이틀린?" 아빠가 말한다.

엄마가 내 무릎에 손을 얹고 묻는다. "딸? 듣고 있어?"

밤이 찾아온다. 우리가 머무는 오두막에는 이층 침대가 있고, 벽은 나무 기둥을 가로로 잘라 만든 것이다. 나는 거울을 등지고 서서 양치한 뒤, 이층 침대의 위층으로 올라가 잠든 척한다. 부모님이 삐걱거리는 소리와 함께 오두막으로 들어와 수도꼭지를 열었다가 잠그고, 변기 물을 내리고, 더플백 지퍼를 연다. 나는 무릎을 끌어안으며 최소한의 공간만을 차지하려고 해본다.

실내가 어둠에 잠긴다.

나는 눈을 뜨고 나무 기둥으로 된 벽을 응시한다. 언젠가 나무는 안에서부터 성장한다는 것을 배웠다. 매년 나이테가 하나씩 늘어난다고 했다. 나는 벽에 있는 나무의 나이테를 세어본다.

"이 여행이 케이틀린한테 도움이 될 거야." 아빠가 조용히 말한다.

"그랬으면 좋겠는데."

"적어도 동네는 벗어난 거니까. 여긴 조용하잖아."

엄마가 속삭인다. "우리 딸, 며칠 사이 말도 몇 마디 안 했어."

나는 나이테 세는 것을 멈춘다. 그대로, 가만히 있는다. 더 들으려고 숨죽여 기다리지만, 몇 분이 지나자 휘파람 같은 아빠의 코 고는 소리가 시작되고 곧 엄마의 숨소리도 일정해진다.

내 손은 어디까지 셌는지 잊어버린다. 처음부터 시작하자니 너무 어둡다.

새벽 3시나 4시쯤, 화들짝 잠에서 깬다. 천장에 그려진 별자리에 시선을 고정한다. 오랫동안 눈을 감지 않으려고 애쓴다. 눈을 감으면 잉그리드의 얼굴이, 꼭 감은 눈과 굳은 입술이 떠오르니까. 머릿속을 비워내기 위해 입 모양으로 생물학 정보를 읊어본다. *감수분열을 두 단계 거치면 딸세포 네 개가 생성된다.* 나는 부모님을 깨우지 않으려고 거의 침묵에 가깝게 속삭인다. *딸세포는 두 모세포에게서 염색체를 각각 반씩 물려받는다.* 바깥에서 자동차 한 대가 지나간다. 빛이 천장을, 별들을 훑고 사라진다. 나는 모든 단어가 한데 뭉쳐질 때까지 그 문장들을 반복한다.

감수분열을두단계거치면딸세포네개가생성된다딸세포는두모세포에게서염색체를각각반씩물려받는다감수분열을두단계거치면……

곧 내 얼굴에 미소가 떠오른다. 문장은 반복할 때마다 점점 더 우습게 들린다. 나는 베개를 잡고 그 속에 얼굴을 파묻는다. 잠들기를 기다리며 혼자 낄낄거리고 있는 나 때문에 부모님이 깰 것 같아서.

5

뜨거운 7월의 어느 날 아침, 아빠는 다시 출근하기 위해 자동차를 렌트해 떠난다. 하지만 엄마와 나는 캘리포니아 북부에 머문다. 우리가 아는 장소는 그곳밖에 없는 것처럼. 나는 조수석에 앉아서 우리가 지도 밖으로 빠지지 않도록 경로를 안내한다. 북쪽으로 계속 가다가 오리건으로 빠져도 안 되고, 남쪽으로 계속 가다가 치코로 빠져서도 안 된다. 우리는 동굴과 숲속을 헤매고, 울퉁불퉁한 찻길도 견뎌내고, 길가의 식당에서 그릴드 치즈 샌드위치를 먹으며 여름을 보낸다. 우리는 눈앞에 있는 것들만 대화의 주제로 삼는다. 삼나무 숲, 식당 종업원, 아이스티의 농도 같은 것. 어느 밤에는 외딴곳에 있는 조붓하고 오래된 영화관을 발견한다. 상영 중인 영화가 아동용 영화 하나뿐이라 그걸 관람하고, 스크린보다는 웃고 소리치는 아이들에게 집중한다. 두 번, 우리는 머리에 손전등을 매달고 래슨 국립공원에 있는 용암굴을 탐험한다. 엄마가 발을 헛디뎌 소리를 지른다. 엄마의 목소리가 끝도 없이 메아리친다. 나는 눈송이 카디건 할아버지가 나오는 꿈을 꾸기 시작한다. 숲 한가운데에서, 할아버지는 턱시도에 빨간 나비넥타이를 하고 둥둥 떠서 내게로 온다. '아가야'라고 말하고 핸드폰을 건넨다. 분명 전화를 건 사람은 잉그리드, 그 애가 나와 이야기하려고 기다리고 있다. 나는 핸드폰으로 손을 뻗으며 깨닫는다, 푸른 나무와 갈색 대지가 나를 둘러싸고 있지만 나는 흑백이라는 사실을.

아침이 오면, 엄마는 내게 커피를 주며 말한다. "우리 딸, 얼굴이 창백해."

6

그렇게, 어느덧 9월이다.

우리는 이제 돌아가야 한다.

가을

/

지금은 새벽 3시다. 조명이나 플래시, 고감도 필름 없이 사진을 찍기에 적격인 시간은 아니지만, 그래도 나는 사진을 찍는다. 지금쯤이면 운전하는 법을 알아야 마땅한 네모난 회색 자동차의 후드에 걸터앉아 하늘을 향해 비스듬히 카메라를 들고, 구름이 가로막기 전에 달 사진을 찍어보려고 하는 중이다. 느린 셔터속도로 한 장 한 장 찍다 보니 달은 사라지고 하늘은 새까맣다.

몸을 일으키자 자동차가 삐걱거린다. 차 문을 열고 뒷좌석에 올라타니 앓는 소리를 낸다. 나는 잠금장치를 누른 다음 패브릭 시트 위에 자리 잡고 몸을 둥글게 만다.

5시간 후에는 괜찮아져야 한다.

15분이 흐른다. 앞좌석의 인조 모피로 된 시트커버에서 털을 뜯어낸다. 좋아하는 시트커버지만, 손가락을 멈출 수가 없다. 흰색 털이 뭉텅이로 빠져 여기저기 날아다닌다.

4시 반이 될 때까지 나는 대여섯 번이나 몸부림을 치고, 나 자신을 못 견뎌 두통을 앓고, 입에 주먹을 넣은 채 소리를 지른다. 내 몸을 짓누르는 압박을 없애야 한다. 그래야 잠들 수 있다.

집 안에 불이 켜진다. 내 방이다. 그다음에는 부엌 불이 켜진다. 마침내 현관문이 훽 열리며 등장한 엄마가 가운 옷깃을 여미며 다가온다. 나는 운전석과 조수석 사이로 들어가 점멸등을 두 번 깜빡이고, 엄마는 다시 안으로 들어간다. 이제 카메라에는 필름이 한 장 남았다. 나는 앞 유리 너머로 보이는, 전등이 두 개만 켜진 어두운 집의 사진을 찍는다. 제목은 <*우리 집, 새벽 5시 23분*>이라고 붙일 것이다. 먼 훗날, 가만히 있어도 머리가 지끈거리지 않는 날이 오면, 이 사진을 보며 대체 왜 그랬는지 이해해보려 할 수도 있을 것이다. 왜 집에 돌아온 후로 밤마다 집 앞에 세워진 추운 자동차 속으로 들어가 문을 잠그고 있었는지, 몇 발자국만 걸어가면 따뜻한 집과 걱정으로 잠을 이루지 못하는 부모님이 있는데.

6시쯤 나는 꿈을 꾸기 시작한다.

아빠가 차 유리를 똑똑 두들겨 나를 깨운다. 눈을 뜨자 아침 햇

살이 환하다. 아빠는 이미 정장 차림이다. "눈보라가 쳤나 보네." 아빠가 말한다.

시트커버의 등받이 부분 털이 전부 빠져 있다. 손이 저릿하다.

2

나는 먼 길을 걸어 학교로 간다. 새로운 시간표는 최대한 작게 네모로 접어 주머니 깊은 곳에 박아 두었다. 스트립 몰을 지난다. 대형 마트 세이프웨이와 드넓은 주차장. 매물로 나온 공터. 공터에는 원래 볼링장이 있었는데, 마을 사람들이 더 이상 볼링장은 중요하지 않다는 결론을 내려 철거되었다. 두 해 전 어느 금요일 밤, 나는 그 볼링장의 레인 한가운데로 달려가 내 쪽으로 무거운 빨간 공을 굴리는 잉그리드를 사진기에 담았다. 레인 양쪽으로 파인 홈에 양발을 각각 딛고 선 내 밑으로 공이 잽싸게 굴러갔다. 볼링장 주인은 고함을 치며 우리를 내쫓았지만, 나중에는 용서해 주었다. 그 사진은 내 옷장에 붙어있다. 흐릿한 빨간색 형체, 강렬하고 확고한 잉그리드의 눈빛. 그 뒤로 보이는 조명, 낯선 사람, 줄지어 늘어선 볼링 신발.

나는 모퉁이에 멈춰 서서 신문 판매기의 유리 너머로 1면 기사를 읽는다. 분명 세상에는 대단한 일들이 일어나고 있겠지. 홍수,

의료계의 획기적인 발견, 전쟁? 하지만 오늘 아침의 《로스 세로스 트리뷴》에는 다른 아침과 마찬가지로 지역 정치와 더운 날씨에 관한 기사뿐이다.

나는 최대한 빨리 거리에서 벗어난다. 누군가가 차를 타고 지나가다가 나를 보고 학교까지 태워다 주겠다고 할 수도 있으니까. 사람들은 아마도 잉그리드에 관해 이야기하려고 할 테고 나는 바보처럼 내 손만 바라보고 있을 것이다. 아니면 잉그리드에 관해 이야기하지 않으려 할 테고 그 대신 긴 침묵이 무겁게, 점점 더 무겁게 우리를 짓누를 것이다.

아파트 단지 사이로 난 길을 걷고 있는데, 자갈 위를 구르는 바퀴 소리가 난다. 테일러 라일리가 스케이트보드를 타고 내 옆으로 온다. 전보다 키가 훌쩍하다. 테일러는 아무 말도 하지 않는다. 나는 내 신발이 흙을 차올리는 것을 본다. 테일러는 나를 앞질러 가더니 내가 따라올 때까지 기다린다. 앞지르고 따라오기를 몇 번이나 반복하고, 그러면서 아무 말도 하지 않고, 심지어 내게 눈길 한 번 주지 않는다.

테일러의 머리카락은 햇볕에 탈색되었고, 그을린 피부에는 주근깨가 있다. 테일러 정도면 TV 시트콤에 출연할 수도 있을 것이다. 테일러가 연기하게 될 또 다른 테일러는 학교에서 가장 인기 있는 남자아이일 테고, 자기가 얼마나 완벽한지는 전혀 모를 것이다. 타고 다니던 스케이트보드를 내준 대가로 풋볼 재킷을 얻어낼 것이다. 가만히 앉아 지루해하는 대신 여기저기서 트로피를 잔뜩 탈 것이다. 학교에는 비싼 자동차를 몰고 올 것이고, 조수석에는 활짝 웃는 홈커밍 파티의 퀸이 타고 있을 것이다. 말 없고 음울한 여자아이와 좁은 흙길을 따라 걷는 일은 없을 것이다.

흙길의 끝에 다다른 우리 앞으로 보도가 펼쳐진다. 다들 한 블록 앞의 학교 주차장에 차를 세우고 있다. 나는 뒤돌아 집으로 도망가고 싶다.

"있잖아, 잉그리드 때문에 힘들었겠다."

나는 반사적으로 답한다. "응, 고마워."

자동차가 잇달아 우리 옆을 지나쳐 주차장으로 들어선다. 여자아이들은 몇 년 만에 다시 만나는 것처럼 소리를 지르고 껴안는다. 남자아이들은 손으로 서로의 등을 툭툭 쳐주는데, 아마 반갑다는 뜻인가 보다. 나는 그들을 쳐다보지 않으려 애쓴다. 테일러와 나는 서로를 마주한 채 땅에 가만히 놓여있는 테일러의 스케이트보드를 본다. 그때 자동차 문소리가 난다. 얼리샤 매킨토시가 두 팔을 활짝 벌리고 내게 와 부딪힌다.

"케이틀린." 얼리샤가 속삭인다.

꽃향기 같은 향수 냄새가 진하게 풍겨온다. 나는 질식하지 않으려 애쓴다.

얼리샤는 한발 물러서더니 내 팔꿈치를 잡는다. 얼리샤는 꽉 끼는 청바지에 노란색 탱크톱을 입었고, 탱크톱 가슴께에는 파란 스팽글로 '퀸'이라고 쓰여 있다. 붉은 머리카락이 어깨 위를 스친다.

"너 정말 대단해." 얼리샤가 말한다. "이렇게 학교에 나오다니. 내가 너였다면, 나는…… 모르겠어. 침대를 빠져나오지도 못했을 거야. 이불을 머리끝까지 뒤집어쓰고 있었겠지."

얼리샤가 나를 빤히 바라본다. 내가 감동할 차례인 건가. 얼리샤의 초록색 눈이 커진다. 언젠가 한 학기 동안 연극 수업을 들었는데, 그때 선생님은 눈을 크게 뜨고 오래 버티다 보면 눈물이 난다는 사실을 알려주었다. 얼리샤는 우리가 같은 수업을 들었다는 걸 잊었나 보다. 얼리샤는 계속 내 팔꿈치를 쥐어짜고, 드디어 작은 눈물방울이 얼리샤의 주근깨 위로 흐른다.

얼리샤. 나는 말하고 싶다. *그러다 여우주연상 타겠어.*

하지만 그 대신 이렇게 말한다. "고마워."

얼리샤는 고개를 끄덕이며 이마를 찡그리고 마지막 눈물 한 방울을 짜낸다.

그러고는 내 뒤쪽 저 멀리 있는 무언가로 시선을 옮긴다. 얼리샤의 친구들이 우리 쪽으로 걸어오고 있다. 그들이 입은 탱크톱은 조금씩 다르지만 기본적으로는 똑같다. '프린세스', '엔젤', '부잣집 따님' 같은 말이 적혀 있다. 아마 올해의 리더는 얼리샤인가

보다. 그냥 여기서 콱, 죽어버릴 수 있다면 얼마나 좋을까.

"이러다가 나 때문에 너 수업 늦겠다. 잊지 마. 뭐든 필요한 게 있으면 나한테 연락해도 돼. 우리, 요즘에는 자주 안 놀았지만 옛날에는 진짜 친했잖아. 기다리고 있을게. 낮이든 밤이든."

우리가 친구였나, 전혀 그려지지 않는 장면이다. 지금 우리가 너무 다른 사람이 되어버렸기 때문은 아니다. 고등학교에 입학하기 전은 전부 떠올리기 힘들다. 사진과 기말고사와 대학 입시의 압박이 없던 시절. 잉그리드가 없던 시절. 어린 시절의 얼리샤가 기억난다. 모래 놀이터에 서서 손을 골반에 올린 채, '여기서 유니콘은 나뿐이야'라고 다른 아이들에게 선언하던 모습. 그리고 또 다른 여자아이, 땋은 갈색 머리에 파스텔 코듀로이 옷을 입고, 자기가 망아지라고 상상하며 아스팔트 도로를 달리던 아이가 기억난다. 그 아이는 나다. 하지만 그 기억도 전부 다른 사람의 기억처럼 흐릿하다.

얼리샤는 마지막으로 내 팔꿈치를 꽉 쥐더니 나를 놔준다.

"테일러." 얼리샤가 말한다. "같이 갈 거지?"

"응, 잠깐만."

"그러다 늦어."

"너 먼저 가든지."

얼리샤가 눈을 흘긴다. 그러고는 친구들이 도착하자 그 애들을 이끌고 영문학관으로 간다.

테일러는 목을 가다듬는다. 나를 흘끗 보더니 스케이트보드로 시선을 고정한다. "이게 기분 나쁜 질문은 아니었으면 좋겠는데 말이야. 어떻게 죽었어?"

힘 빠진 무릎이 휘청거린다. 나는 속으로 되뇐다. *눈이 갈색인 남성과 눈이 갈색인 여성이 아이를 낳으면 그 아이는 갈색 눈일 확률이 높다.* 중앙 출입구가 우리 앞에 있고, 축구장은 왼쪽에 있다. 나는 주머니에 손을 찔러 넣어 시간표를 건드린다. 지난 2년 동안 그랬던 것처럼 1교시는 사진 수업이다. 다리를 다시 움직이려 애쓰자 기적처럼 몸이 움직인다. 나는 풀밭으로 진입해 테일러에게서 멀어지며 중얼거린다. "나, 가야 해." 나를 기다리고 있을 델라니 선생님을, 내가 교실에 들어서는 순간 자리에서 일어나 다른 학생들을 제치고 내게로 다가올 델라니 선생님을 그려본다. 내 팔을 감싸는 선생님의 손길을 상상하자 안도감이 밀려든다.

3

그 일 이후 델라니 선생님과 한 번도 대화를 나누지 못했다. 어쩌면 선생님은 다른 아이들에게 잠시 양해를 구하고 나를 뒤쪽에 있는 교무실로 데려갈지도 모른다. 우리는 앉아서 삶이 얼마나 엿 같은 것인지 이야기하게 되겠지. 선생님은 내게 괜찮냐고 묻지 않을 것이다. 왜냐하면, 우리에게 *'괜찮아?'*는 말도 안 되는 질문이니까. 선생님은 첫 시간 내내 앞으로 1년 동안 얼마나 슬플지 말할 것이다. 잉그리드를 기억하기 위해 첫 번째 프로젝트의 주제는 상실로 정해질 것이다. 내가 과제를 제출하기 전부터 모두들 알 것이다, 내 작품이 가장 절절하리라는 것을.

다른 아이들과 함께 문을 열고 들어간다. 교실은 내 기억보다 더 밝고, 더 춥다. 교탁 앞에 선 델라니 선생님은 항상 그랬듯 완벽하고 아름다운 모습으로, 칼 같이 다림질한 슬랙스와 검은색 민소매 스웨터를 입고 있다. 잉그리드와 나는 델라니 선생님이 쓰레기 버리기 혹은 겨드랑이 면도 같은 일상적인 일을 하는 모습을 상상해보곤 했다. 둘만 있을 때는 선생님을 이름으로 불렀다. *운동복에 후줄근한 티셔츠를 입은 델라니가 숙취에 쩔어서 오후 1시까지 늦잠을 잔 거야, 상상해봐.* 잉그리드가 이렇게 말하면 나는 그 모습을 상상하려 애썼다. 하지만 다 허사였다. 내 머릿속의 선생님은 실크로 된 잠옷 차림으로 햇살이 따사로운 부엌에서 에스프레소를 마시고 있었다.

아이들 몇 명은 벌써 교실 여기저기에 자리를 잡았다. 델라니 선생님은 내가 문을 열고 들어서자 내 쪽을 흘긋 보더니 홱, 마치

플래시를 정면으로 바라봐 눈이 아프다는 듯 시선을 돌린다. 나는 선생님이 다시 이쪽을 바라보기를 기다리며 잠시 문간에 서 있지만, 선생님은 미동도 없다. 어쩌면 내가 자기 쪽으로 와주기를 바라는 걸까? 내 뒤로 사람들이 몰리기 시작하고 나는 선생님을 향해 몇 걸음 걸어가다가 멈춰 선다. 교실 앞쪽, 예술 서적이 꽂힌 책꽂이 앞에 서서 어떻게 해야 할지 고민한다.

이제 선생님이 나를 못 봤을 확률은 없다.

사람들이 물살처럼 내 옆을 스쳐간다. 델라니 선생님은 인사하고 웃으며 몇 발자국 앞에 있는 나를 못 본 체한다. 대체 무슨 일이 일어나고 있는 건지 모르겠지만, 이렇게 사람들에게 둘러싸여 있자니 물속으로 가라앉는 것만 같다. 그래서 선생님 앞으로 가서 서성인다.

"안녕하세요." 내가 말한다.

선생님이 안경 너머로 나를 흘긋 바라본다. 빨간 안경테가 선생님의 까만 눈을 액자처럼 감싸고 있다.

"잘 왔어."

그러나 선생님의 목소리에는 아무런 감정이 없다. 내가 누군지 잘 기억나지 않는다는 듯.

나는 힘없이 비틀거리며 지난 학년에 앉았던 자리로 가서 앉는다. 그다음, 노트를 펴고 굉장히 재미있는 것을 읽고 있는 것처럼 시선을 고정한다. 어쩌면 델라니 선생님은 다들 자리에 앉고 공식적으로 1교시가 시작한 뒤에 잉그리드에 관한 이야기를 하려고 기다리는 것일 수도 있다. 마지막 사람이 교실로 들어오고, 나는 내 옆자리, 잉그리드가 앉던 자리가 비었다는 사실을 애써 외면한다.

종이 울린다.

델라니 선생님은 교실을 쭉 둘러본다. 나는 선생님이 내 쪽을 보기를, 미소를 짓거나 고개를 끄덕이거나 뭐든 해주기를 바라지만, 시선은 내 바로 옆에서 멈춰버린다. 선생님의 모든 학생을 향한 미소에서 나만큼은 제외된다. 아무리 봐도 선생님은 내가 여기에 없기를 바라고 있다. 이제 어떡해야 할지 모르겠다. 가방을 챙겨서 당장이라도 나가고 싶지만 갈 곳이 없다. 책상 밑으로 기어들어 가서 모두가 떠날 때까지 숨어있고만 싶다.

벽에는 지난 학년에 학생들이 제출한 기말 프로젝트가 다닥다닥 붙어 있다. 자기 사진이 세 장이나 벽에 붙은 사람은 잉그리드뿐이다. 잉그리드의 사진 세 장은 나란히, 교실 맨 앞 정중앙에 붙어 있다. 첫 번째는 풍경 사진으로, 바위와 가시덤불로 뒤덮인 산비탈 두 면이 있고 그 사이로 구불구불 실개천이 흐른다. 두 번째는 금이 간 꽃병을 찍은 정물 사진이다. 마지막은 나를 찍은 것이다. 강렬한 조명 아래서 나는 이상한 표정을, 찡그리는 듯한 표정을 짓고 있다. 내 시선은 카메라를 비껴간다. 암실에서 처음 그 사진을 현상했을 때, 함께 한발 물러서서 촉촉한 인화지 위의 내 이미지가 또렷해지는 모습을 지켜보던 중, 잉그리드가 말했다. *이거 완전 너야. 이거 딱 네 모습인데.* 나는 *세상에, 진짜 나다*라고 대꾸했지만 사실은 그게 정말 내 얼굴인지 알아보지 못했다. 나는 내 눈 밑의 음영이 짙어지는 것을, 내 입꼬리에 본 적 없는 주름이 지는 것을 지켜보았다. 그것은 나의 더 강렬하고 더 어두운 면을 드러내는 사진이었다. 곧 내 눈앞의 얼굴은 완전한 타인이 되었고, 다정한 부모님 밑에서 자기만의 화장실을 누리며 자란 유복한 교외의 십 대 여자아이는 사라져 버렸다.

어쩌면 그 사진은 징조 같은 것이었을지도 모르겠다. 지금 돌이켜 보면 내 삶에는 사진 속의 얼굴이 더 잘 어울린다.

첫눈에는 내 사진을 하나도 찾을 수 없었는데, 곧 하나 발견한다. 저기다가 붙여 놓다니. 델라니 선생님은 정말 내 사진이 마음에 들지 않았나 보다. 이 커다란 교실에서 유일하게 어두침침한 구석 자리, 벽에 붙어 있는 히터가 사진 일부를 가려버리는 자리다. 잉그리드는 유난히 예술 감각이 뛰어난 학생—뭐든 잉그리드의 손을 거치면 실제보다 더 대단해 보였다—이었지만, 그래도 사진만큼은 우리 둘 다 재능이 있다고 생각했는데.

벽에 걸린 사진을 찍었을 때, 나는 사진이 근사하게 뽑힐 거라고 자신했다. 그때 잉그리드와 나는 전철을 타고 샌프란시스코에 사는 잉그리드의 오빠를 보러 가는 중이었다. 우리는 도심에서 한참이나 떨어진 교외에 살았으므로 오랫동안 전철을 타고 가야 했다. 그런데 오클랜드를 지나던 중에 운행이 지연되었고, 우리는 잠시 선로 위에 정차했다. 엔진이 작동을 멈추었다. 좌석에 앉은 사람들은 몸을 들썩이며 대기 상태로 접어들었다. 나는 창밖으로 고개를 돌려 고속도로 너머로, 파랗게 빛나는 하늘 아래 쓰러져가는 처량한 주택과 공업 지구가 있는 풍경을 내다보았다. 그리고 그것을 사진으로 찍었다. 그 풍경이 아름다웠던 이유는 색채였던 것 같다. 흑백 사진으로 찍었더니 그저 처량하기만 했으니까. 어쩌면 델라니 선생님이 옳을지도 모른다. 저런 걸 누가 보고 싶어 하겠는가? 그래도 내 사진이 저런 구석에 붙어 있다니, 부끄럽다. 벽에는 사진이 수백만 장이나 있지만, 지금으로서는 내 사진 주위로 네온사인이 번쩍이는 것 같다. 어떻게 하면 사진을 벽에서 떼어버릴 수 있을지 고민한다.

수업 시간 내내 델라니 선생님은 고급반 학생들에게 거는 기대가 크다면서 활짝 웃고 있다. 저렇게 활짝 웃다니 분명 볼 근육이 아릴 것이다. 뒷벽에 붙어 있는 오래된 시계는 너무나도 천천히 움직인다. 빨리 1교시가 끝나기를 바라며 잠깐 시계를 바라보던 나는 교실 뒤에 늘어선 사물함을 인식한다. 지난 학기가 끝나기 전 일주일 동안 결석했기 때문에 사물함을 비우지 못했다.

델라니 선생님은 복습할 개념들을 칠판에 쓴다. *조리개, 노출계, 셔터속도.* 사물함에 있는 내 소지품들을 떠올리자 안절부절 견딜 수가 없다. 옛날에 찍은 사진이 있을 텐데. 그중에는 잉그리드의 사진도 있었던 것 같다. 나는 다시 시계를 흘긋하고, 시곗바늘은 거의 움직이지 않은 상태다. 분명 수업이 끝날 때까지 기다려야겠지만, 지금의 나는 예의 같은 건 신경 쓰지 않는다. 델라니 선생님도 예의 없는 건 마찬가지 아닌가. 그래서 나는 의자를 뒤로 빼고, 금속이 리놀륨을 긁으며 내는 마찰음 따위는 무시하며 일어선다. 몇몇이 무슨 일인지 확인하려고 고개를 돌리지만, 소리를 낸 사람이 나라는 것을 깨닫고는 재빨리 고개를 앞으로 한다. 나와 잠깐만 눈을 마주쳐도 치명적인 병에 감염되는 것처럼. 델라니 선생님은 아무 일도 없는 척, 잉그리드가 사라졌다는 것을 모르는 척 계속 이야기를 이어간다. 내가 사물함으로 걸어가 사진을 꺼내기 시작해도 이야기를 멈추지 않는다. 지금의 나는 거리낄 것이 없어 사진을 꺼내고 나서도 즉시 자리로 돌아가지 않는다. 그 대신 잊고 있었던 과거의 사진 뭉치를 천천히 정리하기 시작한다. 사본을 갖고 싶었던 잉그리드의 사진들도 섞여 있는데, 그것들을 뒤적이다가 내가 제일 좋아하는 사진을 발견한다. 풀과 야생화가 자란 언덕과 파란 하늘을 찍은 것으로 아마 세상에서 가장 평화로운 사진일 것이다. 동화에나 나올 법한, 실제로는 존재할 수 없는 곳처럼 보인다.

과거의 사진을 손에 쥔 채 뒤로 몸을 돌린 나는 갑자기 소리 지르고 싶은 충동을 느낀다. 괴성을 지르는 내 모습이 그려진다. 그 소리가 얼마나 큰지 델라니 선생님의 완벽한 안경이 깨져버리고, 벽에 붙어 있던 사진들이 날아다니고, 교실에 있는 모든 사람의 귀가 먹는다. 그러면 델라니 선생님은 나를 바라보겠지. 그 대신 나는 내 자리로 돌아와 서늘한 책상에 머리를 대고 엎드린다.

종이 울리고, 다들 일어나 교실을 떠난다. 델라니 선생님은 몇몇 학생들에게 인사하면서 투명인간인 내게는 인사하지 않는다.

4

오전 내내 머릿속을 떠나지 않는 그날의 기억.

9학년, 신입생 시절. 1교시. 나는 처음 보는 여자아이 옆에 앉았다. 그 아이는 일기 같은 것을 끄적이며 구불구불한 곡선 그림을 그리고 있었고, 내가 옆자리에 앉자 나를 향해 미소를 지었다. 나는 그 아이의 귀걸이가 마음에 들었다. 빨갛고 단추 같은 모양이었다.

1교시가 시작되기 전에 전교생이 체육관에 바글바글 모여 넬슨 교장 선생님의 훈화 말씀을 들었다. 교장 선생님은 얼굴은 둥글고 입은 작고 눈은 거대했다. 머리가 벗어지는 중이었는데, 남은 머리는 우부룩했다. 인간이 부엉이처럼 생길 수 있다면 분명 그런 모습일 것이다. 어마어마하게 커다란 체육관에서 나는 길을 잃은 듯한 심정이었고, 중학교 때 알던 아이들도 낯선 사람처럼 느껴졌다. 살면서 한 번도 필름 사진을 찍어본 적 없었고 예술에 대해 배운 적도 없었지만, 체육관을 벗어나 델라니 선생님의 사진 수업 교실에 있자니 조금 전보다 마음이 훨씬 편안해졌다. 선생님은 출석부 차례대로 이름을 부르며 메모를 하고 시간을 질질 끌었다. 나는 옆에 앉아 있던 애가 노트를 찢어 무언가 적는 모습을 봤다. 그 애는 내 쪽으로 쪽지를 밀었다. 이렇게 적혀있었다. *이 짓거리를 4년이나 해야 한다고? 신이시여, 우리를 구해주소서.*

나는 그 애의 펜을 잡고 뭔가 재치 있는 말을 생각해내려 애썼다. 그날의 나는 새로운 나, 더 용감한 나였다. 움직일 때마다 짤랑거리는 팔찌도 하고 있었다.

나도 답 쪽지를 썼다. *우리 학교 다니는 남자애 중 한 명이랑 키스해야 한다면, 누구랑 할 거야?*

그 애는 바로 답했다. *당연히 교장 선생님이지. 진짜 잘생겼잖아!*

그걸 읽은 나는 웃을 수밖에 없었다. 그러고는 웃음소리를 기침소리로 위장하려고 했다. 출석부를 보던 델라니 선생님이 고개를 들어, 자기가 생각하기에 우리는 모두 성인이니 잠깐 나가서 물을 마시거나 화장실에 가기 위해 허락을 구할 필요는 없다고 말했다.

그래서 그렇게 했다. 나는 교실 밖으로 나가며 내 머리가 얼마나 찰랑찰랑한지, 바지는 얼마나 핏이 좋은지, 팔찌에서 나는 소리가 얼마나 듣기 좋은지에 도취했다. 몸을 구부리고 식수대에서 차가운 물을 마시며 이런 생각을 했다. *그래, 이거야. 이제야 내 인생이 시작되는구나.* 내 자리로 돌아왔을 때는 새로운 쪽지가 있었고, 이렇게 적혀있었다. *난 잉그리드.*

나도 답했다. *나는 케이틀린.*

그리고 우리는 친구가 되었다. 그렇게나 쉬웠다.

5

오늘의 마지막 수업은 로버트슨 선생님이 담당하는 영어 수업이다. 선생님은 교실로 들어선 나를 보고 그 어떤 가식적인 표정도 짓지 않는다. 고개를 끄덕이더니 미소를 짓고 이렇게 말할 뿐이다.

"다시 보니 반갑다. 케이틀린."

11학년 남학생 중에서 제일 인기가 많고 제일 성질도 더러운 헨리 루카스가 맨 뒤 구석 자리에 앉아 얼리샤의 시녀들이 하는 말을 무시하고 있다. '엔젤'이 분홍색 매니큐어를 바른 손으로 헨리의 까만 머리카락을 만지고, '부잣집 따님'이 말한다. "금요일에 너희 집에서 노는 거 맞지?"

헨리는 항상 집에서 파티를 연다. 부모님이 부동산 업계에 있는데, 컨벤션에서 강연하거나 더 부자가 되려고 출장을 떠나 집을 비울 때가 태반이기 때문이다. 집에 있을 때는 각종 모금 행사를 열고, 우리 부모님은 그 행사들을 최대한 피하려고 한다. 거리의 광고판이나 학부모회 소식지를 보면 언제나 헨리 부모님의 얼굴이 있다. 빳빳한 검은 양복을 입은 헨리의 엄마와, 골프채를 들고 의기양양하게 히죽거리는 헨리의 아빠.

이제 '부잣집 따님'도 헨리의 머리카락을 잡아당긴다. 헨리는 정면을 보며 성가시다는 듯 웃고 있지만, 그만하라고 하지는 않는다. 나는 그들에게서 멀리 떨어진, 교실 앞문의 옆자리를 택한다.

로버트슨 선생님이 출석을 부르기 시작한다.

"매슈 리빙스턴?"

"여기요."

"발레리 왓슨?"

"네!" '엔젤'의 발랄한 목소리.

"딜런 슈스터?"

모르는 이름이다. 아무도 답하지 않는다. 선생님이 고개를 든다.

"딜런 슈스터는 안 왔나?"

그때 내 앞에서 문이 열리고 웬 여자애가 머리를 빼꼼 들이민다. 모르는 얼굴이다. 여기는 다들 서로를 알아보는 작은 학교인데도. 그 애 머리카락은 아주 짙은, 거의 흑발에 가까운 갈색이고 엉망진창이다. 다른 여자애들이 목표로 하는 살짝 엉클어진 스타일보다 훨씬 지저분하다. 전기에 감전된 사람처럼 보인다. 그 아이의 눈 주변에는 까만 아이라이너가 번져 있고, 기민한 눈동자는 교실을 죽 훑어보다가 움직임을 멈춘다. 교실로 들어올지, 그냥 나갈지 결정하는 중인 것 같다.

"네 이름이 딜런 슈스터니?" 선생님이 다시금 묻는다.

그 애는 선생님을 보더니 눈을 크게 뜬다.

"우와." 그 아이가 말한다. "한 번에 맞추셨네요."

선생님이 웃음을 터뜨리고, 딜런이 성큼성큼 교실로 들어온다. 어깨에는 메신저 백이, 손에는 커피 컵이 들려있다. 얇은 티셔츠는 한쪽이 찢어졌는데, 옷핀으로 고정되어 있다. 그렇게 꽉 끼는 청바지는 한 번도 본 적 없는 것 같다. 키가 매우 크고 깡말랐다. 딜런의 부츠가 쿵, 쿵, 쿵 소리를 내며 교실 뒤쪽으로 간다. 고개를 돌려 딜런의 움직임을 쫓지는 않았지만 맨 뒤 구석 자리에 앉은 모습을 선명하게 그려볼 수 있다. 분명 구부정하게 앉아 있을 테지.

로버트슨 선생님은 출석을 다 부른 다음 늘어선 책상을 따라

왔다 갔다 하며 앞으로 1년 동안 무엇을 배울 것인지 설명하기 시작한다.

6

나는 홀로 과학관에 서 있다. 닳고 닳은 초록색 바닥을 딛고, 퀴퀴한 공기를 들이마신다. 영문학관에 있는 사물함은 아마 테일러와 다른 인기 있는 애들이 차지했을 것이다. 지난 학년에 잉그리드와 나는 외국어학관에 있는 사물함을 썼다. 외국어학관은 영문학관 옆에 있어서 여전히 사람들 눈에 띄기는 했지만 영문학관 같은 달뜬 분위기는 없었다. 과학관은 그 누구의 1지망도 아니다. 과학관을 통해서 갈 수 있는 곳은 과학실뿐이고, 다른 아이들의 레이더에 포착될 일이 전혀 없다. 나는 이곳이 영원히 텅 비어 있었으면 좋겠다.

안에 공기밖에 없는 사물함을 잠그려니 영 기분이 이상하다. 사물함에 넣어둘 만한 것이 생길 때까지 기다릴까 싶지만, 지금 이 기회를 놓칠 수 없다는 생각이 든다. 내가 고른 사물함은 비스타 고등학교에서 가장 북쪽에 있는 건물에서도 가장 북쪽에 있는 사물함인 것이다. 지금 문밖으로 나가면, 도보가 나온다. 도보를 건너면, 학교를 벗어나게 된다. 어쩌면 그런 탈출의 가능성이야말로 이 사물함을 내 것으로 만들고 싶은 이유인지도 모른다.

테이프가 없기 때문에 나는 반으로 자른 껌을 씹다가 뱉어낸 후 잉그리드의 언덕 사진 뒤에 붙인다. 사물함 안에는 뿌옇고 여기저기 긁힌 직사각형 거울이 있다. 나는 나와 눈을 마주치지 않으려 조심하지만, 휙 지나가는 찰랑찰랑한 갈색 머리와 주근깨 몇 개를 피하지는 못한다. 내 얼굴은 전보다 멀겋고 갸름하다. 언덕 사진을 거울 위에 붙이자 내가 사라진다. 이제 남은 것은 이 예쁘고 평온한 공간의 이미지뿐이다.

누군가가 내 옆쪽 사물함에 기댄다. 딜런. 딜런의 머리는 가까이서 보니 더 엉망진창이다. 얼굴 주변으로 가닥가닥 삐죽삐죽 솟아 있다.

"안녕." 딜런이 말한다.

"안녕."

딜런이 나를 오랫동안 바라보는 바람에 나는 내 얼굴에 문제라도 있는지 의아해진다. 혹시 이마에 잉크 자국 같은 것이라도 묻어 있나. 그다음에 딜런은 한마디로 정의하기 힘든 미소를 지어 보인다. 재미있다는 듯한 미소인데, 기분 나쁘지는 않다. 딜런은 매고 있던 가방을 뒤적이더니 내 옆자리 사물함 문을 쾅 닫고 떠난다. 쿵쿵거리는 발소리가 멀어지고 나는 다시 혼자다. 천천히 사물함 문을 닫자 이음쇠에서 끼익거리는 소리가 새어나온다. 암

호장치의 손잡이를 잡고 돌리자, 부드럽고 경쾌한 잠금 소리와 함께 사물함은 완전한 내 것이 된다.

7

학교에서 몇 발자국 벗어나자, 내 앞에 엄마의 볼보 스테이션 왜건이 멈춰 선다.

엄마는 창문 밖으로 몸을 내밀고 외친다. "케이틀린!" 내가 엄마 차를 알아보지 못했을까 봐 저러는 걸까. 엄마는 내가 태어난 후로 줄곧 저 차를 몰고 다녔고, 항상 '평화는 애국적인 것'이라는 스티커가 붙어 있어 몰라볼 수가 없는데. 나는 어색하게 콩콩 뛰어 엄마 차로 달려간다. 다른 아이들은 직접 자기 차를 운전해 스타벅스나 몰로 놀러 가는 중이겠지. 나는 조수석에 가방을 던지고 차 안에 탄다.

"벌써 퇴근했어?" 다른 아이들 눈에 띄지 않으려 몸을 구부정하게 숙이고 엄마에게 묻는다.

엄마 이름은 대통령에게 딱 어울릴 것 같은 이름이다. 마거릿 카터 매디슨. 엄마가 운영하는 것은 정부가 아니라 작은 초등학교지만, 언제나 사람들은 엄마에게 시간 좀 내달라고 성화다. 엄마가 해결해내야 하는 문제들은 정말 어마어마하다. 겨우 여섯 살짜리 아이의 사회성 발달 수준에 절절매는 부모들, 공룡은 존재한 적이 없다고 주장하는 5학년 담당 스미스 선생님, 가끔 발발하는 머릿니 유행 사태 같은 것들. 가끔은 엄마가 이런 스트레스를 어떻게 견뎌내는지 이해할 수 없다. 하지만 엄마는 항상 어떻게든 평온함을 잃지 않는다. 엄마는 목소리가 보통 사람보다 약간 작아서 대화할 때면 귀를 더 쫑긋 세워야 하는 그런 사람이다. 그리고 학예회가 열려 아이들이 공연을 선보일 때면 관객석에 앉아 즐기는 척 연기하는 대신 무대에서 피아노 반주를 한다. 매년 노래는 별로 달라지지 않음에도 엄마는 항상 즐거워한다.

엄마가 내 질문에 대답하지 않아서, 나는 또 말을 건다. "엄마가 7시 전에 리버뱅크 초등학교를 떠나면 난리가 나는 것 아니었나."

"그건 그렇지만, 오늘 너 새 학기 첫날이었잖아." 엄마의 목소리가 지나치게 쾌활하다.

"그래서? 그게 무슨 뜻인데?"

"우리가 좋아하는 일식집에 갈까 싶었지. 이제 고등학교도 반이나 끝난 거잖아. 축하해야지."

엄마가 하는 말을 듣고 있자니 영 불편하다. 왜 저렇게 애를 쓰는지 모르겠다. 세상에, *우리가 좋아하는* 일식집? 거기는 어린 시절 이후로 한 번도 안 갔다. 엄마가 교장이 되어 매일 일만 하는 삶이 시작되기 전, 내가 어린이용 특별 벤또 메뉴를 주문할 수 있던 시절에 가끔 갔던 게 전부다. 나는 뭐라고 답할지 몰라 조수석 앞에 있는 사물함을 열고 안을 뒤진다. 그냥 할 일을 찾는 것뿐이다. 사물함 안에는 틱택이 있다. 낡은 선글라스도. 자동차 매뉴얼도.

틱택 하나를 입에 넣고 엄마에게도 하나 권한다. 엄마는 받아먹는다. 나는 멈추지 않고 틱택을 먹는다. 하나씩, 하나씩, 입에 넣고 치아로 으깨어 민트 맛 가루로 만들어 버린다. 식당에 도착했을 때는 이미 한 통을 비운 후다. 나는 속이 투명하게 비치는 사탕 통을 다시 사물함에 넣고 차에서 내린다.

지금 식당은 바쁘지 않은 한산한 시간대다. 점심을 먹기엔 너무 늦고, 저녁을 먹기엔 이르다. 손님은 엄마와 나밖에 없다. 나는 이런 게 싫다. 손님이 나밖에 없는 식당에 들어갈 때마다 나만 없었으면 종업원들은 요기를 하거나 통화를 하거나 음악을 크게 틀어놓을 수도 있었겠지, 내가 그들의 휴식 시간을 망쳐놓고 있는 거겠지, 생각하게 된다. 특히 종업원들이 구석에 서성거리면서 물컵을 채워주려고 대기하고 있는 것이 싫다. 정말 우울한 광경이다.

메뉴판을 보고, 음식을 주문하고, 뜨거운 주전자에 담긴 녹차를 작은 잔에 따르는 내내, 엄마에게 무언가 할 말이 있다는 것이 느껴진다. 그런 직감이 어디서 오는 건지 모르겠지만, 그냥 느껴진다. 엄마는 계속 나를 바라보고 미소를 짓는다.

"점심은 누구랑 먹었어?"

나는 작은 잔을 들고 녹차를 홀짝이기 시작한다. 너무 뜨겁다. 다시 잔을 내려놓고, 녹차 잔이 종이로 된 식탁 매트 위에 남겨 놓은 동그란 물 자국을 바라본다.

"맞춰봐." 내가 말한다.

엄마는 아무 말 없다.

나는 물 자국을 손으로 더듬어본다. "맞춰봐. 뻔하잖아."

"엄마야 모르지."

나는 눈을 흡뜬다. "*뻔하잖아,* 혼자 먹었어."

엄마의 쾌활한 기분이 무너지고 있다.

"케이틀린." 엄마가 말한다.

엄마는 매일같이 내 이름을 부르지만, 이번에는 다르다. 실망 가득한 목소리다. 엄마는 그게 나의 선택이라고, 수백만 아이들이 나와 함께 점심을 먹으려고 줄 서서 기다리고 있었지만 내가 *미안해, 난 혼자 먹을게*라며 거절했다고 생각하는 걸까.

"왜?" 내가 쏘아붙이고, 엄마는 아무 말도 하지 않는다.

시간이 얼마 지나지도 않았는데 종업원이 음식을 가지고 온다. 튀김과 데리야끼 치킨과 캘리포니아 롤이 산더미처럼 쌓인 거대한 벤또 상자를 바라보는 내 안에는, 어린이용 작은 벤또를 시키고 싶다고 생각하는 내가 있다. 어린이 벤또도 구성은 똑같다. 양이 더 적을 뿐이다. 당근 튀김을 하나 먹고 나니 배가 부르다.

“엄마랑 같이 일하는 마지 아줌마 알지. 그분이 좋은 심리치료사를 알려줬어. 마지 아줌마 딸이 그 사람을 아주 마음에 들어 한대.”

“그 아줌마 딸은 뭐가 문제인데?”

“문제는 없어. 너처럼, 그냥 힘든 시기를 겪고 있는 거지.”

“아.” 내가 빈정댄다. *“힘든 시기.”*

엄마는 녹차를 홀짝인다. 나는 캘리포니아 롤을 한 입 베어 문다. 간장이 내 턱을 타고 흐른다. 냅킨으로 간장을 닦아내며 종업원이 어딘가 서서 우리를 지켜보고 있지 않기를 바란다.

“난 심리치료 같은 거 안 받아.” 내가 조그만 소리로 내뱉는다.

엄마는 슬픈 표정으로 밥그릇 안을 내려다본다. 엄마가 무슨 생각을 하고 있는지 알고 싶다.

그 후로 우리 사이에는 별다른 대화가 오가지 않고, 나는 마음이 편하지 않다. 하지만 왜 엄마는 그런 이야기를 꺼내야만 했을까. 엄마가 밖에서 저녁을 사 준다고 해서, 내가 엄마의 모든 제안을 들어줄 거라고 기대할 수는 없는 거잖아.

8

지금은 금요일 저녁, 나는 엄마 아빠와 식탁에 앉아 조용히 식사한다. 아빠는 개학 첫 주가 어땠는지 밝은 목소리로 묻는다. 그

동안 엄마가 사용했던 그 밝은 목소리다. 나는 한 단어짜리 대답을 툭툭 내뱉고 포크로 파스타를 쿡쿡 찌른다. 곧 엄마 아빠는 자기들끼리 대화를 시작하고, 나는 두 사람의 목소리를 소거한다. 더는 앉아 있을 수 없겠다는 느낌이 들자 일어나서 남은 음식을 싱크대에 버리고 접시를 식기세척기에 넣는다.

내 자동차 뒷좌석으로 올라가 몸을 동그랗게 말고, 전에 후벼파놓은 시트커버에 무릎을 맞댄다. 계획대로라면 3개월 전에 운전면허를 땄어야 했지만, 나는 3점 방향 전환*을 해 보이는 대신 가장 친한 친구의 관이 땅속으로 하강하는 모습을 지켜보게 되었다. 이제는 차량 관리국에 전화해 새로 약속을 잡을 마음이 나지 않는다.

자동차는 하도 오래된 것이라 테이프밖에 재생할 수 없다. 나는 테이프가 딱 한 개 있는데, 다행스럽게도 노래가 좋다. 잉그리드의 오빠 데이비가 내 생일 선물로 만들어준 것이다. 테이프에는 한 번도 들어본 적 없는 인디 밴드들의 노래가 가득 들어있다. 서로 비슷비슷하기는 하지만, 전부 노래가 좋다. 내가 손을 뻗어 열쇠를 돌리자 시동이 켜지고, 스피커에서 울부짖는 남자의 목소리가 나온다. 몇 분이 지나자 아빠가 집에서 나와 자동차로 다가온다.

"숙제는 없니? 지금 해놓으면 주말 내내 놀 수 있잖아."

* 좁은 길에서 전진과 후진을 반복하며 이동 방향을 바꾸는 기술.

"없어." 거짓말이다.

아빠는 내 가방을 들어 보인다. "혹시나 해서 가져와 봤다."

잠시 시간이 흐르고, 나는 수학 교과서와 종이 몇 장을 꺼낸다. 테이프가 뒷면으로 넘어간다. 기타 소리가 조용히 흐르다가 여자 목소리가 노래를 시작하고, 남자 목소리도 합류한다. 아름다운 노래다. 수학 숙제를 시작하려는데, 차에 계산기가 없다. 갑자기 전화벨이 울렸으면 좋겠다는 생각이 든다. 엄마가 무선 전화기를 들고 나와서 내린 창문 너머로 건네주는 모습을 상상한다. 나는 좌석 위에 몸을 쭉 펴고 누울 것이다. 그리고 들을 것이다. 말할 것이다. 뭔가 재치 있는 말을 생각해낼 것이다. 하지만 내게 전화하는 사람은 잉그리드가 유일했으니 전화벨이 울릴 일은 없다. 나는 손을 뻗어 음악 소리를 최대로 키운다. 차체가 진동하기 시작하고, 음악 소리는 제대로 주파수를 맞추지 않은 라디오 채널처럼 시끄럽다.

뒷좌석에 놓여있던 것들을 전부 치우고 똑바로 눕는다. 지붕창을 통해 어둑어둑해지는 하늘이 보인다. 나는 좌석 위에, 내 귀 옆에 전화기가 있다고 상상한다.

델라니는 첫날에 뭐 입었어? 잉그리드가 묻는다.

눈여겨보지 않았는데.

거짓말하지 마. 분명 새 옷이었겠지.

내가 누군지 모르겠다는 듯이 굴던데. 옷은 눈에 들어오지도 않았어.

델라니가 고양이 모래를 치워주는 모습을 상상해봐.

방금 내가 한 말 들었어? 선생님 말이야, 이번 주 내내, 내 꼴도 보기 싫다는 듯이 행동했다니까.

세상에, 내 말이! 델라니가 냉장고에서 곰팡이 핀 음식을 발견했다고 상상해봐.

그러고 싶지 않아.

나 없으니까 어땠어? 다른 범생이들이랑 도서관에 숨어서 점심 먹었니?

사실은, 얼리샤 매킨토시랑 먹었어. '채리티'라고 쓰인 탱크톱을 주면서, 내가 그걸 매일 입겠다고 약속하면 자기 뒤를 따라다닐 수 있게 허락해 주겠대. 그리고 내가 자기 대신 식당 줄에 서서 다이어트 콜라를 사주면 받아 마셔주겠대.

나 그리웠어?

왜 물어봐?

궁금해서.

당연하잖아.

그리웠다고 말해줘. 들으면 기분 좋을 거야.

지랄하네.

* Charity. 본디 뜻은 사랑, 박애, 자선 등이지만, 소위 스트리퍼들이 쓰는 이름(stripper name)이라고 하는, 성적인 암시가 짙은 이름이기도 하다.

그러지 말고. 그냥 말해줘.

엄마가 창문 앞에 나타난다. 15센티미터쯤 떨어진 지점에서 손을 흔든다. 나는 움직이지 않는다. 엄마는 시계를 가리키는데, 시간이 늦었으니 안으로 들어오라는 뜻이다. 나는 일어나 앉지 않는다. 눈을 감고, 엄마가 떠나기를 바란다. 난 아직 준비되지 않았다.

다시 울부짖는 남자 목소리가 나오고—90분 동안 자동차 안에 있었다는 뜻이다—나는 눈을 꼭 감은 채 남자의 목소리를 듣는다. 그의 기타 소리에 급박함이, 목소리에 떨림이 있다. 느낄 수 있다. 그가 사랑하는 사람을 잃어버렸다는 것을.

9

다음 날 아침, 아빠는 차 유리를 똑똑 두들겨 나를 잠에서 깨운다. 나는 한밤중에 다시 자동차로 와서 여기서 잤다.

"깜짝 선물이 있어." 닫힌 창문 때문에 환한 미소를 머금은 아빠의 목소리가 작게 들린다. "저쪽에 있단다."

"뭔데?" 나는 너무나 피곤한 나머지 목소리도 겨우 나온다.

"직접 와서 봐." 노래하는 듯한 목소리다.

나는 잠겨있던 차 문을 열고 대낮의 햇빛 아래로 나온다. 이를 닦고 싶다.

아빠는 손으로 내 눈을 가리고 나를 차 반대편으로 데려간다. 얇은 슬리퍼 바닥 밑으로 진입로에 깔린 조약돌이 느껴지고, 그 다음에는 집 옆의 잔디밭에 놓인 디딤돌이, 마침내 잔디의 감촉이 느껴진다. 이제 우리는 뒷마당에 있다. 우리 집은 건물 자체는 특별할 것이 없다. 로스 세로스에 있는 다른 주택과 마찬가지로 새로 지은 커다랗고 밋밋한 건물이지만, 마당만은 아주 멋지다. 구불구불 이어진 길 양옆으로 온갖 채소와 꽃이 자라고, 부모님은 주말이면 이곳에서 몇 시간이고 식물을 가꾼다. 마당에서 가장 마음에 드는 점은 길에 서서 집 반대편을 바라보면 그 끝이 어디인지 보이지 않는다는 것. 마당은 저 멀리, 아주 멀리까지 펼쳐져 있다. 언덕이 오르락내리락, 오래된 참나무가 여러 그루 솟아 있다.

아빠는 내 눈을 가리고 있던 손을 치운 다음 팔을 뒤로 쓱 빼며, 집과 정원 사이의 벽돌 테라스에 놓인 높은 목재 더미를 가리킨다. 목재는 길이가 최소 3미터는 될 듯한 널빤지 모양이다. 아빠는 거대한 목재 더미 앞에 서서 자랑스레 웃고 있다. 내게 피지섬에 있는 별장과 섬까지 타고 갈 개인 비행기라도 사 준 것처럼.

"나무잖아." 나는 영문을 모르겠다.

"사포질까지 다 한 거야. 최고급 톱도 주문해놨다. 월요일에 도착한대."

"이걸로 뭘 하라고?"

아빠는 어깨를 으쓱한다. "나야 모르지. 전문가는 너잖아."

부모님은 내게 손재주가 있다는 허무맹랑한 착각을 하고 있다. 근거는 딱 하나다. 내가 옛날에 여름 공예 캠프에 가서 만들어 온 나무 사다리가 꽤 괜찮았다는 것.

"그거 백만 년 전 이야기야." 나는 아빠에게 상기한다. "캠프 갔을 때 난 열두 살이었다고."

"금방 감이 돌아올 거야."

"많이도 샀네."

"필요하면 얼마든지 더 있다. 이것만 가지고 만들어야 한다고는 생각하지마."

내가 할 수 있는 거라고는 머리를 위아래로 주억거리는 것뿐이다. 내 말은, 이게 다 무슨 난리인지 안다는 뜻이다. 부모님이 걱정 가득한 목소리로 나에 대해 의논하는 소리를 들었으니까. 나는 부모님이 심리치료의 대안으로 목재를 준비했다는 것을 안다. 아빠는 이 대단한 선물을 통해 내가 잠시나마 나의 난장판 인생을 잊을 수 있을 거라고 기대하고 있다.

아빠는 한 곳에 서서 희망 가득한 얼굴로 내 반응을 기다리고 있다. 결국, 나는 목재 더미로 가서 맨 위에 있는 널빤지를 손가락으로 훑어보고 손등으로 똑똑 두들겨 본다. 아빠의 시선이 느껴진다. 고개를 들고 억지 미소를 짓는다.

"좋아." 아빠가 말한다, 결론이 났다는 듯 결연한 목소리로.

"응." 나는 답한다, 이해한다는 듯한 목소리로.

10

잉그리드와 내가 처음으로 땡땡이를 쳤던 날은 잿빛이었고 추웠다. 우리는 점심시간에 학교를 떠났고 나는 누군가가 우리를 잡으러 올 거라고 확신했지만, 아무도 오지 않았다.

학교로부터 멀리, 안전하다고 할 수 있을 만큼 벗어난 후에는, 아파트 단지가 있는 언덕을 올라가기 시작했다. 건물이 다닥다닥 붙어 있어서 유리창 너머로 이웃의 거실이 들여다보이는 그런 아파트 단지였다. 사위가 온통 조용했다.

다이너[*] *에 갈래? 아니면 몰?* 잉그리드가 물었다.

몰에는 사람이 너무 많아. 나는 길에 있는 돌멩이 몇 개를 걷어찼고 흙먼지가 피어올랐다.

언덕 꼭대기에 다다르자, 잉그리드는 텅 빈 도로 한가운데로 달려갔다. 그러고는 몸을 획 돌려 나를 바라보았다. 구불구불한 금색 머리카락이 얼굴 위에서 나부끼는 채로 팔을 들어 올려 양옆으로 쭉 뻗었다. 그리고 빙글빙글 돌기 시작했다. 빨간 치마가

[*] 늦은 시간까지 영업하는 서민적인 식당. 일렬로 된 바 자리가 있고, 주로 샌드위치, 버거, 팬케이크 같은 친숙한 메뉴를 판다.

부풀어 올랐다. 바람이 더 세게 불기 시작했고, 너무나도 빨리 돌아 형체가 뿌옇게 보일 정도였다. 그러다가 회전이 멈추었고, 잉그리드는 몸을 웅크리며 쓰러졌다.

세상에. 잉그리드가 웃음을 터뜨렸다. *세상에, 머리가 너무 아파.*

그 애는 내 쪽으로 걸어오려다가 휘청였고, 더 세게 웃기 시작했다.

하여간 별난 애야, 내가 말했다.

두 아파트 건물 사이로 중년 여성이 걸어 나왔고, 나는 긴장했다. 하지만 여자는 한마디 말도 없이 우리 옆을 지나쳤다. 우리는 언덕 꼭대기에 있었고 달리 갈 곳이 없었다.

나는 뒤를 돌아보며 말했다. *봐봐.*

우리 밑에는 학교가, 오밀조밀 모인 직사각형 상자들이 있었다. 다른 아이들은 그 안에서 시험공부를 하고 키스를 하고 서로를 걱정하는 중이라는 것을 알았지만, 그 순간만큼은 그 모든 것이 너무도 작게, 그저 이리저리 움직이는 색색의 반점처럼 작게 느껴졌다.

기분 좋은데, 잉그리드가 말했다.

우중충한 하늘을 보고 있는데 아이디어가 하나 떠올랐다. *공원에 아무도 없을 것 같아.* 그리고 내 생각은 옳았다. 공원에 도착해보니, 평소라면 아이들이 뛰어놀고 있었을 풀밭이 텅 비어있었다. 미끄럼틀을 타고 내려오는 아이도, 정글짐에 매달린 아이도 없었다. 모래 놀이터까지 확인해봤지만 아무도 없었고, 잉그리드는 내 어깨 위에 손을 올린 후 말했다. *케이틀린, 내 친구여, 너는 천재로구나.*

잉그리드는 그네로 달려갔고 나도 뒤따랐다. 나는 고무 그네에 앉아 있는 힘껏 발을 구르기 시작했다. 우리 둘 다 아주 높이 올라갔고, 함께 허공을 가로질렀다. 바람이 강한 데다가 누가 들을까봐 걱정할 필요도 없었으므로 소리를 빽빽 지르며 대화했다. 너무나도 높이 올라가는 바람에 이러다가 우리 중 하나는 360도로 회전할지도 모르겠다고 생각했다. 잉그리드는 목에 걸어둔 카메라가 날아가지 않도록 가슴에 꼭 끌어안았다.

어두운 구름이 낮고 무겁게 내려왔다. 하늘이 밝은 잿빛으로 물들더니 비를 뿌리기 시작했다.

잉그리드는 그네 타는 내 모습을 사진기로 찍은 뒤 재킷 속으로 카메라를 숨겼다. 그 사진을 현상했다면, 내게는 비밀로 하고 보여주지 않은 것이다.

곧 빗발이 거세졌다. 찬 공기의 느낌이 좋았고, 우리는 머리카락과 옷이 비에 푹 젖은 채 그네를 탔다. 계속 깔깔 웃으며 떠들었다. 그때 무슨 이야기를 하고 있었는지는, 아무리 애써도 기억나지 않는다.

11

교실 앞에 서 있는 델라니 선생님의 얼굴에 팽팽한 미소가 걸려 있다.

“오늘은” 선생님이 말한다. “모든 학생과 일대일 면담을 할 겁니다. 함께 이번 학기 목표를 세워보도록 해요.”

선생님은 교실을 훑어본다. 아마 우리 중에 자신의 귀중한 시간을 할애할 만한 학생이 있는지 고민하고 있겠지. 사실 학교 밖에서 델라니 선생님은 진짜 예술가로 통한다. 잉그리드와 나는 샌프란시스코에 있는 작은 갤러리로 선생님의 개인전을 보러 간 적도 있다. 우리 학교 학생 중에는 우리 두 사람만 참석했다. 선생님은 여기저기에 홍보를 하지는 않았다. 갤러리에 도착해보니 사람들은 다들 말끔하게 차려입은 모습이었고, 샴페인 두어 병에 포도와 브리 치즈 플래터도 있었다. 잉그리드와 나는 바트를 타고 갤러리로 가는 내내 선생님의 작품 세계가 어떨지 그려 보았다.

선생님은 우리를 발견하자 그때까지 대화하고 있었던 남자의 팔을 쥐었다 놓은 다음 우리 쪽으로 왔다. 그러고는 우리를 짧게, 꼭, 안아주었다. 이미 수백만 번 정도 우리를 안아본 적 있다는 듯 너무나도 자연스러웠다. 선생님은 우리를 가장 장래가 기대되는 학생들이라고 소개했고, 잉그리드와 나는 선생님을 위해 한껏 똑똑한 척하며 수업 시간에 배운 유명한 사진가들의 이름을 들먹였다. 선생님의 사진은 제재가 비슷비슷해서, 전부 밝은 색상의 천 위에 놓인 인형의 조각난 신체를 찍은 것이었다. 도자기로 된 팔다리와 몸통도 있었는데 주로 머리가 많았다. 그전까지 내가 뭘 기대하고 있었던 건지는 모르겠지만, 분명 그런 걸 기대하지는 않았다. 사진은 아름다웠으나 동시에 마음을 불편하게 했다.

델라니 선생님이 갤러리에서 샴페인을 마시며 자기 작품에 감명한 사람들과 낮은 목소리로 대화하는 모습을 보고 나니, 선생님 눈에 우리 학생들은 얼마나 한심하게 보였을지 절실하게 느껴졌다. 정말 재능이 있었던 잉그리드를 제외한 나머지 학생들 말이다. 작년만 해도 그렇다. 자신에게 의미 있는 것을 찍어오라는 숙제가 있었다. 선생님은 굉장히 심오한 것—그게 정확히 무엇인지는 전혀 모르겠지만—을 기대했던 것 같다. 왜냐하면, 과제물을 확인하려고 책상 주위로 왔다 갔다 하던 델라니 선생님은, 운동을 좋아하는 남자애가 찍어온 잔디밭에 놓인 야구 글러브 사진과 어떤 여자애가 찍어온 체육관 바닥에 놓인 폼폼 사진을 보고 더 이상 참지 못했다. 평소의 미소는 온데간데없이 사라졌다. 그대로 교탁 뒤로 걸어가더니 손에 머리를 묻고 수업이 끝날 때까지 아무 말도 하지 않았다.

하지만 오늘의 선생님은 더 밝은 얼굴로 학생들을 한 명씩 앞으로 부르고 있다. 나는 당연히 혼자 맨 오른쪽 구석에 앉아 있고,

선생님은 아키코부터, 맨 앞줄 왼쪽 끝부터 시작한다. 내 차례가 오기 전에 수업 시간이 끝나기를 바라고 있겠지. 나는 책상 위에 머리를 대고 엎드린 뒤 눈을 감는다.

사십 분이 흐르고, 잠에서 깬다.

사위의 소리가 뭉개진 듯 작게 들리지만, 아직 몽롱한 상태인 데다가 정말 잠이 들어버린 스스로가 창피해서 정신이 없을 뿐이다. 고개를 들고 잠들기 전으로부터 변한 것은 없다는 것을, 다들 그대로 책상에 앉아 있는 가운데 델라니 선생님은 매트와 면담 중이라는 것을 확인한 후, 다시 눈을 감고 다른 아이들의 대화 소리를 듣는다. 메간과 케이티는 쪽지를 써서 보여주며 속삭인다. *세상에! 설마, 걔가 그랬다고!* 더스틴과 제임스는 낮은 목소리로 새로 생긴 스케이트보드장에 대해 이야기한다.

케이티가 아주 중요한 문제라는 듯 말한다. "걔네 가족이 산 집 말이야, 헨리네 엄마가 중개했거든. 그 사람들 괜찮기는 한데 우리 동네에는 안 어울린다고, 헨리한테 그랬대."

"걔 *레즈비언*이라던데." 메간이 말한다. 어조를 듣자 하니 꼭 이렇게 말하는 것 같다. *걔 쓰레기통 뒤져서 음식물 쓰레기를 먹는다던데.*

"나도 그 얘기 들었어." 룰루가 속삭인다. "걔, 여자애랑 화장실에서 키스하다가 들켜서 전학 당한 거래."

나는 이것이 딜런을 두고 하는 말이라는 사실을 깨닫고, 왜인지 모르겠지만 화가 난다.

"미안한데, 나 잠 좀 자자." 나는 그 아이들을 노려보며 말한다.

그들은 나를 바라보고는 서로 시선을 교환한다. 잠시 대화가 끊긴다. 메간은 가지런히 빗어놓은 갈색 머리 한쪽을 손으로 빗어 내린다. 케이티는 스웨터에 붙은 진주 단추를 잠근다. 이 여자 애들은 꼭 자기 어머니의 미니어처 같다.

"케이틀린?" 델라니 선생님이 외친다. 그러고는 교실을 훑어본다. 출석부에서 눈길 닿는 대로 이름 하나를 불렀을 뿐이지, 사실 케이틀린이 누군지는 전혀 모른다는 듯.

"여기 있어요." 내가 답한다.

"교탁으로 나와 줄래?"

나는 시계를 본다. 이 분도 채 남지 않았다.

나는 일어나서 교탁으로 간다. 선생님은 내가 10학년 때 찍었던 사진을 모아둔 폴더를 들고 작은 안경 너머로 그 사진들을 바라본다. 한숨을 쉬더니, 쭉 뻗은 까만 머리카락 몇 가닥을 귀 뒤에 꽂는다.

"이번 학기에는 꼭 색깔 쓰는 연습을 해야겠다. 이것 좀 봐봐." 선생님이 말하고, 나는 사진을 바라보지 않는다.

그 대신 선생님의 얼굴을 똑바로 바라본다. 선생님은 내 시선을 눈치채지 못한다.

"이 사진은 대비가 전혀 없다는 거 알겠니? 이걸 흑백 사진으로 바꿔보면, 이 색깔들은 전부 같은 색상 값의 회색이 될 거야. 이러면 사진이 밋밋해."

나는 계속 선생님을 보고, 선생님은 계속 내 사진을 본다. 지난 학기에 선생님은 이러지 않았다. 나보다는 잉그리드에게 더 관심이 많기는 했지만, 적어도 눈을 마주치며 대화는 할 수 있었다.

선생님은 사진 뭉치를 꼼꼼히 살펴본다. "구도는 가끔 좋을 때도 있는데……." 그러고는 고개를 젓는다. "그래도 노력 좀 해야겠다."

나는 말하고 싶다. *헛소리 마, 델라니. 지난 학기에는 아무 문제없었어, A 준 걸 보면 알 수 있지.* 하지만 아무 말도 하지 않는다. 그저 선생님이 고개를 들어 나를, 불같이 노려보는 내 시선을 마주하기를 기다리고 있다. 종이 울린다. 선생님은 시계를 쳐다보고 다시 사진 뭉치를 보더니 말한다. "알았지?"

"뭘 알아요?"

"내일 보자고."

나는 고개를 젓는다.

"그래서 내 목표는 뭐예요?" 그저 선생님이 나를 봐줬으면 좋겠다는 마음뿐이다.

"색 쓰기." 선생님은 내 사진들을 살펴보며 말한다. "그리고 구도."

나는 그게 무슨 말이냐고, 어떻게 그냥 나아질 수 있냐고, 어디서부터 시작해야 하는 거냐고 질문하고 싶다. 하지만 선생님은 이미 뒤돌아서 교무실로 들어가는 중이다. 문이 닫힌다.

12

과학관으로 향하는 내 손에는 차갑고 기름진 피자 한 조각이 들려있다. 교정을 지나는 내 시야에 제이슨 마이클즈가 들어온다. 학교에 흑인 학생이 몇 명 없기 때문에 제이슨은 눈에 띈다. 게다가 그 애는 인기가 많다. 육상 선수고, 1600미터를 4분 20초 안에 달린다. 제이슨과 나는 같은 중학교에 다녔고 6학년 때는 같은 반이었다. 그 시절의 제이슨에 대해 기억나는 거라고는, 수업 시간에 흑인 차별 정책에 대해 토의하고 있는데 선생님이 갑자기 제이슨을 지목해 어떻게 생각하느냐고 물어봤던 것이다. 선생님은 모두가 보는 앞에서 제이슨을 콕 찍어 지목했다. 백인밖에 없는 교외 마을에서 평생을 산 6학년짜리 꼬마가 왜 나서서 미국의 흑인을 대변하고 싶어 하겠는가. 게다가, 얼마나 멍청한 질문인가. 대체 뭐라고 답해야 하지? *글쎄요, 사실 저는 꽤 괜찮다고 생각하는데요. 저 같은 흑인들이 식당에서 쫓겨나고 공공 화장실도*

사용하지 못했다고 생각하면 가슴이 벅차올라요.

제이슨이 내 쪽으로 한걸음 내딛는다. 이렇게 가까이서 제이슨을 본 건 정말 오랜만이다. 눈이 내 기억보다 더 밝은 갈색이다. 얼굴은 매끄럽고 오른쪽 볼 턱 부분에 베인 상처가 있다.

제이슨과 내가 단 한마디라도 나눴던 적이 있었나, 기억나지 않는다. 그런데도 나는 제이슨의 사적인 것들을 안다. 제이슨이 잉그리드에게 말해줬고 잉그리드가 내게 말해줬으므로. 제이슨에게는 대학생 누나가 있는데, 두 사람은 전화를 자주 한다. 제이슨은 아빠하고 둘이 산다. 달리기를 좋아하는 이유는, 달릴 때면 다른 것을 잊을 수 있기 때문이다. 훈련할 때는 잭슨 파이브* 같은 옛날 음악을 듣는다.

지금 나를 향한 제이슨의 시선은 마치 우리가 잘 아는 사이라는 듯 애틋하다.

이런 기분이 든다. 내 머리가 갑자기 텅 비워지는 듯, 공기로 가득 차는 듯한 기분. 이야기하고 싶다. 제이슨이 입을 연다. 다시 닫는다. 그러고는 다시 연다.

"안녕." 제이슨이 말한다.

이제껏 들어본 것 중 가장 슬픈 *안녕*이다.

우리는 망설이지만, 망설임도 잠시뿐이다.

우리는 계속 걷는다. 서로에게서 멀어진다.

* 1964년에 잭슨 형제 다섯 명이 결성한 밴드. 이중 막내가 마이클 잭슨이다.

13

다시 주말이다. 일주일 내내 뒷마당에서 나를 기다려준 목재들로 무언가 만들기 시작해야 한다는 것을 알지만, 그저 침대에 누워 음악이나 듣고 싶은 마음이다. 머릿속에 자꾸 듣고 싶은 노래가 떠오르는데, 스테레오 리모컨이 어디 있는지 몰라서 거듭 몸을 일으켜 버튼을 누른다. 이 짓을 한 이십 번쯤 반복한 후에야 결국 리모컨을 찾기로 한다. 이불 밑에 숨어 있는 것은 아니다. 서랍장 위에 쌓여 있는 옷더미 밑에도 없고, CD나 책상 위에도 없다. 나는 카펫이 깔린 바닥 위에 앉아 침대 밑을 들여다본다. 그리고 그 속으로 팔을 뻗어 바닥을 휘저어 본다. 한 짝짜리 양말 몇 개, 부모님 몰래 숨겨둔 10학년 때의 성적표, 그리고 익숙하지 않은 무언가가 손에 닿는다. 딱딱하고 납작하고 먼지가 서걱서걱한 그것. 나는 초등학교 졸업앨범일 수도 있겠다고 생각하며 그것을 꺼내고, 무엇인지 확인하자 심장이 덜컥 내려앉는다. 닳아서 해진 페이지, 수정액으로 하얀 새 그림을 그려 놓은 파란 표지.

잉그리드의 일기장.

이유는 알 수 없지만, 두렵다. 내 몸 가운데에 균열이 일어나 두 쪽으로 갈라진 듯하다. 한쪽의 나는 그 무엇보다 일기장을 열고 싶고, 반대쪽의 나는 너무나도 두렵다. 떨리는 몸을 주체할 수 없다.

어느 날 밤 우연히 누군가의 발에 차여 침대 밑으로 들어가 버린 걸까?

잉그리드가 숨겨놓았나?

잉그리드는 어디를 가든 일기장을 가져갔다. 바보 같다는 걸 알지만, 조금 질투심을 느끼기도 했다. 나는 고민거리가 있거나 하소연할 데가 필요하면 바로 잉그리드에게 전화했기 때문에 왜 잉그리드에게 자기만의 일기장이 필요한 건지 이해할 수 없었다. 그렇지만 일기장은 이제 여기, 내 손안에 있고 나는 그것을 살아 있는 생명체인 양 꼭 쥐고 있다.

한참 동안 손에 들린 일기장을 바라보며 그 무게를 느끼고, 수정액이 벗겨지기 시작한 한쪽 날개에 초점을 맞춘다. 마침내 내 손이 떨림을 멈췄을 때 첫 장을 넘긴다. 잉그리드의 얼굴을 그린 그림이 있다. 금발 머리, 파란 눈, 희미하고 삐뚜름한 미소. 정면을 바라보고 있다. 배경에서는 새가 날고 있는데, 그 흐릿한 채색은 분주한 날갯짓을 보여 주었다. 윗부분에는 이렇게 적혀 있다. *일요일 아침의 나.*

나는 한 장 더 넘긴다.

일기장을 읽어 나가는 내 귀에 빠르게 읊조리는 잉그리드의 목소리가 들린다. 내게 비밀을 말해주는 듯.

일요일 아침의 나

복도 감독관 선생님께,

그러세요. 부모님에게 전화하시고, 방과 후에 남겨두시고, 점심시간에 쓰레기를 줍게 하세요. 생물 수업에 가지 않았거든요. 어쩔 수가 없었어요. 너무 긴장됐고 심장이 일 분에 십억 번씩 뛰었는데, 별다른 이유가 있었던 건 아니에요. 그냥 제이슨 옆에 앉는다고 생각만 해도 토할 것 같더라고요. 내 삶에 기대할 만한 건 그것밖에 없는데도. 누군가에게 반하는 건 재미있는 일인 줄 알았는데요? 이렇게 고문 같을 거라고는 전혀 예상 못 했어요. 영문학관에서 자기 사물함 앞에 서 있는 제이슨을 지나쳐 케이틀린에게 가고 있는데, 제이슨이 나를 보고 웃는 바람에 속이 울렁거리기 시작했어요. 케이틀린을 보자마자 '우리 수업 가지 말자'라고 했어요. 케이틀린의 5교시 수업은 내 인생 최고의 선생님인 해리스 선생님 담당인데, 케이틀린이 좋아하는 유일한 수업이에요. 그런데도 가지 말자고 했어요. 그 애는 내가 진심으로 하는 말이라는 걸 바로 알아들었던 것 같아요. 특유의 진중한 표정으로 따라나섰거든요. 바로 그런 것 때문에 나는 걔를 이토록 좋아하는 거예요. 바로 그런 것 때문에 나는 지금보다 나은 사람이 되고 싶어요. 이번 한 번만 봐주세요. 그나저나 선생님은 얼굴은 멋지신데 하는 일은 참 별로예요. 어쩌면 선생님도 인생이 너무 힘들어서 누군가가, 웬 어린애라도 자기 불평 좀 들어줬으면 좋겠다고 생각할지도 모르겠어요. 엄마 아빠에게 전화하지 마세요, 그러면 다른 아이들처럼 선생님을 '송곳'이라고 부르지 않을게요. 선생님이 사실은 송곳처럼 무시무시하지 않다는 걸 알거든요. 그리고 복도에서 선생님 옆을 지날 때마다 조금 천천히 걸어갈게요. 그때가 선생님에게 대화가 필요할 때일 수도 있으니까.

사랑을 담아,

잉그리드 드림

나는 일기장을 덮는다.

방이 너무나도 조용하고 공허해 고통스럽다.

계속 읽고 싶어야 정상이겠으나 읽을 수가 없다. 일기장을 서랍 속에 넣는다. 사람들은 숨길 것이 있으면 으레 서랍 맨 위 칸에 넣어놓지만, 나는 아래쪽 서랍을 열고 옷더미 밑을 파헤쳐 구석 자리에 일기장을 넣는다. 하지만 몇 분 후 자리를 옮긴다. 왠지 그곳은 맞지 않는 것 같다. 그래서 몇 년 전 여름에 보라색 페인트로 칠했던 커다란 옷장 속 선반 위에 놓는다. 그 앞에는 네거티브 필름을 담아 놓은 신발 상자를 밀어 놓는다.

나는 옷장 앞에 서서 안에 있는 선반을 들여다본다. 일기장의 호흡에 맞춰 신발 상자가 밀려났다가 제자리로 돌아가는 모습이 보일 것만 같다. 하지만 그건 일기장일 뿐이다. 살아 숨 쉬는 생명체가 아니다. 지금 난 어딘가 이상하다.

한 시간 후, 손을 뻗어 일기장을 만져 본다. 아직도 그곳에 있는지 확인하려고.

점심을 먹고서는 또 일기장을 옮긴다. 이번에는 침대 밑에 놓는데, 그곳이 지난 삼 개월 동안 일기장이 있었던 곳이기 때문이다. 나는 숙제 앞에 앉는다. TV 앞에 앉는다. 그렇지만 내 머릿속에는 방에 있는 잉그리드의 일기장뿐이고, 나는 일기장이 아직 그곳에 있는지, 다른 사람이 그걸 발견하면 어떻게 될지, 왜 읽고 싶은 마음이 안 생기는 것인지 고민하지만, 결국에는 읽어야 한다는 것을 알고 있다.

다음 날 아침, 일찍부터 옷을 입고 신발 끈도 묶고 머리는 언제나처럼 뒤로 묶은 다음, 다시 옷장 앞에 선다. 나는 문밖으로 나가고 싶지만 그럴 수 없다. *그럴 수 없다*고 말한 것은 *하기 싫다*는 뜻이 아니다. 말 그대로 *그럴 수 없다.* 어떤 물리적인 힘이 일기장 없이는 방을 떠나지 못하도록 막고 있는 것처럼. 그래서 나는 내 백팩 앞에 웅크리고 앉아 지퍼 달린 안주머니를 연다. 안주머니는 자그마해서 계획대로 될지 모르겠지만, 어쨌든 잉그리드의 일기장을 선반에서 꺼내 그 안에 넣어 본다. 쏙 들어간다. 이제 일기장은 그곳에 숨게 될 것이다.

백팩을 잠그고 차례차례 양쪽 어깨끈을 멘다. 일기장 때문에 가방이 훨씬 무거워졌지만, 기분 좋은 무게감이다.

14

로버트슨 선생님의 스테레오에서 나오는 존 레넌과 폴 매카트니의 목소리가 끊임없이 *사랑*이라는 단어를 반복해 부른다. 선생님이 볼륨을 줄이자 노래가 서서히 잦아든다. 선생님은 입고 있는 낡은 베이지색 스웨터의 소매를 팔꿈치까지 밀어 올린다.

"어렸을 때, 우리 부모님은 거의 매일 밤 *당신에게 필요한 건 사랑뿐(All You Need Is Love)*을 틀어놓았습니다." 선생님은 책상에 걸터앉아 우리를 바라보며 말한다. "그 시절의 나는 그 노래가 춤추기에 좋다고만 생각했어요. 가사가 무슨 뜻인지 생각해 보지도 않고 무작정 외우기만 했죠. 그냥 따라 부르는 게 재미있었어요." 그러고는 옆에 있는 종이 더미를 집어 든 다음, 죽 늘어선 학생들의 책상 사이를 걸어 다니며 종이를 나눠 준다. "하지만 가사를 찬찬히 살펴보면, 여기에 시적인 요소가 상당히 많다는 걸 알게 됩니다."

선생님이 내 책상 위에도 가사가 적힌 종이를 올려놓는데, 결혼반지와 손등에 난 작은 털들이 내 시야에 들어온다. 선생님의 아내는 어떤 사람일까. 매일 밤 두 사람은 비틀스 혹은 다른 옛날 음악을 듣고 춤을 추며 시간을 보낼까. 나는 그들의 집을 그려보고, 집을 어떻게 꾸며놨을지 상상한다. 아마 집에는 식물이 많을 것이고, 친구들이 직접 그려 선물로 준 그림도 많을 것이다.

"케이틀린." 로버트슨 선생님이 미소와 함께 내 생각을 잘라낸다. "이 노래에 어떤 시적인 요소가 있는지 말해 볼래."

"네." 나는 재빨리 시를 읽어보지만, 빨리 대답을 해야 한다는 압박감에 글자를 제대로 흡수하지 못한다. "이 시를 읽어보면, 패턴…… 같은 게 보이네요? 반복되는 것들이요."

"그렇지. 반복. 벤저민, 또 뭐가 있을까?"

"음, 일관된 주제도 있네요?"

"주제가 뭔데?"

"글쎄, 사랑이요."

"좋아. 이 노래의 또 다른 주제는 뭘까? 딜런?"

나는 딜런을 흘긋 본다. 정말 저 애는 여자애랑 키스하다가 학교에서 쫓겨난 걸까. 딜런은 지난번과 똑같은 블랙진과 읽을 수 없는 문구가 써진 밝은 파란색 티셔츠를 입었고, 양 팔목에 묵직한 가죽 팔찌를 했다. 책상 위에 한쪽 팔꿈치를 괸 채 다른 손으로는 가사가 적힌 종이를 얼굴 앞에 들고 있다.

"인간의 잠재력. 혹은 정체성이요." 딜런이 내뱉는다.

"그렇지." 로버트슨 선생님은 고개를 끄덕인다. "정확한 대답이야." 선생님은 천장 한쪽 구석을 바라보며 비틀스의 노래를 흥얼거린다. 자신이 어디에 있는지 잠시 잊어버린 것 같다.

그러더니 잠시 후 다시 우리에게 돌아온다.

선생님이 말한다. "숙제입니다. 자신에게 중요한 의미가 있는 노래를 하나 선택해요. 그리고 왜 그 노래가 중요한지 설명하고, 시처럼 노래의 가사를 분석하는 글을 써오도록. 금요일까지 제출입니다."

사물함에서 수학책을 꺼내는데 딜런이 옆으로 와서 묻는다.

"이 주변에 맛있는 데 알아?"

이제는 과학관의 비밀스러운 매력이 전부 폭로되어, 거의 모든 사물함에 주인이 생겼다. 수업 시작 전후로 과학관 복도는 사물함 문이 삐걱거리고 쿵 닫히는 소리, 수십 명의 목소리, 핸드폰 벨소리, 바닥을 찧는 발소리로 시끄럽다. 딜런 쪽을 흘깃 봤더니 딜런은 첫날 그랬던 것처럼 나를 빤히 바라보고 있다. 투명한 청록색 눈동자 주변에 아이라이너가 까맣게 번져 있다. 딜런이 너무 가까이 서 있어 기분이 이상하다. 얼리샤가 다가와서 말을 걸었던 때를 제외하면, 한 번도 다른 사람이 가까이 다가오도록 내버려두지 않았다.

"웹스터 스트리트 따라서 번화가 쪽으로 가다 보면 몇 군데 있어." 내가 답한다.

딜런은 내 사물함에 붙어 있는 잉그리드의 언덕을 보더니, 고개를 쭉 빼고 눈을 가늘게 뜨며 집중한다. 그러다가 사진이 마음에 든다는 듯 고개를 끄덕인다.

"그렇구나." 딜런이 말한다. "배고파?"

고민도 없이, 한순간의 망설임도 없이, 나는 말한다. "나 숙제 있어."

"뭐." 딜런이 대꾸한다. "그럼 말고."

나는 집으로 향한다. 도착하자마자 가방에 있는 잉그리드의 일기장을 꺼내 몇 시간이 걸리든 꼼짝도 안 하고 앉아 끝까지 읽을 것이다. 하지만 우리가 함께 걷곤 했던 언덕과 아파트 단지와 또 다른 장소들을 지나다 보니 그래서는 안 되겠다는 생각이 든다.

내 생각에 사람들은 서로를 당연하게 여긴다. 예를 들어보겠다. 나와 잉그리드는 잉그리드의 방이나 학교나 웬 길거리 같은 별로 대단할 것도 없는 곳에서 어울리면서 함께 있는 내내 이야기를 멈추지 않았다. 무슨 생각이든 떠오르는 대로 서로에게 말했다. 다른 사람들에게는 이런 것이 재미없을지도 모르겠지만, 우리에게는 그렇지 않았다. 나는 그런 관계가 얼마나 대단한지 한 번도 깨닫지 못했다. 내 머릿속에 떠오르는 생각들을 전부 알고 싶어 하는 사람을 만나는 것이 얼마나 대단한 일인지 결코 몰랐다. 사람들은 삶의 모든 것이 지금과 똑같을 것으로 생각한다. 평소와 다를 것 없는 순간에 문득 고개를 들고 *이것도 다 끝나겠지*라고 생각하지 않는다. 하지만 이제 나는 몰랐던 것을 안다. 삶이 굴러가는 방식에 대해. 잉그리드의 일기장을 다 읽고 나면, 우리 사이에는 새로운 것이 하나도 남지 않게 될 것이다.

그래서 집에 도착한 나는 집에 나밖에 없음에도 방문을 꼭 잠근 다음 잉그리드의 일기장을 꺼내 잠시 그대로 쥐고 있다. 나는 첫 장에 있는 그림을 바라본다. 그러고는 다시 일기장을 넣는다. 잉그리드가 더 오래 살 수 있도록 해볼 생각이다.

15

저녁 식사를 마친 후, 노트북을 챙겨 내 자동차 뒷좌석에 탄다. 데이비가 만들어준 테이프를 넣고 볼륨을 낮추어 집중하려 애쓴다. 영어 숙제의 첫 문장을 궁리하고 있다.

나는 키보드를 두드려 쓴다. 사람들은 음악이라는 강력한 수단으로 자신을 표현할 수 있다. 그리고 이 문장을 지운다. 다시 쓴다. *노래는 인생의 특정한 순간을 기억하는 중요한 수단이 되기도 한다.* 이 문장이 내가 하고 싶은 말과 더 가깝기는 하지만, 정확하지는 않다. 나는 노트북을 닫는다. 여자의 기타 소리가, 진심이 담긴 노랫소리가 흘러나온다. 나는 지붕창을 열고 뒷좌석에 몸을 파묻은 다음 하늘을 바라보며 노래를 듣는다.

음악이 끝난 후에는 테이프를 꺼내고 다시 숙제에 집중한다. *한 노래와 절절한 사랑에 빠졌을 때만 느낄 수 있는 형용할 수 없는 감정이 있다.*

나는 이 문장을 되풀이하여 읽는다. 그리고 계속해서 글을 써 내려가며 내 인생 최고의 밤을 재생해본다.

그날 밤, 잉그리드와 나는 잉그리드의 화장실 거울 앞에 서서 온 정신을 집중했다. 세면대는 조그마한 화장품 통들과 머리핀과 헤어젤로 어지러웠다.

우리 완전 섹시하다. 잉그리드가 말했다.

나는 천천히 고개를 끄덕이며 내 얼굴이 위아래로 움직이는 모습을 보았다. 가운데에 가르마를 탄 나의 머리카락은 길게 쭉 뻗었고 반짝반짝했다. 잉그리드가 내 눈에 진한 초록색 펄 아이섀도를 발라서 내 눈동자는 평소 같은 갈색이 아니라 호박색으로 보였다. 잉그리드는 곱슬곱슬한 금발 머리를 뒤로 고정하고 자연스럽게 잔머리를 뺐다. 입술에 칠한 빨간 립스틱 때문에 나이가 더 많아 보였고 세련된 느낌이었다.

그러네. 내가 말했다. *우리 보기 좋다.*

지금 우리 진짜 예쁘다니까.

그래, 우리는 마치 한 세트 같았다. 함께 있으면 딱 들어맞아서, 모르는 사람은 자매냐고 묻고는 했다. 잉그리드는 금발에 곱슬머리고 나는 갈색 직모였지만. 잉그리드는 눈이 파랗고 나는 갈색이었지만. 어쩌면 우리의 행동이나 말투, 아니면 그저 *움직이는 방식* 때문이었을 수도 있다. 같은 것을 보면 같은 순간에 같은 생각을 하고, 같은 순간에 같은 말을 하려고 서로를 바라보기 때문이었을 수도.

좋아. 잉그리드가 말했다. *그대로, 가만히 있어.* 잉그리드는 작은 봉 같은 것으로 내 입술에 분홍색 립글로스를 바르고, 나는 손가락에 침을 발라 잉그리드 볼에 묻어있던 마스카라 조각을 닦아냈다.

우리는 잉그리드네 부모님의 SUV에 올라탔고, 잉그리드의 엄마인 수잔 아줌마는 백미러에 비친 우리의 얼굴을 보았다.

둘 다 아주 예쁘네. 아줌마가 말했다. 거울 속으로 아줌마의 웃는 얼굴이 보였다. 잉그리드의 아빠인 미치 아저씨는 앞좌석에서 몸을 돌려 우리를 보았다.

얘들 좀 봐. 볼만하군 그래. 아마 아저씨는 자기만의 방식대로 우리가 예쁘다는 말을 하려는 거였겠지.

잉그리드의 오빠 데이비와 데이비의 여자친구 어맨다는 막 약혼한 참이라, 둘이 같이 사는 아파트 주변의 레스토랑에서 크게 축하 파티를 열었다. 잉그리드의 부모님은 데이비를 낳고 열 살 터울로 잉그리드를 낳았다. 잉그리드는 항상 자기가 태어난 건 실수였다고 말하며 우스워했지만, 아줌마와 아저씨는 절대 실수라고 인정하지 않았다. 축하 파티에 참석하는 사람들은 전부 우리보다 나이가 많을 것이었으나 상관없었다. 잘 차려입고 무언가를 고대한다는 건 즐거운 일이니까. 하룻밤이라도 로스 세로스를 벗어난다는 건 즐거운 일이니까.

아줌마와 아저씨가 레스토랑 앞에서 우리를 내려주어서, 잉그리드와 나는 한 시간 동안 주변을 빙빙 돌며 주차 자리를 찾아 헤매는 일에서 해방되었다. 안으로 들어가자 데이비와 어맨다는 항상 그랬던 것처럼 행복한 모습으로 웃고 있었다.

우리는 잠시 두 사람과 이야기를 나눈 다음 테이블에 앉아 조그마한 접시에 담긴 고급스러운 음식을 잔뜩 먹었다. 그런데 조명이 어두워지며 음악 소리가 커졌고, 다들 자리에서 일어나 춤추기 시작했다. 어맨다와 데이비의 친구들은 하나같이 아름다웠고, 나는 난생처음으로 나 역시 아름답다고 느꼈다. 나는 일어나서 그 사람들 가운데로 걸어갔다. 검은색 브이넥 스웨터와 몰에서 산 꽉 끼는 적갈색 바지 차림으로. 노란 원피스에 갈색 부츠를 신은 잉그리드도 나를 따라왔다. 모르는 사람들 속에 있어서 기분이 좋았다. 내가 고등학생 꼬마라는 생각은 싹 잊었다. 원한다면 누구든 될 수 있었다.

우리는 들어본 적 없는 영국 록밴드의 음악에 맞춰 춤을 추며 방방 뛰고 빙빙 돌았다. 정신없이 춤을 추다 보니 어느 순간에는 무대 가장자리까지 왔는데, 마침 웨이터가 샴페인 쟁반을 들고 지나가고 있었다. 잉그리드는 웨이터에게 술을 집는 사람이 누군지 확인할 겨를도 주지 않고 두 잔을 잡아챘고, 우리는 단숨에 한 잔씩 마셨다. 정확히 말하자면, 나는 취하지는 않았다. 내 말은, 겨우 *한 잔*밖에 안 마셨으니까. 하지만 조금 어지러워지기는 했는데, 덕분에 춤추는 것이 더 재미있었다. 우리는 다섯 곡이 나오는 내내 춤을 추었다. 그다음엔 새로운 노래가 나왔는데, 어딘가 급박하면서도 침착한 동시에 열정적이기도 한 남자 목소리가 흘러나왔고 나는 바로 얼어붙었다. 나는 춤추는 낯선 사람들 속에서 가만히 서서 그 노래를 들었다.

그리고 바로 그때 음악이 사람에게 어떤 효과를 끼칠 수 있는지, 어떻게 음악으로 인해 사람의 마음이 아프면서도 밝아질 수 있는지 알게 되었다. 눈을 감고 한곳에 가만히 서서 내 주위로 흐르는 사람들의 움직임과 내 목구멍을 타고 올라오는 베이스의 울림을 느꼈고, 내 안의 무언가가 부서졌다가 다시 결합했다.

그 노래가 끝나자 나는 잉그리드의 손을 잡고 군중 밖으로 빠져나와 어맨다에게 갔다. 어맨다는 DJ 옆에 서서 음반을 건네주며 어떤 음악을 틀어야 할지 알려주고 있었다. 두 사람 옆에 거대한 스피커가 있었고, 둥둥 울리는 베이스 소리가 내 몸을 관통했다.

방금 그 노래 누구 거예요? 내가 외쳤다.

큐어(The Cure)[*]. 어맨다가 소리쳐 답했다. *왜, 마음에 들어?*

나는 고개를 끄덕였다. *사랑에 빠진 것 같아*요라고 말하고 싶었지만, 그런 말은 내 감정에 비해 너무 보잘것없게 들렸다.

어맨다는 CD를 케이스에 넣더니 내게 건네주었다. *가져.* 어맨다가 말했다. *이제 네 거야.*

몇 시간 후, 숙제를 끝낸다. 자동차 유리 너머로 불이 다 꺼진 우리 집이 보인다. 부모님은 벌써 잠든 것 같다. 이제 부모님은

[*] 1976년 영국에서 프론트맨 로버트 스미스를 주축으로 결성된 밴드. 초기에는 포스트 펑크 스타일의 음악을 선보였고, 후에는 함께 전형적인 고딕 락의 면모를 보여줬다.

내가 밖에 있는 것에 익숙해졌나 보다. 나는 길을 건너 집으로 가다가 목재 더미 옆에서 멈춘다. 맨 위에 있는 판자를 손으로 훑는다.

16

오늘 아침에는 일찍 잠에서 깨 침대에 뒹굴고 있다가 울리는 알람을 껐다. 어젯밤에는 잠들기까지 너무 오래 걸렸다. 계속 그날 밤이 생각났다. 그날 밤 후에도 잉그리드는 몇 달 동안 살아 있었지만, 깨어 있지는 않았다. 계속 일기장에 그림도 그리고 나를 만나서 놀고 가끔 웃기도 했지만, 지금 돌이켜보면 그때 잉그리드는 로봇처럼 살고 있었던 거다. 사람들이 이를 닦고 아침을 먹는 것처럼. 그런 일은 별다른 고민 없이, 머릿속으로 다른 생각을 하며 하는 법이다. 그런 일은 다른 본격적인 일을 하기 위한 준비일 뿐이다.

나는 잉그리드의 일기장을 꺼내고, 아직 아침 6시 45분밖에 안 됐지만 이미 오늘 하루를 망쳤다는 것을 직감한다. 그리고 일기장을 펼친 후에는 모든 것이 더 견딜 수 없어진다.

델라니에게,

이것은 고마움을 전하기 위한 편지예요. 어제 저는 카메라를 들고 다니며 잔뜩 사진을 찍었어요. 모든 것이 달라 보였고, 직사각형 네모에 담긴 것처럼 보였고, 제 눈은 카메라보다 먼저 사진을 찍고 있었답니다. 그다음에는 현상소에 갔는데, 웬 꾀죄죄하고 귀여운 남자애가 껌 부리면서 말을 걸더군요. "네 사진 진짜 멋있다"라고. 기분이 좋았지만 빨리 사진을 보고 싶어서 고맙다고만 했고, "고객 사진을 그렇게 마음대로 보는 게 어딨어. 그거 불법이야" 같은 받아주는 멘트는 하지 않았지요. 사진은 정말 잘 나왔더라고요. 특히 꽃 사진이랑, 깨진 유리와 콘크리트를 찍은 사진이랑, 아 맞다, 음반 가게 유리창에 반사된 제 모습을 찍은 사진도요. 음반 가게 유리창에는 막대기처럼 빼빼 마른 몸에 가짜 가슴만 거대한 십 대 소녀 가수들의 구겨진 나는 포스터가 붙어 있는데, 그 위로 짠! 카메라를 든 진짜 십 대 소녀가 반사된 거죠. 델라니, 선생님 덕분에 내 삶은 괜찮아질지도 모르겠어요. 나는 자유롭게 온 세상을 여행하고 동물과 원시 부족민 사진을 찍고 내셔널 지오그래픽에서 일하고 환상적인 모험을 하고 멋진 남자들과 화끈한 섹스를 할 거예요. 그 남자들은 아주 희귀한 방언밖에 할 줄 몰라서 우리는 몸짓으로만 소통할 거고, 헤어진 후로는 절대 연락을 주고받지 않겠죠. 어쩌면 진짜 대학교에 가는 대신 뉴욕에 있는 예술학교에 입학해서 부모님에게 심장마비가 어떤 느낌인지 가르쳐 줄 수도 있겠어요. 예술학교를 졸업하면 창녀와 헤로인 중독자, 길거리나 쉼터에서 밤을 보내는 가출 청소년의 영혼을 담은 사진을 찍어 유명해질 거고, 노벨 평화상을 받으면 수상 연설에서 "이 모든 것은 당신, 비나 델라니 선생님과 함께 시작되었습니다. 전부 선생님 덕분이에요."라고 할 거예요. 그러면 선생님은 눈에 눈물이 그렁그렁해서 나를 자랑스러워 하시겠죠.

사랑을 담아,

잉그리드 드림

17

오전 사진 수업에 가지 않는다. 당연한 일이다.

아파트 단지 뒤쪽에 있는 길에 앉아, 처량한 외로움 속에서 8시 50분이 되기를 기다린다. 건물을 등진 채 언덕과 나무를 바라본다. 나무가 몇 그루인지 세기 시작한다. 그러다가 나도 모르게 나무 한 그루에 나의 잘못을 하나씩 생각해낸다. 커다란 참나무, 잉그리드가 칼로 자해한다는 것을 아무에게도 말하지 않았다. 아기 참나무, 잉그리드에게 제이슨의 팔이나 파란 셔츠에 대해 듣는 게 신물 난다고 말했다. 키가 훌쩍하고 헐벗은 나무, 잉그리드가 우울해져서 입을 꾹 다물 때마다 그대로 놔두고 혼자 가버렸다. 자리를 지켰어야 했는데. 조용히 그 옆에 앉아 있어야 했다. 내가 자기편이라는 걸 잉그리드도 알 수 있도록. 소나무, 어느 오후 잉그리드에게 매일같이 어울리기는 싫다고 했다. 거짓말이었다. 사실은 또 드러그스토어에 가서 네일 폴리시를 훔치고 싶지 않았을 뿐이었다. 지난번에 훔쳤을 때 기분이 너무 좋지 않았기 때문이다. 내 말을 들은 잉그리드는 바로 뒤돌아 떠났지만, 나는 잉그리드가 울기 직전이라는 것을 알 수 있었다. 바로 그날 잉그리드는 가방에 아이라이너와 염색약을 넣고 도망가려다 붙잡혔다. 나는 더 작은 소나무를 보며 함께 붙잡히지 않은 나를 탓한다. 그러고는 저 멀리 나무가 빽빽하게 모여 있는 곳을 보며, 잉그리드를 놀리거나 멍청하다고 윽박질렀던 수많은 순간을 생각한다. 나는 농담이었지만, 잉그리드는 상처받았을 수도 있으니까.

아침의 안개가 나무 사이로 퍼져나가며 숲을 감싼다. 내 마음 속 후회처럼. 나는 가방에서 카메라를 꺼낸다. 사진을 찍고 싶은 마음이 간절하다. 하지만 찍지 않는다.

18

나는 미적분 입문 수업에 들어가 테일러 뒷자리에 슬쩍 앉고, 그런 내 행동에 놀란다.

"손목을 그었어." 내가 말한다.

테일러는 뒤돌아 나를 마주한다. x값이 뭔지 알아낼 수 없을 때처럼 혼란스러운 표정이다. 나는 그와 단단히 시선을 엮는다. 분노가 뱃속에서 뒤엉키고 있다.

"뭐라고?" 테일러가 되묻는다.

"손목을 그었다고. 과다 출혈로 죽었지. 그렇게 죽었어. 보통 그런 방식으로는 성공하기 어렵다는데, 어지간히 죽고 싶었나 봐."

테일러는 불편한 듯 창백한 얼굴이다. 엮여 있던 시선을 풀어내 다른 곳을 본다.

"이제 궁금증이 풀렸겠지."

나는 의자 등받이에 깊숙이 기대며 테일러에게서 물러난다. 제임스 선생님이 오래된 오버헤드 프로젝터를 이용해 숙제를 검토하지만, 나는 집중할 수 없다. 눈앞에 잉그리드의 얼굴뿐이다. 눈을 세게 감았다가 뜬 뒤, 책상을 빤히 바라보며 깨끗한 책상이 잉그리드의 이미지를 밀어내기를 바란다. 하지만 맨 위 오른쪽 구석에 검은색 매직으로 적은 흉측한 낙서가 보인다. '너 완전 구려.' 그 낙서를 세게 문지르자 엄지가 얼얼해진다. 낙서는 전혀 희미해지지 않는다. 내 호흡이 거칠어지고, 테일러가 뒤돌아서 나를 보는 것 같지만, 쳐다보지 않기로 한다.

"책상을 바꿔야겠어." 나는 혼자 중얼거린 다음 가방을 들고 복도를 걷다가 아무런 낙서도 없는 깨끗한 책상을 찾아낸다.

그렇지만 아직도 잉그리드가 보인다, 그날 아침 잉그리드의 집에 있기라도 했던 것처럼. 내가 화장실 문을 열고 욕조에 놓인 잉그리드의 발가벗은 몸을, 꼭 감긴 눈을, 무거운 머리를, 붉은 물속에 떠 있는 두 팔을 목격했던 사람이 잉그리드의 엄마가 아니라 나였던 것처럼. 나는 제임스 선생님의 프로젝터를 쳐다보지만, 내 눈에는 잉그리드 팔 혈관을 따라 깊게 팬 자상이 보일 뿐이다. 선생님이 뭐라고 하는지 들리지 않는다. 처음에는 소리가 사라졌고, 곧 모든 것이 형체를 잃기 시작한다.

조금씩, 조금씩, 나는 머리를 낮추고 차가운 책상에 얼굴을 납작하게 댄다. 호흡에 집중하고, 힘껏 뛰는 심장을 느낀다. 시곗바늘 소리가 희미하게 들린다. 벽을, 시계가 있을 것 같은 지점을 바라보고, 웅웅대는 제임스 선생님의 목소리를 감각하며, 잉그리드가 사라지고 시계가 나타나기를 기다린다.

19

잉그리드의 피부는 그 누구보다 부드러웠고, 너무나 창백해서 투명할 정도였다. 팔을 타고 내려가는 파란 혈관이 보였다. 그래서 잉그리드는 어딘가 연약해 보였다. 내 첫 남자친구인 에릭 대니얼스의 가슴 위에 머리를 올려놓자 느껴졌던 심장박동에 *아*, 하고 새삼 놀랐을 때처럼. 사람들은 자기 몸 안에서 피가 흐르고 심장이 뛰고 폐가 팽창한다는 걸 항상 기억하고 살지는 않는다. 하지만 잉그리드를 바라볼 때는 항상 그 애를 살아 숨 쉬게 하는 것들을 상기하게 되었다.

잉그리드가 처음으로 피부에 무언가를 새겨 넣었을 때 사용한 건 이그잭토 조각칼이었다. 잉그리드는 셔츠를 들어 올려서 딱지가 생긴 상처를 내게 보여주었다. 배에 '엿 먹어'라고 쓰여 있었다. 나는 잠시 가만히 서서 내 몸속의 호흡이 소진되는 것을 느꼈다. 그때 바로 잉그리드의 팔을 잡고 보건실로, 달큼하고 퀴퀴한

약 냄새가 나고 퍼석퍼석한 시트가 깔린 침대가 있는 작은 방으로 갔어야 했다.

그러고는 잉그리드의 셔츠를 들어 올려 상처를 보여줬어야 했다. *이거 봐요.* 나는 뾰족한 코 위에 안경을 얹고 작은 책상 앞에 앉아 있는 보건 선생님에게 말했어야 했다. *얘 좀 도와주세요.*

그 대신, 나는 손을 뻗어 글자들을 훑어보았다. 상처가 깊지 않아 딱지가 얇게 형성된 상태였다. 갈색 표면이 까끌까끌했다. 그때 나는 우리 학교에 다니는 여자애들 상당수가 자해한다는 사실을 알고 있었다. 그 애들은 팔목 아래까지 내려오는 긴 소매 끝에 구멍을 뚫고 엄지를 넣어서 팔의 흉터를 가렸다. 나는 잉그리드에게 그러면 아프냐고 물어보고 싶었지만 그런 건 바보나 할 만한 질문이라는 생각이 들었고, 내가 뭔가를 놓치고 있는 것 같았다. 그래서 내가 한 말은, *너나.* 잉그리드는 낄낄거렸고, 나는 우리 사이에 있던 좋은 것이 변하고 있다는 느낌을 애써 무시했다.

20

계단 발치에 선 아빠는 내가 가장 좋아하는 운동화 끈을 잡고 달랑달랑 흔들며 나를 반긴다.

"이것 좀 봐라." 아빠가 말한다. "심각한걸."

아빠가 내 운동화 바닥을 보여주는데, 고무가 닳아 거의 구멍이 뚫릴 지경이다. 아빠는 고개를 저으며 말한다. "사람들이 보면 우리가 신발도 안 사주는 줄 알겠다. 아동 보호국에 신고할지도 몰라. 지금 당장 새 신발 사야겠어."

나는 아빠에게 눈을 흘긴다. 지금은 토요일 오전, 아빠는 폴로셔츠와 인류 역사상 가장 흉측하게 생긴 반바지를 입고 있다. 나는 아빠의 신발을 흘긋 본다. 불행하게도, 신발은 아주 깨끗하다.

"알았어." 내가 말한다.

나는 터덜터덜 이층으로 올라가 거울을 보고, 세상에 너무 흉한 꼴을 내보이지 않기 위해 눈 밑에 컨실러를 바른 다음, 어깨에 가방을 짊어지고 아래층에 있는 아빠에게 간다.

"가방은 어디다 쓰게?" 아빠가 가방을 가리키며 물어본다.

"지갑이 가방 속에 있어서."

"신발은 아빠가 사줄게. 지갑 필요 없어."

나는 잉그리드의 일기장을 두고 갈 생각이 없다. "음, 그런데, 내 물건이 *전부* 가방 안에 있단 말이야. 필요한 게 생길 수도 있잖아."

아빠는 어깨를 으쓱한다. "마음대로 해."

자동차 안에서 아빠는 브레인스토밍이 잘 되고 있는지 묻는다.

"브레인스토밍?"

"뭘 만들 거야?"

"아." 나는 까만 가죽으로 된 좌석을 내려다보고 손가락으로 봉제선을 훑어본다. "아직 고민 중이야." 머릿속에 여러 가지 아이디어가 있지만, 그중에 무엇을 선택해야 할지 모르겠다는 말투를 꾸며낸다.

아빠는 고개를 끄덕인다. "그래, 얼른 보고 싶다. 결과물이 뭐든."

나는 아무런 대꾸도 하지 않고, 곧 아빠는 라디오를 켠다. 우리는 진한 보스턴 억양을 쓰는 두 정비공이 농담을 주고받으며 자동차에 대한 정보를 알려주는 것을 듣는다.

"곧 운전면허 딸 생각이니?" 아빠가 묻는다.

나는 어깨를 으쓱하고 창밖을 본다. 세상은 온통 밝기만 하고, 나는 눈을 감고 싶다.

아빠가 나를 흘긋거린다. 라디오의 정비공들은 웃음을 터뜨린다. 잠시 후 아빠가 내 무릎을 도닥인다.

"서두르지 마." 아빠가 말한다. "천천히 해."

얼마 전이었다면 쇼핑이란 즐거운 일이었겠지만, 백화점에 도착한 지금은 이 모든 걸 감당하기가 힘들다. 층층이 쌓인 신발, 내가 원해야 할 이 많은 상품. 주위의 사람들은 짝으로, 떼로 몰려다니다가 "와, 이거 귀엽네."라고 말하며 신발을 들고 뒤집어 가격표를 확인한다. 나는 무엇부터 해야 할지 막막해서 그냥 멍하니 서 있다. 이게 다 무슨 소용인지 모르겠다. 아빠의 시선이 느껴진다. 아빠는 내가 가만히 서 있는 것을 원하지 않겠지만, 어쩔 수 없다.

결국, 아빠는 우리 앞에 놓인 둥그런 테이블 위에 진열된 초록색 컨버스 한 켤레를 집어 든다.

"이거 어때?" 아빠가 묻는다.

"예뻐."라고 대답한다. 그리고 잉그리드의 빨간 컨버스를, 잉그리드가 하얀 고무로 된 앞코와 신발창 옆쪽에 글씨를 써놓았던 것을 떠올린다.

"이걸로 하죠." 아빠가 점원에게 말한다. "사이즈는 250. 맞지, 케이틀린?"

고개를 끄덕인다.

"신어보시겠어요?" 점원이 묻는다.

"안 맞으면 교환하러 올게요." 아빠가 답하고 신용카드를 내민다.

점원이 계산을 마치기를 기다리는데, 같은 학교에 다니는 여자아이가 눈에 들어온다. 아는 사이는 아니고, 심지어 이름도 모른다. 특별반에 다니는 애다. 학습 장애가 있는 애들이 아닌, 상담 선생님들이 '위험 청소년'이라고 즐겨 부르는 애들을 위한 특별반이다. 진열된 부츠 위로 우리 눈이 마주친다.

"안녕, 너 비스타 고등학교 다니지?" 그 아이가 말한다.

"응."

그 애 머리카락은 진한 갈색부터 밝은 노란색까지 온갖 빛깔로 염색되어 있다. 이삼일에 한 번씩 염색하는 바람에 이제는 시달리다 못한 머리카락이 반란을 일으킨 것 같은 모습이다. 귀 주변은 금발, 뿌리는 옅은 갈색이고, 옆쪽으로 오렌지색이 삐죽삐죽하다.

"너 케이틀린, 맞지? 나는 멜라니야. 넌 날 모를 수도 있겠다. 난 학교 안에서 많이 돌아다니지 않거든. 점심도 아는 애들 몇 명이랑 야구장 외야석에서 먹어. 그쪽은 잘 안 보이잖아, 알지?" 멜라니의 속사포 같은 말에서 긴장이 배어 나온다.

"너 본 적 있어." 나는 어떻게 내 이름을 아는지 물어보고 싶지만, 이미 그 이유가 뭔지 알 것 같고, 멜라니가 그 이유를 설명하게 만들고 싶지 않다. 아빠는 영수증에 사인하러 계산대로 간다. 멜라니는 나를 보지 않는다. 대신 테이블에 놓인 부츠를 전부 하나씩 집어 들고 뒤에 붙은 가격표를 본다. 이상한 점은, 부츠 자체에는 거의 관심이 없다는 거다. 눈을 찡그리며 "아이고."라고 하기 전에 정말 가격표를 읽기는 했는지조차 확신이 서지 않는다.

"삼백 달러래." 멜라니가 입 모양으로 말하며 부츠를 도로 테이블에 올려놓는다. 그 말을 내게 하는 건지, 부츠에 하는 건지, 그냥 진열대에 대고 하는 건지 모르겠다.

멜라니, 그리고 멜라니의 이름 모를 친구들과 어울리는 내 모습을, 다른 애들과 뚝 떨어져 있는 내 모습을 상상해본다. 어쩌면 그쪽이 더 쉬울지도 모르겠다.

아빠가 새 신발이 담긴 가방을 들고 돌아온다.

"이만 갈게." 내가 멜라니에게 말한다.

멜라니는 내 쪽으로 손을 들고 손가락을 꼼지락꼼지락하지만, 나를 바라보지는 않는다.

백화점을 나서는 길에 아빠가 묻는다. "아는 애니?" 아빠의 목소리는 너무 큰 데다가 꾸며낸 자연스러움이 있다. 엄마 아빠는 비교적 개방적인 편이지만, 지금 아빠가 조금 걱정하고 있다는 건 알 수 있다. 멜라니에게 어딘가 이상한 구석이 있다는 것은, 멜라니가 '위험 청소년' 반에 다닌다는 사실을 몰라도 척 보면 알 수 있으니까.

"아니." 내가 답한다. "그냥 같은 학교 다니는 애야."

21

월요일 아침, 나는 일찌감치 학교에 가서 사물함에 들른다. 수학책을 사물함 맨 위 선반에 넣으며, 잉그리드의 언덕을 잠시만 떼어내고 거울을 들여다보고 싶다는 충동을 느낀다. 요즘에는 아침이면 샤워를 마친 뒤 바로 청바지에 낡은 티셔츠를 입는 것으로 준비를 끝낸다. 게다가 샤워를 마치고 나오면 화장실 거울이 뿌옇게 흐려져 있을 때가 많으니까 잠시나마 내 얼굴을 보는 것도 불가능하다. 오늘 입고 온 흰색 셔츠는 아빠 것일 수도 있겠다. 셔츠는 내 몸에 비해 너무 커서 벙벙하다. 내가 이렇게까지 꾸미기를 내팽개친 것을 보면 잉그리드는 뭐라고 할까. *정말 그런 차림으로 집 밖에 나갈 생각이야?* 어쩌면, 이렇게 말하겠지. *이 아가씨야! 정신 똑바로 차려!* 잉그리드의 사진 테두리를 만지며, 거울을 들여다보는 위험은 감수하지 않기로 결정한다.

복도 저편에서 쿵쿵거리는 소리가 들리고, 언덕에서 고개를 돌리자 내 바로 옆에서 딜런이 사물함 비밀번호를 맞추고 있다.

"안녕." 나는 금요일에 못되게 굴었던 것을 사과하려고 인사한다.

피곤한 기색이 가득한 딜런은 손을 들어 인사하며 정체 모를 언어로 중얼중얼한다.

"뭐라고?"

딜런은 한 손으로 쥐고 있는 은색 보온병을 다른 손으로 가리킨다.

"너무 이르다고." 딜런이 웅얼거린다. "아직 커피도 다 못 마셨어."

사진 수업에 들어가자 가장 먼저 보이는 것은, 아직 과제를 제출하지 않은 사람들의 이름이 쭉 적혀 있는 칠판이다. 과제 한두 개를 내지 않았다는 학생이 몇 명 있고, 오직 내 이름 옆에만 *모든 과제 미제출*이라고 쓰여 있다.

그동안 찍고 싶었던 사진들이 생각나서 마음이 아프다. 끔찍한 기분이다. 하지만 정말 진심을 담은 과제를 델라니 선생님에게 제출한다는 건, 나를 찢어발기라고 갖다 바치는 것이나 마찬가지다. 그런 건 사양한다. 나는 뒷줄에 있는 의자에 기대고 앉아, 다음 과제인 정물 사진에 관한 선생님의 설명을 건성으로 듣는다. 선생님은 정물 사진의 예시가 있는 책을 돌려보라고 준다. 나는 책 속의 생명 없는 것들을 살펴본다. 과일 바구니. 책 더미. 극적인 조명 아래 놓인, 닳아서 해진 무용화.

난데없이, 영감이 떠오른다.

나는 겨우겨우 점심시간까지 기다린다. 때가 되자, 복도 감독관이 후문 주차장으로 가는 것을 확인한 후 재빨리 반대 방향으로 간다. 캠퍼스 가장자리에 있는 도보 위에 삼각대와 카메라를 세팅하고 렌즈 너머의 풍경을 본다. 화면을 조정해서 길 반대편의 도로와 도보까지 나오도록 한다. 그리고 기다린다. 이쪽으로 다가오는 자동차를 포착하자 준비 자세를 취하고, 자동차가 쌩하고 지나갈 때 셔터를 누른다. 곧 자동차 두 대가 더 오고, 그것도 찍는다. 나는 점심시간 내내 그 자리에 서서 기다리다가 자동차가 빠른 속도로 내 옆을 지날 때 사진을 찍는다. 이런 건 예술이 아니라는 걸 안다. 순전히 악의로 하는 짓이지만, 매번 셔터를 누를 때마다 기분은 좋아진다.

22

“아주 흥미로웠어요.” 로버트슨 선생님이 말한다. “다양한 노래들을 선택했더군요.” 선생님은 앉아 있는 학생들 사이로 왔다 갔다 돌아다니며 과제물을 책상에 엎어 돌려준다. “그래도 A는 두 명뿐입니다. 케이틀린, 딜런, 잘했어. 다른 사람들은 깊이가 부족했어요. 시에는 *다층적인* 의미가 있는 법이죠. 아주 자세히 살펴봐야 해요. 표면만 훑어서는 안 됩니다.”

나는 딜런을 흘끗 본다. 딜런은 나를 보더니 고개를 돌린다. 선생님이 돌려준 과제를 받아든 딜런은 무슨 말이 적혀 있는지 확인도 하지 않고 가방에 쑤셔 넣는다.

사물함으로 걸어가며, 나는 무슨 말을 할지 고민한다. 타인과의 대화에 노력을 기울이는 건 정말 오랜만이다. 사물함에 도착하자 딜런은 나를 흘끗 보지만 말은 걸지 않는다. 딜런의 사물함에 붙어 있는 작은 포스터 속에 두 소녀가 있다.

“그건 누구야?” 내가 묻는다.

“내가 좋아하는 밴드야. 캐나다 출신의 귀여운 퀴어들이지.”

“아.” 딜런에 대해 들었던 말들이 떠오르고, 나는 그냥 물어보기로 한다. 잃을 것도 없지 않은가. “그러면, 너도?”

“뭐?” 딜런이 히죽히죽 웃는다. “캐나다 출신이냐고?”

“아니. 퀴어냐고.” 나는 전에도 다른 사람에게 그런 질문을 해봤던 것처럼, 별일 아닌 것처럼 말하려 애쓴다.

딜런은 사물함 안에 있는 물건을 꺼내려고 깊이 몸을 숙이고, 딜런의 얼굴이 사라진다. "맞아."라고 대답하는 목소리만 작은 메아리로 울린다. 뭐라고 말해야 할지 생각해내려 하지만, 갑자기 뇌가 고장 난 텔레비전처럼 지직거리기만 한다. 그래서 그냥 서 있다, 아무 말 없이. 딜런은 가방에 책을 다 채우고 내 쪽으로 몸을 기댄다.

"이건 두 사람의 대화라고." 딜런이 말한다. "이제 *너*도 너에 대해 뭔가 말해줘야지. 내가 너한테 말했던 거랑 비슷한 말. 지금이 일방적인 심문에서 정보 교환으로 바뀔 시점이야."

"*내가* 퀴어냐고 묻는 거야?"

딜런은 한쪽 눈썹을 치켜뜬다. 멍청이가 된 기분이다.

"아니." 내가 말한다. "난 퀴어 아냐."

딜런은 사물함 문을 닫는다. "있지, 미친 소리로 들릴 수도 있겠지만. 퀴어랑 비퀴어가 평화롭게 같이 사는 것도 불가능한 일은 아니라던데." 딜런은 미소를 짓는데, 이 미소는 전과 달리 따뜻하다. "나 웹스터에 있다는 수프 가게에 갈 거야." 딜런이 말한다. 이번에는 같이 가자고 물어보지 않을 작정이다. 딜런은 절박하지 않다.

"나도 같이 가." 내가 말한다.

우리는 과학관 밖으로 나간다.

"너 차 있어?" 딜런에게 묻는다.

"아니."라고 대답하는 딜런의 얼굴은, 방금 내가 돈이라도 꿔달라고 한 듯한 표정이다. "사람들이 석유 사용만 줄여도 얼마나 많은 문제가 해결되는지 아니? 전쟁, 테러, 대기 오염…… 몇 개만 말해봐도 이 정도야."

우리가 거리로 나서자, 남자친구의 카마로에 탄 얼리샤 매킨토시가 유리창 너머로 우리를 뚫어지게 바라본다. 나는 얼리샤가 보이지 않는 척한다.

23

수프 가게에서는 이제 커다란 그릇에 담긴 태국식 수프를 팔지만, 내부에는 그전에 영업했던 다이너의 흔적이 남아있다. 벽에 붙은 엘비스 프레슬리의 포스터, 입구에 있는 반짝거리는 주크박스. 우리는 부스식 테이블의 빨간 비닐로 된 좌석 양쪽에 앉았다. 여기에서도 딜런은 구부정하게 앉는다. 그러고는 손가락으로 테이블을 두들기며 메뉴를 읽는다. 딜런은 말을 해야만 편안함을 느끼는 사람은 아닌 것 같다. 반면 나는 무슨 말이라도 해야 할 것 같아 안절부절못한다. 나는 메뉴를 보고 코코넛 밀크 파인애플 수프를 고른다. 딜런은 버섯과 껍질 콩이 들어간 똠얌꿍과 라지 사이즈 커피를 주문한다. 딜런은 외모는 세 보여도 종업원에게는 아주 친절하다. 웃으며 진심을 담아 "고맙습니다."라고 한다.

"왜 마음을 바꾼 거야?" 딜런이 묻는다.

"무슨 말이야?"

"처음에는 왜 그랬어? 같이 밥 먹으러 가자고 했을 때 말이야. 그냥 배가 안 고팠던 거야, 뭐야?"

나는 이렇게 직설적인 사람은 익숙하지 않아서 뭐라고 해야 할지 모르겠다. "기억이 안 나."

딜런은 내 거짓말을 간파한 듯 천천히 고개를 끄덕이더니, 종이로 된 테이블 매트를 내려다보며 미소 짓는다.

"영어 과제는 어떤 노래로 했어?" 딜런이 묻는다.

"*내게 가까이(Close to Me)*." 대답은 하지만, 딜런이 이 노래를 들어봤을지는 모르겠다.

"큐어, 맞지?"

"응. 좋아해?"

"그럼." 딜런이 말한다. "부모님이 큐어 앨범을 몇 개 갖고 있거든."

종업원이 음료를 가져와 테이블에 내려놓는다.

"크림이랑 설탕 필요해요?"

"아뇨, 괜찮아요."

딜런은 커피 위로 고개를 숙이고 커피 향을 들이마신다.

"그래서, 가사는 어떻게 분석했어?" 딜런이 묻는다.

과제를 꺼내려고 가방을 연 나는 잉그리드의 일기장을 넣어놓은 안주머니 지퍼가 반쯤 열려 있음을 눈치챈다. 일기장의 한쪽 모서리가 빼꼼 고개를 내밀고 있다. 지퍼를 잠그고 과제를 꺼내 훑어보며 똑똑하게 들릴 만한 문장을 탐색한다.

"이 노래는 후회라는 감정을 다루고 있다." 나는 과제를 읽는다. "그리고 타인을 속속들이 파악하거나 완전히 이해할 만한 능력이 부재하는 상황을 묘사한다." 나는 거기서 멈추고 어깨를 으쓱한다. "음, 시작은 이 정도야." 내가 말한다. "이렇게 더 이어져."

종업원이 수프를 가져와 테이블에 놓는다.

"감사합니다." 딜런이 그를 쳐다보며 말한다.

"고맙습니다." 나도 뒤잇는다.

우리는 오목한 수저 가득 수프를 떠서 식을 때까지 잠깐 기다린다.

"너는 무슨 노래에 관해 썼어?"

"밥 딜런* 노래. 딱 맞지, 뭐." 딜런은 버섯을 떠먹은 다음 덧붙인다. "내 이름, 밥 딜런에서 따온 것이거든."

"아." 내가 말한다. "정말 딱 맞네."

"나는 *시절이 변하고 있네(The Times They Are a-Changin')*를

* 미국의 포크 뮤지션. 60년대 시민권, 반전 운동에 큰 영향을 끼쳤고, 특유의 아름답고 깊이 있는 가사로 2016년 노벨 문학상을 탔다.

골랐는데, 그건 선생님 세대랑 우리 세대가 정말 다르다고, 그 노래가 우리 세대에도 적용될 수 있다면 좋겠지만 그렇지 않다는 이야기를 하려고 고른 거야. 우리 세대는 더 안주하는 경향이 있지."

딜런이 무슨 말을 하는 건지 전혀 모르겠는 나는 그냥 이렇게 말한다. "난 밥 딜런 노래는 하나도 몰라."

딜런은 아무 대꾸도 하지 않고, 잠시 우리는 조용히 수프를 먹는다. 침묵이 조금씩 나를 불편하게 한다. 나는 밥 딜런 노래뿐만 아니라, 재미있는 이야기도 전혀 모른다. 딜런은 커피를 다 마시고 한 잔을 더 주문한다. 나는 다른 테이블을, 이야기를 나누며 고개를 끄덕이는 사람들을 둘러본다.

"너 화장실에서 여자애랑 키스하다가 학교에서 쫓겨났다며." 나는 불쑥 내뱉는다.

딜런의 눈이 휘둥그레진다. 딜런은 수프 그릇 안을 바라본다. 그 안을 뚫어지게 보고 있으면 뭐라고 반응해야 할지 알아낼 수 있는 걸까. 그러다가 웃음을 터뜨린다.

"이 학교 정말 이상해." 딜런이 고개를 흔들며 말한다. 그리고 얼굴에 붙은 머리카락 한 올을 쓸어 넘긴다. "진짜 이상하다니까. 이 동네에 있는 집들만 봐도 그래. 똑같은 집을 복사해서 붙여 넣고 또 붙여 넣은 다음에, 페인트 몇 개 골라서 번갈아 가며 칠한 것 같다고." 딜런은 껍질 콩을 떠먹고 계속 말한다. "비스타에 다니는 애들이 다 복제인간처럼 생긴 것도 괴상한 일이 아니지. 로스 세로스로 이사 오기 전에는 샌프란시스코 주변에 이런 곳이 있으리라고 상상도 못 했어."

로스 세로스는 내가 세상에서 제일 좋아하는 곳은 아니지만, 그래도 조금은 편들어주고 싶은 마음이 생긴다. "전부 그런 건 아냐. 좋은 면도 있다고."

"글쎄, 그러면 가 보자." 딜런이 말한다. "좋은 면을 보여줘."

우리는 나눠서 음식값을 내고, 테이크아웃으로 세 번째 커피를 주문한 딜런이 팁을 낸다.

식당을 나서는데, 딜런이 말한다. "그런데 궁금해 할까 봐 말해주자면, 아빠가 직장을 옮겨서 온 거야. 아빠는 통근 길이 먼 건 질색하시거든. 그래서 이사 왔지."

우리는 스트립 몰을 떠나, 똑같이 생긴 백만 달러짜리 주택들, 레스토랑 체인점들, 하얀 스투코 벽으로 된 새로 지은 시청 건물과 시청 양쪽의 훌쭉하고 처량한 야자수를 지나 좁은 자갈길로 들어선다.

"자, 여기야." 내가 말한다. "로스 세로스에서 내가 가장 좋아하는 장소." 나는 팔을 빙 돌려 허공을 향해 뻗는다.

그곳은 오래된 영화관으로, 지나가는 사람도, 자동차도 없는 헐어빠진 거리에 홀로 서 있다. 인적 드문 곳에 덩그러니 선 허름

한 건물, 모두의 기억 속에서 사라진 텅 빈 공간이다. 하지만 스타벅스나 세이프웨이와 마찬가지의 존재감으로 우리 앞에 우뚝 서 있다. 창문은 대부분 나무판자로 막혀 있고 페인트도 대부분 벗겨졌지만, 누군가가 한쪽에 그려 놓은 벽화의 흔적이 몇 군데 알록달록하게, 노란색과 옅은 푸른색과 초록색으로 남아 있다. 벽화는 점점 희미해지는 중이지만 나는 마음에 든다.

"시에서 이 건물을 철거할 거래." 나는 딜런에게 말한다. 철거 이야기가 오가기 시작한 것도 벌써 몇 년 전이지만, 나로서는 머지않아 이 건물이 없어질 거란 사실이 여전히 받아들이기 힘들다.

딜런은 정방향의 햇볕에 눈을 찌푸리며, 글자 몇 개가 떨어져 나간 안내판 위의 문구를 읽는다. 안 ㅕㅇ히 가세요, 감 ㅏ합니다.

딜런의 눈에 무엇이 보이는지 모르겠다. 쓰러져가고 썩어가는 오래된 건물과 그 주변의 허리까지 자란 잡초일까, 잊히기 전에는 분명 근사했을 공간일까.

딜런은 체중을 뒤꿈치에 싣고 커피를 한 모금 마신 다음 커다란 문에 난 작은 원형 창문에 이마를 기댄다. 안을 들여다보는 딜런을 보는 내 뱃속에 죄책감이 들어찬다. 잉그리드 말고 다른 사람과 이곳에 온 건 처음이다. 시간을 되돌릴 수 있다면 딜런을 여기로 데려오지 않을 것이다. 그렇지만 동시에 딜런과 함께 안을 구경해 보고픈 마음도 생긴다. 과거에 잉그리드와 내가 수천 번 정도 그랬던 것처럼 얼굴을 창문에 갖다 대고 어두침침한 로비와 텅 빈 매점 가판대를 바라보고 싶다.

배신이 이런 걸까.

딜런은 영화관 옆쪽으로 이동하지만, 나는 따라가지 않는다. 딜런이 무엇을 발견하게 될지 알고 있다. 더 많은 잡초, 잠겨 있는 뒷문, 묵직한 커튼이 달려 안을 볼 수 없는 긴 직사각형 창문.

나는 매표소에 기대고 앉아 딜런을 기다린다. 타일이 깔린 바닥 가장자리를 손가락으로 훑어본다. 산들바람에 잡초 끝이 휘는 모습을 본다. 먼 곳에서 들려오는 자동차 소리에 귀를 기울인다.

딜런은 반대쪽에서 나타나 매표소에 기대고 선다. "여기서 상영했던 마지막 영화는 뭐였을까." 딜런이 말한다. 나는 딜런을 쳐다보며 미소 짓고, 그러자 또 배가 뭉근하게 당긴다. 그것은 잉그리드와 내가 항상 궁금해 하던 질문이다.

"여기 마음에 드네." 딜런이 말한다. 단순하고 진솔한 말이다. "널 친구로 선택해서 기쁘다."

딜런은 커피 컵의 플라스틱 뚜껑을 열어보더니 실망한 표정이다. 다 마신 것이다. 나는 가방 위에 손을 얹는다. 잉그리드의 일기장을 발견한 후로, 학교가 끝나자마자 바로 집에 가서 일기를 읽지 않은 것은 오늘 오후가 처음이다.

나는 나도 모르게 말한다. "옛날에 우리는 맨날 여기 와서 앉아 있었어."

딜런은 길 건너편을 보면서 말한다. "네 친구는 죽은 거지, 맞지?"

나는 고개를 끄덕인다, 딜런이 이쪽을 보고 있지 않다는 것을 알면서.

"힘들겠다."라고 딜런이 말하고, 나는 이런 말을 듣는 것에 익숙한데도, 딜런의 목소리—참으로 침착하고 진지했다—때문에 울고 싶어진다.

나는 한참 동안 아무 말도 하지 않는다. 잉그리드가 모든 일에 항상 원대하고 정밀한 계획을 세우던 것이 떠오른다. 그 계획 중에는, 어떻게든 부자가 되어 이 영화관을 사들인 다음 건물을 뜯어고치고 인디 영화 전용 극장으로 만드는 것도 있었다. 매점에서는 탄산음료 대신 차를 팔고, 심지어 사진이나 책도 같이 팔 계획이었다. 그곳은 영화관 이상의 공간이 될 것이었다. 사람들이 온갖 체인점에 숨이 막히고 거대한 집에서 외로움을 느낄 때마다 도피할 수 있는 공간이 될 것이었다. 잉그리드는 왜 실천으로 옮기지도 않을 거면서 그런 계획들을 짠 걸까, 난 이해할 수 없다.

딜런은 매표소에 등을 기댄 채 쭉 미끄러져 내 옆에 앉는다. 나를 안아주려는 것은 아니다. 사실 그렇게 가까이 앉아 있지도 않다.

만약 이것이 새로운 우정이라면, 정말 그렇다면, 난 솔직한 태도로 임해야겠다고 결심한다.

그래서 말한다. "사실은 다른 사람이랑 여기 앉아 있는 것도 어색해."

이 말이 어떻게 들릴지 모르겠다. 떠나 달라는 말로 이해하지 않았으면 좋겠다. 숨을 참고 기다리는 내게 딜런이 말한다. "그래, 분명 그럴 거야." 화난 목소리도 아니고, 가려고 일어서지도 않는다. 고마운 마음이 부풀어 오른다. 다른 사람과 함께 시간을 보낸 것이 너무나 오랜만이라서, 나는 아직 이 시간을 끝내고 싶지 않다.

24

11학년이 되고도 몇 주가 흘렀는데, 델라니 선생님은 여전히 내게 눈길도 주지 않는다. 오늘 1교시는 어둠 속에서 유명한 풍경 사진을 보는 시간이다. 선생님이 보여주는 건 전부 싫어하고 싶지만, 나는 사진들에 마음을 뺏긴다. 시작은 앤설 애덤스*였는데, 사실 이 사람은 이미 익숙한 것 이상이다. 내 말은, 감성 포스터나 달력은 죄다 앤설 애덤스 사진을 쓰지 않는가. 그래도 그의 풍경 사진은 정말 멋지다. 교실 앞 벽이 폭포수에서 숲으로, 산으로, 바다로 변한다. 그 광경을 보고 있으면 내가 티끌만큼 작은 존재라는 것을 실감하게 된다. 나쁘지 않은 느낌이다.

이제 화면은 마릴린 브리지스*로 바뀐다. 델라니 선생님은 교

* 1960년대부터 1980년대까지 활동한 미국의 사진작가. 자연, 특히 미국 서부의 자연을 찍은 사진으로 유명하다.
* 1970년대부터 활동한 미국의 사진작가. 페루, 이집트, 인도 등의 고대 문명 유적지와 현대 도시를 흑백 이미지로 담아내는 작업을 했다.

탁에 서서 당연한 말을 읊고 있다.

"이건 도시 풍경이죠. 중심에 있는 태양이 가장 밝다는 걸 눈여겨보세요. 주변의 건물들은 전부 그늘 속에 잠겨 있어요."

선생님은 사진을 몇 장 더 보여주더니 말한다. "이제 다른 학생들이 제출했던 과제를 예시로 보여줄게요."

그러고는 자리에 앉아 컴퓨터에서 새로운 파일을 연다. 이런 바람은 바보 같다는 걸 알면서도, 나는 선생님이 보여줄 사진 중에 내 것이 있기를 바라고 있다. 선생님은 내가 오클랜드에서 찍은 사진은 별로 좋아하지 않았지만, 10학년 때 찍었던 다른 사진 중에 내가 보기에 괜찮았던 것들이 꽤 있었다. 하나는 금문교 사진인데, 다리 바로 밑에서 위를 보며 찍었다. 금문교 사진은 이미 세상에 수백만 장쯤 있을 테지만 이런 각도로 찍은 것은 한 번도 본 적 없다는 점에서 기발하다고 생각했다. 나는 내 사진이 커다랗게 확대되어 벽을 덮고 있는 모습을 상상한다. 머릿속에서 델라니 선생님이 *아주 훌륭해, 케이틀린*이라고 하는 것이 들린다. 음절 하나하나, 아주 또렷하게.

탁 트인 벌판에 크레인이 서 있는 풍광을 찍은 사진이 스크린에 나타난다.

"이 사진은 선 사용이 좋죠?"

딸깍. 모래와 파도와 저 멀리 보이는 앨커트래즈섬*. *딸깍.* 기

* 샌프란시스코만 가운데에 있는 작은 섬. 1963년까지 감옥으로 쓰였다. 악명 높은 마피아 알 카포네가 갇혀 있었던 것으로 유명하다.

이한 형태의 바위. *딸깍.* 작은 꽃이 소복이 핀 언덕과 맑고 파란 하늘.

나는 눈을 깜빡인다. 잉그리드의 언덕 사진을 이렇게 크게 보는 것은 처음이다. 꽃밭이 정말 풍성해 보인다. 풀잎의 날이 하나하나 또렷이 다가온다. 눈을 감자마자 그곳으로, 그날의 그 언덕으로 돌아갈 수 있다면 얼마나 좋을까. 내 맨발에 차가웠던 땅의 감촉이 기억난다. 내 목에는 잉그리드의 보라색 스카프가 걸려 있었다.

딸깍 소리와 함께 잉그리드의 언덕이 사라지고 다른 풍경 사진이 떠오르지만, 눈에 들어오지 않는다. 그 대신 잉그리드의 클로즈업된 눈, 내 카메라 렌즈 너머로 보이던 너무나도 파란 눈이 나타난다.

딸깍.

은반지를 잔뜩 낀 잉그리드의 손가락.

딸깍.

잉그리드의 공들여 쓴, 섬세한 글씨체.

"여기 여백이 아주 흥미롭죠?"

딸깍.

잉그리드의 얼굴을 반쯤 가리던 커다란 빨간 선글라스.

딸깍.

배 위의 희고 붉은 흉터.

"대비를 눈여겨봐요."

딸깍.

팔 위의 깊게 베인 상처, 흘러나오는 피.

딸깍.

공허한 눈.

딸깍.

허벅지에 새겨진 *못생겼어*라는 말.

딸깍.

"이 사진의 초점은 나무에 맞춰져 있지 않아요. 그것보다는 그림자가 더 강조되죠."

교실 불이 켜진다.

잉그리드는 사라진다.

소리를 지르고 싶다. 무언가 깨부수고 싶다. 책상 옆쪽을 세게 움켜쥐자 그 악력으로 내 손이 쪼개질 것만 같다. 교실 앞에 선 델라니 선생님은 비싸 보이는 핀 스트라이프 바지에 사각사각한 셔츠를 입고 있다. 머리카락은 부드럽고 완벽하다. 피부도 완벽하다. 빨간 안경테는 눈과 완벽하게 맞아떨어진다. 선생님은 칠판 앞으로 가서 무언가 쓰기 시작하고, 그때 내가 끼어든다.

"저기……." 내 떨리는 목소리가 크게 울린다. 무슨 말을 하고 싶은 건지 모르겠지만, 무언가 말해야 한다는 건 안다. 모든 것이 흐릿하다. "그 사진들 허락받고 쓰시는 건가요?" 내 목소리는 너무나 크고, 꼭 미친 사람 같다.

선생님은 글쓰기를 멈추고 들고 있던 분필을 내려놓는다.

"어떤 사진 말하는 거니?" 선생님이 묻는다.

"전부 다요. 학생들 과제라면서 보여줬던 사진 전부요. 출처도 안 밝히고, 심지어 학생들 *이름*도 안 밝히셨잖아요."

아무도 내 쪽을 보지 않는다. 델라니 선생님은 잠시 무슨 말을 해야 할지 모르겠다는 표정으로 서 있다. 나는 이러다가 손이 부서질 것 같지만 움켜쥔 책상을 놓지 못하겠다. 여자애들 몇 명이 긴장 섞인 웃음을 웃고, 선생님이 미소 짓는다. 그러고는 환한 눈빛으로 학생들을 쭉 훑는다. "케이틀린이 흥미로운 지적을 해줬네요. 앞으로는 학생들 과제를 예시로 보여주기 전에 허락 받는 것을 고려해 볼게요."

선생님은 다시 칠판 앞으로 몸을 돌리고 글을 쓰기 시작한다.

25

다음 수업을 듣고 있는데, 9학년 학생이 노란색 쪽지를 들고 교실로 들어온다. 역사 선생님이 쪽지를 들여다본다.

"케이틀린." 선생님은 팔을 쭉 뻗고, 손가락으로 쪽지 끝을 집은 채 흔들흔들 흔든다. 쪽지에서 냄새라도 나는 것처럼. 나는 일어선다.

"가방 챙겨가." 선생님이 말하자, 온몸의 피가 얼굴로 솟아오른다.

나는 쪽지에서 안내하는 곳으로 이동한다. 비서는 내가 책상 앞에 서 있는데도 고개를 들지 않는다.

"이걸 받았는데요?" 내가 말하며 쪽지를 건네준다.

비서는 쪽지를 받아 본다. "하스 선생님 교무실은 복도 끝에 있어."

나는 터벅터벅 복도를 따라 하스 선생님 교무실로 간다. 그런데 문이 닫혀 있고 안에서 여러 사람의 목소리가 들린다. 심장이 쿵쾅거린다. 델라니 선생님이 부모님을 불러들인 걸까? 부모님이 나란히 앉아 있는 모습이 떠오른다. 엄마는 티슈로 눈가를 닦고, 아빠는 엄마의 손을 도닥이면서 걱정스러운 얼굴로 앉아 있는 거다. 그런데 문이 활짝 열리고 안에서 멜라니가 나온다.

"어, 안녕. 잘 지냈니."

우리는 마주 보며 복도에 서 있다.

"머리 예쁘다." 나는 이 말을 뱉는 즉시 후회한다. 일단, 사실이 아니니까. 갈색과 노란색과 오렌지색이 뒤엉킨 데다가 이제는 파란색도 몇 가닥 보인다. 멜라니의 헤어스타일은 *예쁨*이 목적은 아닐 것이다.

멜라니는 내 말을 무시하고 하스 선생님 쪽으로 고개를 까닥이며 입 모양으로 *행운을 빈다*라고 말한다. 그러고는 소리 없이 복도를 걸어간다.

나는 복도에 서서 선생님이 날 알아볼 때까지 기다린다. 선생님은 나이가 지긋하고 통통한데, 보기 싫지는 않다. 잿빛 머리카락은 뒤로 넘겨 동그랗게 쪽 졌고, 귀에는 보라색 깃털 귀걸이를 했다.

선생님은 나를 보더니 말한다. "네가 케이틀린이겠구나. 들어오렴."

하스 선생님은 학교의 심리치료사다. 나는 여러 번 선생님에게 가보라는 권유를 받았지만, 실제로 이곳에 온 건 처음이다. 이곳은 자그마한 데다가, 인테리어가 조금 부담스럽다. 바닥에는 털이 보송보송한 밝은 노란색 러그가 깔려 있고 의자는 전부 커다랗고 푹신하다. 나무와 일몰과 온갖 마음 편안해지는 사진이 벽에 걸려 있다. 분명 이중 하나는 앤설 애덤스의 사진이겠지. 키가 크고 튼튼해 보이는 나무 밑에 이렇게 적혀 있다. *불가능은 없다.* 무슨 말도 안 되는 소리야. 나는 하스 선생님의 책상에서 가장 먼 곳에 있는 의자를 골라 너무 깊이 앉지 않으려 애쓴다.

선생님은 자기소개를 한 다음 자기가 해줄 수 있는 온갖 '굉장한 서비스'에 대해 이야기한다. 나는 선생님의 목소리를 소거한다. 선생님은 이야기를 마친 뒤 내게 묻는다. "네가 왜 여기 있는지 아니?"

"네."

선생님이 환하게 웃는다. "좋아. 왜일까?"

"델라니 선생님은 아무것도 해결할 줄 모르고 대화하는 방법도 *전혀* 모르니까요. 그래서 나를 하스 선생님께 떠넘긴 거죠." 내가 대꾸한다.

하스 선생님은 의자 뒤로 몸을 기대고 두 손을 맞잡는다. 나는 복슬복슬한 러그 위로 발을 왔다 갔다 하며, 러그의 노란색을 어둡게, 밝게, 다시 어둡게 만든다. 하스 선생님의 대답을 기다리고 있다.

선생님이 마침내 하는 말은, "잉그리드 바우어와 친했다고 하던데."

뱃속이 뒤틀린다. 나는 발놀림을 멈추고 어깨를 으쓱한다.

"나와 잉그리드에 관해 이야기하면 어떨까."

선생님은 잠시 기다리다가 내가 아무 말도 없자 말을 이어간다. "둘이 같이 있었을 때 어떤 기분이었는지 이야기해볼까? 두 사람 우정의 어떤 점이 특별했는지도?"

나는 허리를 꼿꼿이 세워 보려 하지만 의자가 너무 푹신해서 무리다. "뭘 물어보시는 건지 이해가 안 돼요. 내가 무슨 말을 하기를 바라시는지 모르겠어요."

"알겠다." 선생님이 인내심 가득한 목소리로 말한다. "내가 뭘 하려는 건지 말해주마. 나는 혹시 네 속에 있을지도 모를 죄책감이나 분노나 우울감을 네가 말로 표현할 수 있도록, 그리고 그 감정을 극복해낼 수 있도록 도와주려는 거야. 자, 이제."—선생님이 내 쪽으로 몸을 기울인다—"*너*는 뭘 하고 싶은지 말해보렴."

나는 러그에서 시선을 떼고 선생님을 쳐다본다. 선생님의 미소는 그것보다 다정할 수가 없다.

"제가 하고 싶은 건, 다시 교실로 돌아가는 거예요."

26

나는 하스 선생님의 교무실에서 나와 바로 집으로 향한다. 뒷길로 가고 있으니 아무도 나를 볼 수 없을 것이다. 도착한 후에는 집에 나 말고 아무도 없는 걸 알면서도 방문을 꼭 닫는다. 벽에 붙은 밴드 포스터와 잡지 페이지에 둘러싸인 채 온전히 홀로 있으면 기분이 좋다. 나는 안주머니 지퍼를 열고 잉그리드의 일기장을 꺼낸 다음 창문 옆, 한쪽 구석에 있는 의자에 앉는다. 그리고 페이지를 넘긴다. 잉그리드가 또 델라니 선생님을 생각하며 침이나 잔뜩 흘리지 않았기를 바라면서.

제이슨에게,

오늘은 늦은 밤까지 케이틀린과 걔네 집 뒷마당 풀밭에 누워 하늘을 바라봤어. 내 속에는 네 이야기를 하고 싶은 마음뿐이었지만 케이틀린이 지겨워 한다는 게 느껴졌어. 대체 이유를 모르겠어, 나랑 꼭 해야 하는 이야기가 있는 것도 아닌데. 가끔은, 케이틀린에게도 빨리 좋아하는 사람이 생겨서 이런 일로 죄책감을 느끼지 않을 수 있었으면 좋겠다는 생각을 해. 내 관심은 네 팔 네 손 네 얼굴 네 목 네 목소리 네 입, 네 입뿐이니까. 이제는 생물 시간에 네 옆에 가만히 앉아 있는 것도 겨우겨우 해내는 형편이야. 네가 가까이 오면 피부가 달아오르는 게 느껴져. 내 삶은 너도 나를 사랑하기를 기다리는 게 전부야. 네 손길을 느끼고 싶어. 네 손이 내 옷을 벗겨줬으면 좋겠어. 그걸 하게 된다면, 너무나 아파서 그 충격이 나를 제정신으로 만들어 줄 거야. 우리는 아주 오랫동안 할 거고, 그게 끝났을 때 나는 다시금 완전한 사람으로 거듭나게 될 거야. 안 아픈 사람, 안 미친 사람. 그 후로도 줄곧 그렇게 살게 되겠지. 제이슨, 내 머릿속에 있는 생각들을 보여주면 넌 나를 미쳤다고 생각할까? 모든 게 잔뜩 엉켜 난장판이 됐어. 내가 뭔가 제대로 해보려고 해도, 결국에는 항상 실패해. 넌 질겁할까? 아니면 이해해줄까? 학교 애들한테 나 이상하다고, 나 미쳤다고 말하고 다닐 거니? 네 팔을 볼 때마다 그 팔이 나를 감싸주면 어떤 느낌일지 상상해. 그리고 이런 말은 느끼하다는 걸 알지만, 그것보다 기분 좋은 느낌은 없어.

사랑을 담아,

잉그리드가

나는 의자에서 일어나 잉그리드의 일기장이 너무 뜨겁기라도 한 듯 그것을 조심조심 들고 옷장으로 들어간다. 빨래 바구니에 들어 있던 옷을 전부 꺼내고 바구니 바닥에 일기장을 놓은 다음, 다시 그 위에 옷을 넣는다.

내가 매 순간 제이슨 이야기를 하고 싶지는 않았다고 해서, 그걸 내 잘못이라고 할 수는 없다. 내 말은, 잉그리드가 우연인 듯 제이슨과 마주치려는 계획을 세우거나, 귀갓길에 어쩌다가 제이슨 집 앞을 지나게 된 척 연기할 때면 나는 항상 열심히 장단 맞춰주었다. 내가 잠깐 다른 이야기를 하고 싶어 했다고 나에 대해 불평을 늘어놓을 수는 없는 거다. 그리고 아팠다면 좋겠다느니, 그런 것 말이지? 잉그리드와 나는 세상 모든 것에 대해 그렇게 느꼈다. 정말 이해가 되지 않는다. 어쩌면 내가 오해했던 걸까. 상관없다, 중요하지 않다. 더 이상 생각하기 싫다.

나는 밖으로 나간다. 파스닙이 싹을 틔우기 시작한 부모님의 정원을 지나, 목재 더미가 있는 곳으로 간다. 나는 긴 널빤지 하나를 꺼내 질질 끌며 뒷마당 언덕을 따라 내려간다. 내가 생각했던 것보다 더 무겁다. 널빤지를 끌고 벽돌 테라스와 꽃밭을 지나 작은 언덕을 오르고 넘어 뒷마당이 끝나는 지점에 나무가 우거진 풀밭 같은, 거의 숲이라고 할 수 있을 정도로 초록이 진한 곳에 도달한다. 나는 가장 마음에 드는 나무를 골라 그 밑동에 널빤지를 내려놓는다. 커다란 참나무다. 어렸을 때는 이 나무에 올라가기도 했다. 나는 숨을 고르고, 목재를 더 가져오기 위해 다시 집 쪽으로 간다. 무엇을 만들어야 할지 결정하는 날이 온다 해도, 다들 지켜볼 수 있는 데서 작업하지는 않을 것이다.

시간이 흐르고, 엄마 아빠가 나를 부엌으로 부른다. 부엌에 가보니 엄마는 양상추를 씻고 있고 아빠는 올리브유와 마늘을 팬에 볶고 있다.

"왜?" 내가 묻는다.

아빠가 고개를 돌려 나를 보고 말한다. "아이고, 다정해라. 다녀왔다고 인사라도 좀 해주지 그러니."

아빠는 넥타이와 와이셔츠 단추를 두 개 푸른 모습이다. 내 쪽으로 팔을 벌리며 안아보자는 몸짓을 하지만, 나는 못 본 척하고 냉장고를 연다. 냉기가 기분 좋다.

"학교는 재밌었니, 우리 딸?" 엄마가 묻는다.

"그냥 그랬어. 도와줘요?"

"양파 좀 썰어줘." 엄마가 말한다.

나는 서랍을 열고 칼을 꺼낸다.

아빠는 내가 오기 전에 엄마에게 하고 있었던 듯한 이야기를 이어나간다. 나도 처음에는 귀 기울여 보지만, 아빠가 누구에 대해 말하고 있는지 전혀 모르겠다. 양파를 반으로 썰자 눈이 따갑다.

잠시 후 전화기가 울리고 아빠가 스피커폰 버튼을 누른다.

"여보세요?"

우리는 대답을 기다리고 있다. 곧 녹음된 목소리가 흘러나온다.

"비스타 고등학교 출석관리부에서 전화 드립니다. 귀댁의 자녀가 오늘 하나 이상의 수업에 결석했습니다. 병원에서 받은 진료 확인서, 혹은 급한 집안일 때문에 결석했다는 부모님이나 보호자의 사유서가 없다면 무단결석 처리될 것임을 알려드립니다."

아빠가 마늘을 휘젓던 손놀림을 멈춘다. 엄마가 물을 잠근다. 나는 전화기를 등지고 서서 계속 양파를 썬다.

제길. 결석하면 학교에서 전화한다는 걸 깜빡했다.

"케이틀린, 땡땡이쳤어?" 엄마가 애써 참고 있다는 것이 목소리에서 느껴진다.

나는 양파 썰기를 멈추고 뒤돌아선다. 어쩌면 엄마 아빠가 양파에 공격당한 내 눈을 보고 나를 가엽게 여겨줄지도 모르니까. 하지만 그들은 빤히 바라보기만 할 뿐이다.

다른 좋은 변명거리를 생각해내지 못한 나는 이렇게 말한다.

"사진 수업 선생님이 싫단 말이야."

"델라니 선생님?" 놀란 엄마의 눈이 휘둥그레진다.

"지난 학년에는 좋아했잖아." 아빠가 말한다. 부모님은 서로 눈빛을 교환하지만, 다른 말은 하지 않는다. 엄마가 힘들어하고 있다는 게 보인다. 엄마는 입술을 앙다물고 얕은 숨을 내쉰다. 아빠는 한숨을 쉰다.

마침내 아빠가 말하기를, "케이틀린, 그렇다고 학교를 빠지면 안 돼. 살다 보면 싫어하는 사람을 많이 만나게 될 거야. 싫은 사람 참는 법도 배워야지."

"델라니 선생님은 정말, *정말* 좋은 분이셔." 엄마가 말한다. "10학년 때 너랑 잉그리드를 얼마나 잘 가르쳐 주셨니."

"잘 가르치긴 뭘 잘 가르쳐." 내가 말한다. "안 만났으면 더 좋았을 사람이야."

나는 고개를 돌려 창밖을 보지만, 밖이 어두운 탓에 보이는 거라곤 유리에 비친 우리 가족의 모습뿐이다. 예상하지 못했던 가족사진. 엄마는 정장 위로 앞치마를 맸고, 핀으로 고정한 머리가 쏟아지고 있다. 아빠는 오븐에 몸을 기대고 있고, 한 손으로 이마를 문지르는 손동작에서 고달픔이 느껴진다. 그리고 나, 렌즈를 똑바로 응시하는 내 얼굴 위에는 흘러내린 양파 눈물이 마르는 중이다. 나는 부모님에게 내 마음을 설명해볼 방법을 찾으려 애쓰지만, 엄마가 무단결석의 위험과 결과에 대해 일장 연설을 늘어놓기 시작하자 결국에는 이런 별것도 아닌 일로 저렇게 과민반응하다니 말도 안 된다고 생각하고 만다.

"너 왜 웃니?"라고 묻는 엄마의 목소리에서 상처와 분노가 느껴진다.

"웃음이 나오네." 이제 나는 낄낄거리고 있다. "왜 그렇게 난리야. 사이코처럼."

엄마는 입을 닫는다. 나를 뚫어져라 바라보다가 손을 앞치마에 닦는다. 조용히 가스레인지 앞으로 가서 불을 끈다. 그러고는 내 쪽으로 몸을 돌리기에 나는 엄마의 포옹에 대비한다. 하지만 엄마는 나를 지나치고, 싱크대에 놓여 있던 도마를 들어 내가 썰어 놓은 양파를 쓰레기통에 버린다.

"우리 방에 있을게." 엄마가 아빠에게 말하고 부엌을 떠난다.

27

나는 저녁으로 포도 맛 아이스크림을 세 개 먹는다. 큐어의 노래 몇 개를 크게 틀어놓고 듣고 또 듣는다. 그래야 엄마 아빠가 내 이야기를 하는지 엿들으려다가 돌아버리는 일이 없을 테니까. 부모님이랑 사이가 좋지 않아도 상관없다. 내 말은, 이것도 정상이잖아? 부모님이랑 항상 잘 지내는 사람은 한 명도 떠오르지 않는다. 잉그리드도 부모님과 항상 싸웠다. 수잔 아줌마와 미치 아저씨는 정말 좋은 분들인데도. 하지만 나는 노크 소리를 기다린다. 우리는, 부모님과 나는 이렇지 않기 때문이다. 가끔 서로에게 딱딱거릴 때도 있지만, 진지한 싸움은 안 한다.

노크 소리는 약 한 시간 후에 들린다. 가볍게 문을 두드리는 소리. 처음에는 음악 때문에 잘 들리지도 않는다.

"딸?" 엄마가 말한다. "누가 찾아왔네." 엄마의 목소리에서 느껴진다. 내게 말을 걸 수밖에 없는 상황이라 말하는 것이다. 아무리 봐도 아직 나를 용서하지 않았다.

나는 일어나서 문을 연다. 엄마의 눈이 부었고 마스카라가 번져 있다. 그런 얼굴을 보니 마음이 아프다.

"남자애야. 올려 보낼까?" 엄마가 묻는다.

"응." 나는 입고 있는 운동복 바지와 낡은 티셔츠를 보며 조금 후회한다. 찾아온 사람이 누구든 나의 가장 멋진 모습을 보지는 못할 것이다.

엄마는 타닥타닥 계단을 내려간다.

엄마의 목소리가 들린다. "올라가 보렴. 왼쪽 끝에 있는 방이야."

나는 재빨리 침대에 이불을 덮어 정리정돈의 흉내라도 내본다.

"안녕." 남자애 목소리다.

나는 고개를 돌린다.

테일러 라일리가 내 방에 서 있다.

"네가 여긴 왜 왔어?"

"아." 테일러는 혼란스러운 얼굴로 말한다. "저기, 내일 미적분 입문반 퀴즈가 있거든. 퀴즈 본다고 오늘 말씀하셨어. 오늘 낸 숙제에서 문제 낼 거라고 하셨는데, 넌 숙제가 뭔지 모르잖아. 그래서 말해줘야겠다, 싶더라고. 알지, 혹시라도 네가, 뭐, 미리 공부하고 싶을 수도 있으니까."

나는 테일러의 티셔츠에 정신이 팔려 대답하는 것도 잊는다. 티셔츠 전면에 큰 글자로 이렇게 쓰여 있다. '섹스해주시면 일해드려요.'

테일러는 내 시선을 눈치 챈다. "왜 그래? 뭐 묻기라도 했……."

테일러는 몸을 내려다본다. 나는 테일러의 얼굴이 분홍색으로, 곧 새빨갛게 달아오르는 모습을 본다.

"세상에." 테일러가 말한다. "젠장. 오늘 이 티셔츠 입은 걸 깜빡했어. 이런, 너희 엄마. 너희 엄마는 어떻게 날 네 방에 들여 보내주셨지."

테일러는 창피해 어쩔 줄 모른다. 평소라면 웃음을 터뜨렸을 상황이지만, 테일러가 숙제를 알려주려고 우리 집에 왔다는 사실이 너무 이상해서 웃음이 나오지 않는다.

"너희 엄마도 보셨을까?"

"눈에 확 띄는데."

"그건 그렇지만, 혹시 평소에 안경 끼셔? 아까 보니까 안 끼셨던데. 앞이 잘 안 보여서 못 읽었을 가능성은 없을까?"

"우리 엄마 안경 안 껴." 나는 결국 웃음을 터뜨린다. 테일러의 행동도 웃기고, 얼굴은 새빨간데 머리와 구레나룻은 금발이라 또 웃기다. "그래, *숙제*는 뭔데?"

"87에서 89페이지. 홀수 번 문제들만." 테일러가 말한다.

"고마워."

"그래." 테일러가 말한다. "음, 이제 공부하면 되겠네."

그러고는 티셔츠를 머리 위로 올려 벗는다. 나는 내 발치로 시선을 내리깐다.

"뭐 하는 거야?"

"티셔츠 뒤집어 입으려고. 내려가다가 너희 아빠라도 만나면 어떡해."

"애초에 그런 옷은 왜 샀어?"

테일러는 어깨를 으쓱한다. "제이슨이랑 버클리에 있는 티셔츠 가게에 갔는데, 이게 있더라고. 재미있어 보여서 샀는데, 지금 보니 영 별로야."

나는 잉그리드의 일기장에 적힌 내용을 생각하고 싶지 않았기 때문에, 지금 테일러가 내게 키스하면 어떻게 할지 생각해본다. 테일러가 내 쪽으로 손을 뻗는 상상을 한다. 세상의 모든 고민거리를 잠시 잊을 수 있겠지.

얼굴이 화끈거린다. 진짜 테일러가 바로 이곳에, 내 앞에, 꿀 먹은 벙어리처럼 서 있다. 이제 테일러의 티셔츠에는 '요려드해일면시주해스섹'이라고 적혀 있다.

"숙제 알려줘서 고마워. 사실, 네가 불쑥 찾아와서 조금 놀라기는 했는데. 어쨌든, 고맙다."

"별거 아냐." 테일러는 뒤돌아 문 쪽으로 가다가 멈춰 선다.

그러더니 말하기를, "네가 잉그리드에 대해 말해준 것 기억나? 아마 너는 잉그리드가 어떻게 죽었냐고 물어봐서는 안 됐다는 걸 알려주려 했던 거겠지. 오늘 여기에 온 건, 못된 짓이라고 느꼈다면 미안하다는 말이 하고 싶다는 이유도 있어. 상처 주려던 건 아니었어." 말을 멈춘 테일러는 무언가 곰곰이 생각 중인 모습이다. 마침내 말을 잇기를, "그래도 네가 그런 식으로 말한 건 잔인했어. 나, 상실의 5단계*에 대해 배운 적 있거든. 넌 지금 분노 단계인 것 같다."

테일러는 방 반대편에 서서 이야기하고 있지만, 느낌으로는 테일러가 팔을 뻗어 내 목을 잡고 쥐어짜는 것 같다. 눈물이 차오른다. 나는 뭐라고 말해야 할지 모르겠으므로 그냥 카펫만 보고 있다. 테일러는 "잘 있어."라고 말하고, 이제 나는 다시 내 방에 혼자 남겨진다.

* 심리학자 엘리자베스 퀴블러 로스가 제안한 모델. 이 모델에 의하면 인간은 죽음을 앞두거나 가까운 사람의 죽음을 경험했을 때 '부정-분노-협상-우울-받아들임'의 감정 변화를 거친다.

나는 잉그리드의 일기장을 꺼내, 하루에 한 장 읽기 규칙을 어기려 한다. 하지만 결국에는 어기지 않기로 한다. 지금 내게 필요한 것은 내 말을 들어줄, 내 말에 반응해줄 상대다. 나는 서랍을 뒤적여 학교 연락망을 꺼내 *슈스터*를 찾는다. 카메라를 노려보는 딜런의 화질 나쁜 사진 옆에 전화번호가 적혀 있다.

전화를 받는 딜런의 목소리가 익숙하다. 낮지는 않지만, 약간 거칠다.

"여보세요." 내가 말한다. "나 케이틀린이야."

"아, 안녕." 딜런의 반응이 고맙다. 내가 전화하는 게 너무나 자연스럽다는 듯한 반응.

"있잖아, 음. 내일 사진 수업 과제를 해야 하거든? 혹시 같이 갈 생각 있는지 물어보려고. 그 전에 수프 가게나 다른 곳에 들려도 되고."

"그래, 좋아." 딜런이 말한다. 옆에서 무언가 웅얼거리는 소리가 들린다. "우리 사물함 앞에서 만날까?"

"그러자." 내가 답한다. 딜런이 여기 없어서 다행이다. 여기 있었다면, 바보처럼 머리를 끄덕이고 또 끄덕이는 나를 볼 수 있을 테니까.

나는 전화를 끊고 다시 밖으로 나간다. 목적지는 내 자동차다. 테이프를 틀어놓고 음악을 듣다가 잠든다.

28

보기 흉한 풍경은 찾기 쉬우리라 생각했는데, 막상 그렇지도 않다. 실제로는 흉하고 밋밋한 것들도 카메라만 가져다 대면 달라 보인다. 보잘것없는 것도 전부 의미심장해진다. 초라한 덤불의 성긴 가지 사이로 보이는 휑한 공간도 훌륭한 여백 사용의 예시가 된다. 나는 몸을 돌려 스트립 몰을 마주한다. 반신반의하면서 카메라를 든다. 다행히도 쇼핑몰은 렌즈를 통해 봐도 여전히 흉하다. 셔터를 누르려는데 딜런이 나를 저지한다.

"잠깐." 딜런이 말한다. "선생은 네가 대단한 메시지를 담아냈다고 생각할지도 몰라. '케이틀린, 우리가 사는 소비지상주의적 문화에 대한 멋진 비판이야.' 이런 식으로 말야."

나는 카메라를 내린다. "네 말이 맞아. 흉밖에 없는 허허벌판을 찾아봐야겠다."

딜런이 커피를 한 모금 마시고 말한다. "우리 집에서 한 블록 떨어진 곳에 건물을 철거하고 남은 공터가 있어."

우리는 그쪽으로 걷기 시작한다.

딜런은 나와 정반대 방향에 산다. 비교적 최근에 개발된 지역이다. 그쪽에 있는 주택들은 대부분 커다랗다. 몇몇 건물은 흰 스투코 외벽과 점토 기와지붕을 사용해 스페인 같은 분위기를 표방했다. 나머지는 그저 거대하고 모던한 상자처럼 보일 뿐이다.

우리는 목적지에 도착해 멈춰 선다. "이게 바로 내가 원하던 거야." 나는 흙이 깔린 공터를 바라보며 말한다.

"누가 여기에 새로 집을 지으려나 봐."

나는 카메라 조리개를 이상하게 조절한다.

"뭐 하는 거야?"

"과다 노출에, 초점도 안 맞게 찍을 거야."

딜런이 웃는다. "그렇게 쓰레기 같은 사진을 찍으려는 이유가 정확히 뭐야?"

"사진 선생님이 날 싫어하거든. 나도 선생님이 싫고."

"건강한 관계로군."

딜런은 공터 사진을 찍고 있는 나를 바라본다. 빛이 지나치게 밝지 않은 것이, 딱 내가 원하는 정도다. 사진을 현상하면 땅과 하늘의 대비가 하나도 없을 것이다. 내가 셔터를 몇 번 더 누르자, 딜런은 고개를 젓는다.

"*왜* 선생님이 널 싫어하는데?"

나는 잘 설명할 방법을 궁리한다. 부모님이 그랬던 것처럼 딜런도 기겁하는 일이 없도록. 카메라를 만지던 손동작을 멈추고 갓돌 위, 딜런 옆에 앉는다.

"설명하기 어려워. 10학년 때도 잉그리드랑 그 수업을 들었거든. 그때는 잘해주셨어. 그런데 잉그리드는 사진을 정말 잘 찍는

단 말이야." 나는 잠시 멈춘다. "아니, 내 말은, *살아 있었을 때*는 잘 찍었다고. 그러니까 델라니 선생님은 내가 잉그리드 친구였을 때만 잘해줬던 거야."

"지금은 잘해주지 않아?"

"날 완전히 무시해."

딜런이 고개를 끄덕이고는 나를 빤히 바라본다. 그러다가 마침내 말하기를, "그러면, 선생님이 널 무시할 수 없게 만들려는 거구나."

"아냐." 내 목소리는 의도했던 것보다 더 까칠하다. "이 수업에 괜한 노력 들일 필요가 없으니까 이러는 거지."

딜런은 몸을 뒤로 젖히고 도보 위에 누워 하늘을 바라본다. 나는 신발 끈을 풀었다가 다시 묶는다. 더 꽉 조이도록.

"기분 나쁘게 하려는 건 아닌데." 한참 후 딜런이 말한다. "그것보다 더 복잡한 사정이 있는 것 같다. 우리 여기서 땅 사진이나 찍으려고 800미터나 걸어왔잖아. 너, 노력은 이미 *하고* 있어. 네 목적은 선생을 화나게 하는 것 같은데."

"아." 내가 대꾸한다. "뭐야, 천재 납셨네. 머리는 아껴뒀다가 영어 숙제 할 때 써야 하는 거 아냐?"

딜런이 웃는다. "나 목마른데, 너도 목말라?"

우리는 한 블록 더 걸어서 딜런의 집에 간다. 집은 다른 건물보다 작고, 진한 푸른색 페인트가 칠해져 있다.

"새로 지은 집이 아니네."

"응, 우리 엄마 아빠는 저런 흉측한 것들 싫어해." 딜런은 자그마한 자기 집 위로 훌쩍 솟아오른 3층짜리 베이지색 건물을 가리킨다.

"이거 봐." 딜런이 말한다. "우리 집에는 하얀 말뚝 울타리도 있어. 엄마 아빠한테 그랬거든, 날 교외로 데려갈 거면 제대로 된 교외로 데려가라고. 봐봐, 정말 멋지지?"

딜런은 도보로 걷다가 멈춰서더니 훌쩍 울타리를 뛰어넘는다. 재미있기는 하다. 까맣고 터프한 옷을 입은, 헝클어진 머리에 번진 아이라이너의 딜런이 하얀 울타리를 넘어가는 모습은.

딜런네 집 거실에는 여기저기에 과학과 관련된 포스터가 붙어 있다. 포스터에는 한 가지 종류의 꽃이나 과일 그림이 있고, 밑부분에 작은 글자로 그 이름이 적혀 있다. 딜런의 방에 도착한 후에는, 딜런이 가방을 내려놓고 스웨터를 벗는 사이 책상 위에 놓인 물건들을 구경한다. 노트북과 메모지와 펜이 잔뜩 꽂힌 머그잔이 있다. 그 옆으로는 얇은 은색 액자 속에 한 여자애의 사진이 있다. 밝은색의 짧은 머리, 환한 미소.

"이건 누구야?" 딜런에게 묻는다.

"매디."

"전에 다니던 학교 친구야?"

"응." 딜런은 침대 옆에 있는 창문을 연다. "사귄 지 다섯 달 됐어."

"우와." 나는 또 미친 사람처럼 고개만 끄덕인다. 다른 할 말은 아무것도 떠오르지 않는다. 내게 거부감 같은 것은 전혀 없다는 사실을 딜런이 알아줬으면 하는 마음에 입을 연다. "그거 정말 대단한걸!" 나의 지나치게 열띤 목소리에 딜런은 한쪽 눈썹을 치켜뜬다.

책상 위에는 게시판이 있고, 그 위에 귀여운 남자아이의 사진이 붙어 있다. 그 애는 장화를 신고 모래에서 놀고 있다. 오래된 스냅숏 같은 분위기가 느껴지는 사진이다. 나도 그런 사진을 찍을 수 있으면 좋겠다. 부드럽게 초점이 맞춰져 있고 색깔은 바랜 듯해서, 바라보고 있으면 왠지 아련한 기분이다.

"이 사진 마음에 든다."

딜런이 사진을 보더니 시선을 돌린다.

"좋아. 마실 것을 줘야지." 딜런이 말한다. "따라와."

복도를 따라 걷다가 부엌으로 들어간다. 부엌 벽은 노란색이고, 가스레인지 위에 있는 금속 선반에는 냄비와 팬이 백만 개쯤 걸려 있다.

"우리 엄마는 요리해. 직업이 요리사라는 말이야. 부엌을 아주 중요하게 생각하시지. 집 보러 다닐 때, 어딜 가든 아빠는 바로 정원을 보러 가고, 나는 방을 둘러보고, 엄마는 한달음에 부엌으로 갔어. 여기는 우리 세 사람이 다 좋다고 한 첫 번째 집이었고. 그래서 이 집으로 했지."

딜런은 찬장에서 유리컵을 두 개 꺼낸다.

"물? 주스? 탄산?"

"물로 할게."

"그냥 물, 아니면 탄산수?"

"탄산수."

"있잖아." 딜런이 컵을 건네주며 말한다. "내일 나랑 샌프란시스코 갈래? 매디, 그리고 다른 친구들도 만나기로 했어."

"그래." 나는 답하며 탄산수를 한 모금 마신다. 그래야 딜런이 내 미소를 볼 수 없을 테니까.

집에 돌아온 나는 방에 카메라를 내려놓고 다시 아래층으로 내려간다. 잠긴 차 문을 열고 뒷좌석 위에 앉아 있는데, 왜인지 편하지가 않다. 답답하고 어두침침하게 느껴진다. 나는 가방을 앞쪽으로 옮기고, 조수석으로 비집고 들어간다. 여기서 보니 창밖 풍경이 완전히 다르다. 집도, 테라스도 더 잘 보인다. 사실 여기서는 모든 것이 더 잘 보인다.

나는 가방에서 잉그리드의 일기장을 꺼낸다. 무릎을 계기판에 맞대고 읽기 시작한다.

파스라지는 핑크색 페인트에게,

너를 뭐라고 부르더라? 두운! 너는 두운의 예시란다. 하지만 내가 예쁘고 처량한 것처럼 너도 예쁘고 처량하고, 그 예쁜 페인트칠이 한 겹씩 벗겨질 때마다 더 처량해지고 처량해지는구나. 이건 은유라든지, 뭐 그런 거야. 케이틀린이라면 이걸 뭐라고 부를지 알겠지. 그리고 '정신 차려'라든지 '오늘 너 왜 이러냐' 같은 마음 아픈 말을 할 거야. 걔는 이런 기분으로 사는 게 어떤 느낌인지 몰라. 아까 다리를 면도하다가 어떤 각도로 면도날을 꽤 깊이 찔렀거든. 상처가 깊기는 했는데, 충분하지는 않았어. 항상 그런 생각이 들어, 조금만 더 깊이 찌르면 오늘 하루도 견뎌낼 수 있고 기분이 나아질 거라는 생각. 하지만 생각처럼 안 돼. 진짜 면도날을 찾아봐야겠어. 영화에 나오는 면도날 말이야. 터프한 남자들이 더럽고 어두운 화장실에서 더러운 거울을 보면서 중얼거릴 때 쓰는 그런 것. 하지만 평범한 면도날을 썼는데도 오늘 입으려던 나삭스에 피가 빨갛게 배어들었어. 집에서 나가려는데 무릎 주변에 이미 거뭇거뭇하게 변한 핏자국이 있더라고. 그래서 양말을 벗고 쓰레기통에 처박은 다음 바지를 입고 케이틀린을 만나러 뛰어갔지. 그 애가 걱정하거나 나를 의심하거나, 뭐 그럴 수도 있으니까. 케이틀린은 내가 눈치채지 못하는 것 같으면 진지한 얼굴로 나를 빤히 바라봐. 나는 말 잘 들으려고 엄마가 주는 약도 다 먹는데, 그 약 때문에 정신이 흐려져서 제대로 생각할 수도 없어. 제이슨은 오늘 생물 시간에 안 왔어. 그러니까, 모든 게 쓰레기 같아. 나는 쓰레기야.

사랑을 담아,

잉그리드

읽기를 끝낸 나는 일기장을 조수석 앞 글러브 박스에 넣는다. 잉그리드가 왜 이런 이야기를 하지 않았는지 알고 싶다. 어쩌면 나는 감당할 수 없을 거라고, 나는 온실 속 화초 같고 너무 순진하다고 생각했을 것이다. 왜 그렇게 자해를 했는지 말해줬다면, 그렇게 멍해 보이던 이유가 약 때문이고 먹는 약이 있고 병원에 다닌다는 것 중 *하나라도* 말해줬다면, 나는 어떻게든 도와주려고 최선을 다했을 것이다. 내가 슈퍼히어로라는 말이 아니다. 하늘에서 쉭 날아와서 잉그리드를 구해줬을 거라는 말도 아니다. 내 말은, 모든 게 쓰레기 같았던 이유는 잉그리드가 모든 걸 쓰레기로 만들었기 때문이라는 거다. 평범한 고등학생으로서 평범한 삶을 살아가던 과거의 나는, 정말이지 모든 게 중요하다고 생각했다.

29

다음 날 미적분 예비반 수업 시간, 테일러는 평소에 앉던 자리를 성큼성큼 지나치더니 내 앞자리에 앉는다. 안녕도, 아무 말도 하지 않는다. 아무 일 없다는 듯 내게 등을 돌리고 무심히 앉아 있다. 제임스 선생님은 채점한 시험지를 나눠준다. 89점이다. 나는 종이에 끄적이면서 틀린 문제를 다시 풀어 본다.

테일러가 뒤로 돌아 내 시험지를 내려다본다.

"봐봐." 테일러가 자기 시험지를 보여준다. "우리 점수가 똑같아. 별일이네."

"그러게." 나는 얼마간은 빈정대는 듯한 목소리로 대꾸하지만, 내 앞에 앉아 말을 걸어준 테일러가 사실 반갑다.

"시험에 대해 질문 있는 사람은 수업 끝나고 오세요." 선생님이 말한다. "숙제는 조금 있다가 검토하기로 하고, 새로운 프로젝트에 관해 설명해 주지요. 조금 색다른 겁니다. 여러분 모두 두 명씩 짝을 지은 다음, 수학자 한 명을 고르세요. 어느 나라 출신이든, 어느 시대 사람이든 상관없습니다. 그리고 함께 고른 수학자의 인생과 업적, 그 시대의 역사적, 정치적 배경을 조사해서 발표하는 거예요." 계속해서 선생님은 수학은 단지 교실 안에서만 이루어지는 것이 아니고 우리 일상과 밀접하게 연결되어 있다고 설명한다. 테일러는 또 뒤돌아 나를 본다.

"같이 할래?" 테일러가 묻는다.

"그래." 속삭이는 내 귀가 새빨개진다.

테일러는 뒤돌아 앞을 본다.

제임스 선생님이 말한다. "짝을 정한 사람들은 알려주세요."

테일러의 손이 하늘로 솟는다.

"응?"

"저랑 케이틀린, 같이 할게요." 테일러는 말을 마치고 책상 위로 몸을 구부린다. 갑자기 시험지에 온 신경을 집중한 듯한 자세다. 나는 우리를 바라보는 다른 아이들의 시선을 느낀다. 얼굴이 화끈거린다.

그렇지만, 테일러 같은 남자애는 얼리샤 매킨토시 같은 여자애랑 어울려야 한다는 걸 모르는 제임스 선생님은 그저 "테일러랑 케이틀린."이라고 중얼거리며 종이에 우리 이름을 함께 적어 놓을 뿐이다.

30

도서관에 도착하자, 자습 감독 선생님과 이야기하는 딜런이 보인다. 나는 두 사람을 내버려 두고 예술 코너에 쌓인 책을 훑어본다.

딜런 쪽을 흘긋 봤더니 아직 선생님과 이야기 중이다. 나와 눈이 마주친 딜런은 입 모양으로 말한다. *잠시만 기다려.*

나는 쌓여 있는 책을 한 권씩 살펴본다. 브라질 음악에 관한 책이 있고, 교량에 관한 책, 좁은 공간을 장식하는 법에 관한 책도 있다.

그러다가 표지에 트리하우스* 사진이 있는 책을 발견한다. 나는 아이들을 위해 지은 단순한 트리하우스를 기대하며 책을 펴는데, 전혀 그런 내용이 아니다. 안에는 정말 그럴듯한 집들이 있다. 실제로 사람들이 거주하기도 하고 높은 곳의 나뭇가지에 지어져 근사하기까지 하다. 작고 사적이며 아늑하다. 그중에는 안

* 땅에 심어진 살아 있는 나무를 건축물 일부로 활용해 지은 집.

에 책장과 책상을 넣은 것도 많다. 나는 이런 트리하우스도 있다는 걸 전혀 몰랐다.

뒤에서 딜런이 불쑥 나타난다.

"안녕." 딜런이 말한다. "미안해. 이제 갈까?"

나는 딜런 쪽으로 눈길을 줄 수조차 없다. 트리하우스 책에서 눈을 뗄 수가 없다. 책에는 사진뿐만 아니라 트리하우스를 만드는 데에 필요한 재료, 제작 단계별 설명과 그림이 있다.

이제 머릿속에는 내 손길을 기다리는, 높이 쌓인 목재 더미 생각뿐이다.

"가자. 얼른 와." 딜런이 말한다.

"응. 이 책 대출 좀 하고."

31

바트를 타고 미션역에서 내려 에스컬레이터를 통해 16번가로 올라오니, 사방에 구걸하는 사람들이 가득하다. 그들은 돈, 음식, 담배를 구걸하거나, 신문을 사라고 소리치거나, 집에 가려면 바트 표를 사야 하니 거스름돈 좀 달라고 한다. 나는 사람들 속에서 어쩔 줄을 모르지만, 딜런은 자연스럽게 대처한다.

"미안해요." 딜런은 우리보다 겨우 몇 살 정도 많아 보이는 남자에게 말한다. 그의 손에 들린 목줄 끝으로 성난 개가 보인다.

우리 앞길을 막아서는 더 무례한 사람들에게는 짧고 단호하게 거절의 의사표시를 한다.

잉그리드와 내가 잠시 교외에서 벗어나 버클리나 샌프란시스코에 가서 도시의 풍경을 볼 때마다 잉그리드는 정말 사소한 것에도 눈물을 흘렸다. 혼자 걸어가는 어린 남자애, 피부가 늘어져 털 밑의 뼈 윤곽이 보이는 길고양이, '배고파요 도와주세요'라고 쓰여 있는 버려진 팻말. 잉그리드는 그런 것을 보면 사진으로 찍었고, 카메라를 들고 있던 손을 내릴 때쯤에는 이미 볼에 눈물이 촉촉했다. 나는 그런 풍경에 잉그리드만큼 마음이 동하지 않는 것에 대해 항상 죄책감을 느꼈지만, 지금 딜런을 보고 있자니 그건 좋은 것 같다. 내 말은, 뉴스나 신문에서, 그리고 일상 속에서 끔찍한 일을 수백만 가지는 접하는 것이 현실이니까. 슬퍼하는 것이 바보 같다는 말은 아니지만, 그런 것에 전부 마음을 빼앗기면 어떻게 밤에 잠이 오겠어. 불가능하다.

나는 딜런과 함께 18번가를 따라 발렌시아 스트리트까지 걷고, 계속해서 게레로 스트리트를 지나, 마침내 돌로레스 스트리트에 도착한다. 공원이 보인다.

"저기가 내가 다니던 학교야." 딜런이 공영 테니스 코트와 버스 정류장 너머에 있는 커다랗고 오래된 건물을 가리킨다. "그리고 잼네가." 이번에는 나무 아래에 모여 있는 아이들을 가리키며 말한다. "내 친구들이야."

우리는 그쪽을 향해 걷는다. 가까워질수록 그들의 모습이 선명해진다. 한 남자애는 팔이 날렵하고, 보기 드물게도 자기 몸집에 맞는 진한 색 청바지를 입었다. 커플로 보이는 남자애와 여자애는 나무 기둥에 등을 대고 깍지를 끼고 있다.

"딜런!" 그 아이들은 경쟁이라도 하듯 더 큰 목소리로 딜런을 부른다.

나는 긴장 섞인 웃음을 웃는다. 그들이 앉아 있는 모습만 봐도, 그 편안한 자세만 봐도 알 수 있다. 내가 아무리 노력해도 그들은 언제나 나보다 쿨할 것이다. 우리 고등학교에 다니는 애들과는 분위기가 다르다. 우리 엄마라면 '어른스럽다'라고 표현할 것이다.

나는 딜런, 그리고 그 아이들과 잔디밭에 앉아 그들의 이야기를 듣는다. 나는 별다른 말을 하지 않지만, 그건 그들이 나를 끼워주지 않아서가 아니고, 물러서서 이야기를 듣는 게 좋기 때문이다. 대화의 반쯤은 나를 향한다. 그 애들은 내게 자신에 관한, 서로에 관한 이야기를 들려준다. 처치 스트리트에 24시 다이너가 있는데, 청바지를 입은 남자애가 그곳 저녁 타임에 일하는 웨이트리스에게 반했다는 이야기도 듣는다. 그 애는 매일 밤 몰래 집에서 나와 다이너에서 몇 시간 동안 죽치고 있으면서 그 웨이트리스가 채워주는 커피를 마셨다고 한다.

"아!" 이야기하는 그 남자애의 얼굴이 기쁨으로 밝아진다. "가장 멋진 건, 그 여자 이름이 비키라는 거야. 치마 위에 작은 앞치마를 입고 일하는데, 완전 복고풍이었지."

"그래서 어떻게 됐어?" 내가 묻는다. "말 걸어 봤어?"

"아니." 그 애가 한숨을 내쉰다. "갑자기 일을 그만뒀어. 어느 날 다이너에 갔는데 없더라고. 그때부터 계속 안 나왔어."

"대단한 비극이야." 딜런이 말한다. "얘는 아직도 극복하지 못했어." 딜런이 그 남자애를 보며 히죽거리고, 그는 들고 있던 스웨터를 휘둘러 딜런의 다리를 때린다.

또 다른 이야기가 시작된다. 이번에는 커플에 관한 이야기다. 두 사람은 만난 지 거의 1년이 다 되는데, 여자애는 남자애를 무려 반년이나 쫓아다니다가 겨우 용기를 내서 말을 걸고 자기소개를 했다고 한다. 나는 가방을 베개 삼아 잔디밭에 누워, 우리 주변으로 지나가는 사람들을 바라본다. 학교가 워낙 커서 같은 학교에 다니는 사람이 누군지도 잘 모른다니, 그런 건 어떤 기분일까.

시간이 흐르고, 이제 매디가 일하는 가게로 갈 시간이다. 우리는 일어서서 공원 끝으로 걷는다. 그들은 서로 껴안고 작별인사를 하다가 옆에 서 있는 내게 손을 흔든다. 그리고 우리는 세 방향으로 갈라진다.

다시 딜런과 단둘이다. 딜런은 뒤꿈치로, 다시 발 앞쪽으로 무게 중심을 옮기더니 헝클어진 머리를 손으로 훑고 말한다. "우리 커피 좀 마셔야겠다, 그렇지?"

카페에 들어서자, 딜런은 뒷주머니에서 은색 담배 케이스를 꺼낸다. 케이스를 톡, 열자 거울이 달린 안쪽에 돌돌 말린 지폐가 몇 장 꽂혀있다. 딜런은 커피값을 내고 나는 쿠키를 하나 산다. 딜런은 테이블에 앉아 케이스 안쪽의 거울을 들여다본다. 눈을 가늘게 뜨고 있다가 갑자기 크게 뜨더니 눈 주변에 까만 아이라이너를 문지른다. 그러고는 케이스를 닫고 긴장한 듯 테이블을 두들기기 시작한다.

"너 괜찮아?" 내가 묻는다.

"나? 그럼. 우리 걷자." 딜런은 금세 일어나서 문밖으로 나가고, 나는 자전거와 유아차를 피해 딜런을 쫓아간다.

우리는 햇볕이 쨍한 거리를 따라 몇 블록이나 걷는다. 야자수와 카페와 빨래방을 지나, 길모퉁이에 있는 작은 가게 앞에 선다. 가게는 빨간색과 흰색 줄무늬로 칠해져 있어 꼭 거대한 정사각형 막대 사탕 같은데, 간판에는 '카피캣'이라고 쓰여 있다. 우리는 그 앞에 선다. 딜런은 유리창에 비친 자기 얼굴을 본다. 얼굴에 붙어 있던 머리카락 한 가닥을 떼서 뒤로 넘긴다. 그러고는 뒤돌

* '모방범'을 뜻하는 영어단어 '카피캣(copy cat)'과 '복사'를 뜻하는 '카피(copy)'의 발음이 비슷한 것을 이용한 복사집 이름.

아서 평소보다 큰 목소리로 알려준다. "2분 후면 매디 아르바이트가 끝나는 시간이야." 딜런의 목소리를 듣고 있자니 마치 나는 관광객이고 매디는 가장 중요한 관광지가 된 것 같다.

이걸 가지고 딜런을 놀려줄 생각에 골똘히 잠겼는데, 유리문이 열리더니 곱슬곱슬한 밝은색 머리카락의 여자애가 나온다. 짙은 눈동자가 커다랗다. 우리를 본 그 아이의 얼굴에 미소가 피어난다. 딜런도 그 아이 쪽으로 고개를 돌리고, 그때 나는 굉장한 것을 목격한다. 피부처럼 꼭 맞는 블랙진에 옷핀이 꽂힌 티셔츠를 입고 두꺼운 가죽 팔찌를 한 딜런, 머리카락이 사방으로 삐죽거리고 눈가에는 새로 덧칠한 아이라이너가 거뭇거뭇한 딜런의 몸짓은, 단순히 미소를 짓고 매디에게 걸어가 어깨에 손을 올렸다는 말로는 설명할 수 없다. 결코 그럴 수 없다. 딜런은 몸의 모든 근육이 긴장을 놓아버린 듯 가볍게 앞으로 걸어간다. 딜런의 입에서 나오는 *안녕*이란 말은 이렇게 들린다. *사랑해, 넌 너무나 아름다워, 세상에 이렇게 반짝거리는 사람은 너 하나뿐이야.*

32

우리는 카피캣에서 몇 블록 떨어진 곳에 있는 카페의 야외 테이블에 앉는다. 매디는 초록색 원형 테이블 위로 몸을 숙이고 말한다. "케이틀린, 너에 관해 말해줘. 평소에 즐기는 취미가 뭐야?"

이건 딸 가진 부모님이 예비 사위에게나 물어볼 법한 질문이다. 늙은이 같은 말투였지만, 왜인지 마음에 든다. 매디는 머리를 쭉 빼고 내 대답을 기다린다. 딜런은 철제 의자에 몸을 기대고 앉아 손가락으로 가죽 팔찌의 똑딱이를 문지르고 있다.

나를 향한 매디의 시선은 딜런만큼이나 집요하지만, 약간 다르다. 딜런의 시선은 마치 나를 꿰뚫는 듯, 나도 몰랐던 나에 대한 사실을 알아내는 듯 느껴지는데, 매디는 그냥 집중하고 있는 것 같다. 잠시 고민하게 만드는 시선이다. 나는 사진이라고 답하고 싶지만, 내가 가히 최악의 사진을 찍는 모습을 딜런이 목격하고부터 하루밖에 지나지 않았다. 내가 좋아하는 일을 부러 망치고 있다는 걸 인정하면, 딜런이 나를 어떻게 보겠어?

그래서 이렇게 말한다. "난 뭔가 만드는 걸 좋아해." 나는 입 밖으로 나오는 단어들에 귀 기울인다. 그 단어들이 나를 어떤 사람으로 만들어줄지 시험하는 중이다.

매디는 흥미로운 표정이고, 딜런은 팔찌에서 고개를 든다.

"나무로."라고 내가 덧붙인다.

"그럼 넌 예술가구나." 매디가 답한다. "굉장해. 뭘 만들어?"

나는 거짓말을 하지 않으면서도 바보 같아 보이지 않을 만한 답변을 궁리한다. 결국에는 미래에 초점을 맞추기로 한다. "트리하우스를 지을 생각이야. 하지만 아이들용은 아냐."

"아까 도서관에서 대출했던 책에 나오는 그런 것?" 딜런이 묻고는 커피를 한 모금 들이킨다. 오후에만 벌써 세 잔째다.

"응." 내가 대꾸한다. "우리 집 뒷마당에 커다란 나무가 있어. 그 나무에 지을 생각이야."

매디는 들뜬 얼굴이다. "우리 엄마 아빠 친구가 오리건에 사는데, 그 집에 트리하우스가 있거든. 너무 좋아. 놀러 가면 항상 거기 올라가서 앉아 있어. 케이틀린, 네 것도 완성되면 보고 싶다."

"그래." 내가 답한다. "꼭 와서 봐."

"매디는 배우야." 딜런이 내게 말하며 매디의 등에 손을 얹는다.

"진짜 멋있다." 내가 말한다. "나도 한 학기 동안 연극 수업 들었는데, 연기는 내 체질이 아니더라고. 무대에만 서면 벌벌 떨어서."

매디가 말한다. "나도 옛날에는 무대에 서기 전에 긴장했거든. 그런데 점점 괜찮아졌어. 지금은 연극 시작하기 전에 하는 나만의 의식 같은 게 있어. 내 주변을 비추는 조명이 관객들의 평가로부터 나를 지켜준다고 상상하는 거야. 이상하게 들릴 수도 있지만, 효과는 좋아."

나는 매디의 설명에서 풍기는 강한 자신감에 설득당한다. "졸업하면 할리우드로 이사 갈 생각이야?"

"아니." 매디가 답하며 고개를 젓자, 하얀색 조개 귀걸이가 앞

뒤로 흔들린다. "난 연극에만 관심 있어."

나는 주문했던 에스프레소 마키아토를 홀짝이며 후회한다. 다른 걸 주문할 걸 그랬다. 커피가 담긴 작은 잔과 우유 거품은 마음에 들지만, 그 밑의 에스프레소는 너무나 쓰다. 나는 아직 내게 딱 맞는 커피 메뉴를 찾지 못했다.

"그러면 딜런." 내가 입을 연다. "*너*는 무얼 할 때 즐거워?"

딜런이 어깨를 으쓱하며 대답한다. "아직 알아가는 중이야."

매디가 웃는다. "하여간 딜런은 자기 자랑을 못 해. 얘, 엄청 똑똑해. 딜런이 지난 5년 동안 여름마다 뭘 했는지 알아?"

딜런이 웃음을 터뜨린다 "닥쳐."라고 말하는데, 정말 다정한 목소리다.

"물리학 캠프!" 매디가 외친다. 그러고는 진지하게 했던 말을 반복한다. "*물리학* 캠프."

믿기 힘들다. 우리 학교 학생 중에 과학을 좋아하는 괴짜들은 점심시간이면 자기들끼리 오밀조밀 뭉쳐서 MIT가 어떻고 경쟁률이 어떻다는 이야기만 하는데. 게다가 과학과 영어를 둘 다 잘하는 사람은 드물다.

딜런이 어깨를 으쓱한다. "전자석도 만들고, 빛도 측정하고, 뭐 그랬지. 재미있었어."

우리는 오랫동안 그 자리에 앉아 이야기하고, 나는 무언가에 큰 열정을 품은 삶은 어떨지 생각해본다. 옛날에는 사진이야말로 나의 열정이라고 생각했다. 나는 사진을 사랑했고, 내가 사진에 소질이 있다고 생각했다. 하지만 알고 보니, 내가 사진을 사랑한다는 것만 사실이었다.

"금방 다시 올게." 딜런이 말하고는 테이블에서 일어선다. 매디는 미소 지으며 저쪽으로 사라지는 딜런을 바라본다. 길고 마른 팔다리와 날개뼈와 사방팔방으로 뻗은 머리카락을.

딜런이 다시 카페에 들어서자 매디가 말하기를, "난 딜런이 널 찾아내서 기뻐. 쟤, 로스 세로스에서 친구를 하나도 못 사귈까 봐 걱정했거든."

나는 가만히 있지 못하고 몸을 들썩인다. "응, 우리 학교는 꽤 작아."

"네 친구는 정말 안됐어."

나는 깜짝 놀라서 커피잔만 내려다본다. 아직도 잔에 한가득 남은 커피가 식어가고 있다.

"미안." 매디가 덧붙인다. "내가 갑자기 이런 말을 해서 이상하지, 나도 알아. 그냥, 딜런도 사랑하는 사람을 잃어버렸다는 걸 말해주고 싶었어. 딜런은 그 이야기를 별로 좋아하지 않으니까, 먼저 이야기를 꺼내지는 마. 하지만 네가 겪고 있는 것들을 딜런도 이해한다는 걸 알아줘. 딜런은 정말 멋진 애야. 난 *네가* 딜런을 찾아서 기쁘기도 해."

33

지금은 샌프란시스코에서 집으로 돌아오는 길이다. 딜런의 엄마가 차를 끌고 데리러 오셨고, 매디와 뒷좌석에 앉아 있는 나는 문득 궁금해진다. 매디가 딜런 집에서 잘 때는 어떻게 될까. 내 말은, 딜런네 엄마는 분명 두 사람이 사귄다는 걸 아니까 말이다. 두 사람은 딜런의 방에서 같이 잘려나?

자동차가 우리 집 앞에 서고, 딜런은 조수석에서 뒤돌아 묻는다. "월요일 점심시간에 만날까?"

"응. 사물함 앞에서 만날래?"

"좋아."

딜런의 엄마에게 데려다줘서 감사하다고 인사하고 매디에게도 만나서 반갑다는 말을 하려는데, 매디가 좌석벨트를 푸르더니 몸을 쭉 빼고 나를 안아준다. "만나서 너무 반가웠어." 매디가 말한다. "조만간 또 만났으면 좋겠다, 정말로."

나도 매디를 꼭 안아준다. 포옹을 풀고 보니 딜런과 딜런의 엄마가 우리를 보며 미소 짓고 있다. 나는 평생 이 차 안에서 살고 싶다. 여기서 시간이 멈췄으면, 딜런의 좌석 뒤에 무릎을 끌어안고 앉아 가만히 머무를 수 있었으면 좋겠다. 하지만 우리 집 커튼 사이로 빛이 반짝이고, 나는 차 문을 열고 밤으로 진입한다.

"잘 가." 내가 말한다.

그들도 잘 가라고 답해준다.

집 안으로 들어오자, 엄마 아빠가 오늘 하루는 어땠는지 묻는다.

"좋았어." 내가 활짝 웃으며 답한다. "정말 좋았어."

엄마 아빠는 내가 비꼬는 것인지 의아해하며 내 얼굴을 뜯어본다. 그렇지 않다는 걸 깨달은 후에는 서로를 바라보며 야릇한 미소를 교환한다.

나는 양치하며 딜런과 나에 대해, 높다란 빌딩에 둘러싸여 도시를 활보했던 우리에 대해 생각한다. 그곳은 공기마저도 더 깨어 있는 것 같다. 매일 같이 그곳에 가야겠다고, 적어도 일주일에 몇 번은 가야겠다고 생각한다. 불을 끄고 이불 속으로 기어들며 미래의 내 모습을, 이제는 내 친구이기도 한 딜런의 친구들과 함께 나무 밑에서 한가롭게 놀고 있는 내 모습을 상상한다. 나는 그들과 비슷한 모습이고, 내게 너무도 잘 어울리는 옷을 입고 있다. 우리는 새로 합류한 친구에게 이런저런 이야기를 들려주고 있다.

1분 후, 나는 다시 불을 켠다.

잉그리드.

나는 잉그리드의 일기장을 꺼내 읽기 시작한다.

케이틀린에게,

아까 네가 우리 집을 떠난 후로 나는 울기 시작했고 멈출 수 없었어. 네게 해주고 싶어 죽을 것 같은 이야기가 너무 많은데 입이 열리지 않아. 가끔 미친 사람은 내가 아니라 엄마라는 생각이 들어. 엄마는 정말 별것도 아닌 일을 가지고 생난리를 쳐. 하지만 네가 나를 이해하지 못하는 것 같을 때, 그때는 정말 내가 미쳐버렸구나 싶어. 네가 다른 사람을 보는 것 같은 시선을 보낼 때가 있거든. 그럼 난 정말 미칠 것 같아. 온몸이 마비돼버려. 그리고 내 모든 행동을 의심하게 돼. 방금 차에 설탕을 다섯 번 넣었는데, 이건 정상일까? 방에 들어가기도 전에 불부터 켰는데, 이건 정상이야? 일단 방에 들어갔다가 나중에 불을 켤 수도 있었잖아. 또, 가끔 거울을 보며 내가 겁나게 예쁘다고 생각하는 건, 가끔 역겨운 못난이 같다고 생각하는 건 정상인가? 그동안 매일 밤 인터넷으로 조사했어. 평범한 사람들도 한순간에 미쳐버리면, 자기가 히틀러라는 착각에 빠져서 "미안해요."라고 중얼거리며 흐느끼기도 한대. 어떤 사람들은 자기 집을 떠나는 게 두려워서 평생을 방 안에 콕 박혀 산대. 또, 어떤 사람들은 하느님의 명령을 받았다며 자식들을 죽인대. 나는 이런 사람들처럼 될까 봐 너무 무서워. 매일 내가 먹어야 하는 약들에 대해, 의사들이 내 모든 행동을 평가해서 작은 노트에 적는 것에 대해, 내가 원하는 건 그 사람들이 나를 두고 뭐라고 썼는지 읽는 것밖에 없다는 사실에 대해, 전부 네게 말해주고 싶어. 그 사람들은 대체 나에 대해 뭐라고 지껄이는 걸까? 나는 네게 이 모든 것에 대해서 말해주고 싶지만, 그럴 수 없어. 네가 또 그 표정을 지을까 봐 겁이 나거든. 네가 나를 보면서 내가 정상이라고 생각해주길 간절히 원하고 있어.

사랑을 담아,

잉그리드

마음이 무너져 내리는 것만 같다. 내가 완벽하다고는 한 번도 생각해본 적 없고 완벽에 가깝다고도 생각한 적 없지만, 내가 얼마나 못된 인간인지 제대로 깨달은 적도 없었다. 이제 알게 되었고, 후회가 내 안을 채운다. 한번은 탈의실에서 옷을 갈아입고 있는데 잉그리드가 거울을 바라보며 말했다. *넌 어떻게 내 얼굴을 견뎌? 나 정말 역겹다.* 나는 잉그리드 쪽을 보지도 않았다. 그 말도 듣는 둥 마는 둥 했다. 잉그리드가 또 귀찮게 구는 거라고, 아니면 다른 애들처럼 칭찬을 구걸하고 있다고 착각했다. 잉그리드가 얼마나 두려워하고 있는지 몰랐지만, 사실 몰라서는 안 됐다. 친구란 그런 존재니까. 눈치채고 알아주는 존재. 서로를 위해 자리를 지키는 존재. 가족이 모르는 것도 알아채 주는 존재. 그때로 돌아갈 수 있다면, 탈의실 거울 앞에서 잉그리드와 함께 서서 내가 생각하는 잉그리드의 모든 장점을 하나하나 말해줄 것이다. 그리고 잉그리드가 갑자기 이성을 잃고 입을 꽉 다물 때마다, 나는 떠나서는 안 됐다. 그 대신 음악을 틀어놓고 잉그리드 방 한쪽 벽에 기대고 앉아, 잉그리드 머릿속의 어두운 곳으로 직접 들어갈 수는 없더라도 밖에서 기다려 줬어야 했다. 그중에서도 가장 중요한 건, 잉그리드가 자기 몸을 찌르고 태우고 때려 만들어낸 상처를 외면해서는 안 됐다. 그 모든 것들을 똑똑히 알아줬어야 했다. 그것들도 잉그리드의 일부니까. 잉그리드는, 있는 그대로의 모습으로 인정받을 만한 가치가 있는 사람이었다. 이해하려고 노력해볼 만한 가치가 있는 사람이었다.

내 가장 친한 친구는 죽었고, 나는 그 애를 살릴 수 있었지만 그러지 못했다. 잘못된 일이다. 너무나도, 고통스러울 정도로 잘못된 일이다, 내가 오늘 밤 대문으로 들어오며 웃고 있었다는 것은.

겨울

/

동이 트자 나는 학교로 향한다. 몸은 잠기운이 날아가 기민하면서도 마비된 듯 피곤하다. 전에는 몸이 이런 복잡한 상태일 수 있다는 것을 몰랐지만, 지금 학교로 향하는 나는 그렇다. 눈꺼풀은 무겁고, 기도로는 차가운 공기가 들어온다.

1교시 시작까지 한 시간 반이 남은 지금, 학교는 유령 도시 같다. 주차장은 텅 비었고 학교 대문 앞 원형 진입로에도 버스는 없으며, 그 어디에도 아무도 없다.

나는 몰래 사진실로 들어간다.

옛날에 잉그리드와 내가 항상 하던 짓이다. 사진실에는 창문이 하나밖에 없는데, 건물 뒤편의 관목이 지나치게 우거진 곳, 아무도 가지 않는 곳에 있다. 관리인도 잘 모르는 것 같다. 언젠가 잉그리드와 내가 창문을 안에서 열어 놨고, 내가 알기로는 그로부터 다시 잠긴 적 없다.

나는 창문을 비집어 열고 가방을 안에 던져 넣은 다음, 창틀을 잡고 점프해 안으로 기어들어 간다. 다시 창문을 닫은 후에는 잠시, 완전한 암흑 속에 잠긴다. 그러고는 어둠을 가늠하며 암실로 향한다.

어쩌면 어젯밤에 잠을 거의 못 자서 그럴 수도 있고, 이 어둠 때문에 꿈 같은 상태로 접어들게 된 것일지도 모르겠지만, 등 뒤에서 암실 문을 닫고 나니 눈앞에 또렷하게 잉그리드가 나타난다. 그 애는 버튼을 눌러 안전등을 켠 다음 빨간 불빛 속에 서서 가방 속에 있던 필름 한 통을 꺼낸다. 노란 원피스를 입고 맨발로 서 있는, 이 깜깜한 공간에서 빛나는 단 하나의 존재. 내게 등을 돌리고 서 있는 잉그리드가 몸을 틀 때마다 옆얼굴이 보인다. 그 애를 만져보고 싶지만, 나는 내 자리에 머무른다. 미동도 하지 않고 서 있으면 이 순간이 영원히 이어질 수도 있겠지.

잉그리드가 계속 등을 돌리고 서서 말한다. *어제 정말 근사한 사진을 찍었어.*

뭘 찍었는데?

그냥 내 방에 앉아 있었는데, 작은 새 한 마리가 창문 앞 나뭇가

지에 앉더라고.

그냥 앉아 있었다고? 무슨 생각 하고 있었어?

음, 모르겠는데. 아무 생각 안 했어. 그 작은 새는 나를 위해 거기 있었던 거야. 내가 사진을 찍는 동안 새가 이 가지에서 저 가지로 뛰어다녀 줬지.

나, 네 일기장을 발견했어. 나 보라고 거기 넣어둔 거지?

그러고는 날아가려고 몸을 붕 띄우더니 날개를 파닥거렸어. 얼마나 날갯짓이 빠르던지 몸통 양옆이 그냥 뿌옇게만 보이더라.

난 네가 두려워하고 있는지 몰랐어.

새가 날 기다리고 있었던 것 같았어, 자기를 찍으면 좋은 사진이 나올 거라는 걸 알았던 것 같았다니까. 새가 날아가기 전에 여기저기로 폴짝거리던 모습을 적어도 세 장은 찍은 것 같아. 마침내 잉그리드는 몸을 돌려 나를 바라본다. 투명하고 푸른 눈, 삐뚜름한 미소. 잉그리드는 얼굴에 붙은 구불구불한 금발 머리 한 가닥을 손목으로 치워낸다. 볼에 사진 현상용 약품을 묻히지 않으려는 것이다. 날카로운 아픔이 가슴을 찌른다. 숨 쉬는 것을 잊고 있었다. *모르긴 왜 몰라, 넌 내가 두려워하고 있다는 걸 알았어. 네가 달리 할 수 있는 일이 없었을 뿐이야.*

바라보기가 고통스럽다. 나는 눈을 감는다. 다시 눈을 뜨자 사위가 조용하고 텅 비었다. 잉그리드는 떠났다, 한 번 더.

나는 무거운 몸을 끌고 책상으로 가서 필름 통을 연다. 긴 네거티브 필름이 내 손바닥 위로 주르륵 쏟아진다. 릴에 필름을 감고 플라스틱 통을 현상 약품으로 채운다.

이 필름을 처리하고 네거티브가 마르기까지 시간이 빡빡하다. 8시에 풍경 사진을 제출해야 한다.

2

4교시 내내 맨 뒤 구석 자리에 앉은 인기 있는 여자애들은 긴급하게 쪽지를 주고받고, 선생님은 빨간펜을 손에 들고 앞에 앉아 우리의 시험지를 채점하고, TV에서 흘러나오는 낮은 남자 목소리는 우주의 광대함에 관해 설명하고, 내 뱃속 깊은 곳에는 어떤 유독한 것이 있다. 지금의 내가 무언가를 조리 있게 설명할 만한 상태라면, 약속했던 것처럼 딜런을 만나 어젯밤에 깨달은 사실을 말해줄 것이다. 친구가 된다는 것에는 커다란 책임이 따르고, 지금의 나로서는 그 책임을 감당할 수 없다고.

종이 울리자, 나는 노트를 집어 들고 가방에 넣은 후 그 누구보다 빨리 밖으로 나간다. 화장실에 숨을 생각도 해보지만 한 곳에 있으려니 너무 불안하다. 그래서 계속 걷다 보니 후문 주차장이고, 이대로 버스 정류장까지 가기로 한다. 아무 버스나 타고 쭉 노선을 따라 이동하면 회차한 버스가 나를 다시 학교로 데려다줄 테고, 그때쯤에는 점심시간도 끝나 있겠지. 그렇지만 주차장에 도착하기 전에 복도 감독관이 손에 호루라기를 든 채 학교 주변을 순찰하는 것을 포착한다. 그는 나를 보더니 호루라기를 입으로 가져간다. 나는 즉시 왼쪽으로 돌아 야구장 방면으로 빨리 걸어간다. 그때, 멜라니가 떠오른다.

멜라니는 전에 이야기했던 것처럼 다른 아이들과 외야석에 앉아 있다. 평소라면 잘 알지도 못하는 애들이 몰려있는 곳으로 다가가는 일은 절대 없을 것이다. 그런 걸 할 수 있는 사람은 따로 있다. 하지만 지금은 절박한 순간이고, 그 아이들은 이미 펜스 너머로 나를 봤다. 지금 뒤돌아 버린다면 이상해 보일 것이다. 체인이 잘려나간 개구멍으로 몸을 통과시키려는데, 백팩이 철사에 걸린다. 빠져나가기 위해 가방을 벗는다.

"잰 누구야?" 남자애의 목소리다.

멜라니가 답한다. "케이틀린이야."

"케이틀린 매디슨?" 다른 여자애가 묻는다.

"응."

"*아.*" 내가 누군지 물었던 남자애가 답한다.

내 얼굴이 화끈거린다. 가방에 걸린 철사를 빼내며, 다시 개구멍으로 들어가고 싶은 충동과 싸운다. 그 대신 몸을 틀고 외야석으로 올라간다.

"걸릴 뻔했네." 내 입에서 나온 문장이 다시 내 귀로 들어간다. 목소리가 평소와는 다르게 느껴지지만, 나쁘지만은 않다. 의아한 듯한 얼굴 다섯 개가 나를 바라보고, 나는 계속 말한다. "땡땡이 치려다가 송곳한테 걸릴 뻔했어. 완전 정면으로 걸어가고 있었다니까."

아무도 대꾸가 없다.

한 여자애 옆에 가방을 내려놓는다. 그 애가 입고 있는 메탈리카 티셔츠는 어찌나 낡았는지 십 년은 되어 보인다.

"여기에 잠시만 앉아 있을게. 지금은 송곳이랑 이야기할 기분이 아니거든." 내 말소리에 진하게 배어든 자신감 덕분에 잠시나마 나도 용기가 난다. 매일같이 위험을 즐기며 아슬아슬하게 살아가는, 그런 사람이 된 것 같다.

나는 자리에 앉고, 다들 아무 말도 하지 않는다. 메탈리카 티셔츠를 입은 여자애는 손톱을 잘근잘근 씹는다. 처음에 내가 누군지 물어보던 남자애는 기름진 머리카락을 땋아 내리고 있다. 멜라니 쪽을 흘긋 봤더니 난폭하게 백팩 안을 파헤치고 있다. 안경 낀 남자애 둘은 말없이 하던 카드 게임을 계속 한다.

"제길." 멜라니가 말한다. "케이틀린, *너는* 담배 있어?"

아마 그 자리에 있는 사람들 모두에게 물어봤던 것 같다. 나는 멜라니의 마지막 기회다.

"미안." 내가 대답한다.

왜인지는 모르겠지만, 그렇게 어색함이 깨지기 시작한다.

"그러니까, 넌, 잉그리드 바우어랑 베프였던 거지?" 메탈리카 티셔츠가 묻는다.

"응."

기름진 머리도 묻기를, "걔가 저지를 거란 걸 알고 있었어? 그러니까, 미리 말해줬다든지?"

그런 걸 물어도 전혀 이상할 게 없다는 듯한 말투다. 모르는 사람에게 그 사람 인생 최악의 사건에 대해 사사건건 물어봐도 아무런 문제없다는 듯한 말투. 나는 전혀 대비하지 못한 상태였다. 뭐라고 반응해야 할지 몰라서 그냥 솔직하게 대답한다.

"아니."

"너 참 안됐다." 메탈리카 티셔츠가 말한다.

기름진 머리가 말을 잇는다. "손목을 그었다던데, 맞아? 완전 대박이야. 총을 쏜다든지 일산화탄소에 중독된다든지, 그런 거랑은 완전히 다르잖아. 미친, 그렇게 깊게 칼을 박으려면 배짱이 두둑해야 한다고, 알지?"

나는 입을 열지만, 아무 말도 나오지 않는다.

카드 게임을 하고 있던 남자애 중 한 명이 계속 카드를 바라보며 말한다. "내 사촌의 남자친구는 금문교에서 떨어져 죽었어. 그것도 대단하지만, 재 말이 맞아. 투신도 손목 긋는 것보단 쉽지. 힘줄에 닿을 때까지 깊이 찔러야 한다고. 대부분은 쫄아서 도중에 기절해."

"뭐야, 너, 전문가라도 돼?" 메탈리카 티셔츠가 받아친다.

"나도 진지하게 고려했거든." 남자애는 안경을 올리며 말한다. "8학년 때. 그래서 조사 좀 했지."

"덜떨어진 자식." 같이 카드하고 있던 애가 말한다. "새대가리야, 누가 *조사*를 하냐."

나는 이것들은 대체 뭔가, 싶어서 멜라니를 바라본다. 멜라니는 기름진 머리의 가방을 파헤치고 있다.

"그만해." 기름진 머리가 우는소리를 한다.

우리 앞에는 야구장이 펼쳐져 있다. 완벽하게 깎아놓은 잔디, 깔끔하게 갈색 흙을 깔아놓은 베이스. 야구장 한가운데로 걸어나가 쓰러지는 상상을 한다. 그 장면이, 고속 빨리 감기 한 영화의 한 장면처럼 재생된다. 1분도 안 되는 시간에 씨앗이 새싹으로 자라나 꽃을 피우고 말라 죽기까지의 모습을 담아내는, 그런 영상처럼. 다만 내 머릿속의 영상은 시간이 거꾸로 간다. 나는 야구장에서 잠들고, 파란 하늘은 잿빛이 되었다가 보라색으로, 그러고는 검은색으로 물든다. 별이 뜬다. 달이 진다. 태양이 뜬다. 1년이

취소된다. 나는 조금 움직인다. 다른 옷을, 작년에 입던 옷을 입고 있다. 예비종이 울린다. 나는 일어나서 가방을 움켜쥔다. 전보다 가볍다. 나는 1교시 수업에 들어가서 잉그리드 옆에 앉는다.

멜라니가 벌떡 일어나며 내 상상을 깨부순다. 소리치기를, *"나 담배가 필요하다고!"* 그날 쇼핑몰에서 우리 사이에 무슨 일이 있었던 건지 모르겠다. 지금 나는 아무것도 느낄 수 없다.

여기 있는 사람 중에 그 누가 어떤 말을 한다 해도 듣고 싶지 않다. 그래서 무거운 가방을 어깨에 짊어지고 외야석을 내려간다.

"나중에 봐." 나는 중얼거리고, 철사에 아무것도 걸리지 않고 개구멍을 통과하는 데에 성공한다. 대단한 성공은 아니지만, 지금의 내게는 그런 느낌이다.

3

영어 수업에 들어가 보니 아직 딜런이 오기 전이다. 다른 학생들이 교실에 들어오기 시작하자, 나는 항상 앉던 자리에 앉아 수업용 선집을 꺼낸 다음 열심히 읽어보려 애쓴다. 애들이 내 옆을 지나치고, 나는 계속 책상에 머리를 박고 있다. 그런데 발소리가 들린다. 분명 딜런이다. 딜런은 내 책상 옆에 선다. 아마 내가 고개를 들기를 기다리는 것일 테지. 내가 미동도 하지 않자, 딜런은 항상 앉던 내 뒷자리에 앉는다.

"케이틀린." 딜런이 말한다. "어디 갔었어?"

화난 것 같은 목소리는 아니다. 나는 이제라도 뒤돌아보기에 늦지 않았음을 깨닫는다. 뭔가 그럴듯한 핑곗거리만 찾아내면, 미안하다고만 하면 되는 것이다.

하지만 나는 책에 시선을 고정한다. 내가 뭘 보고 있는 건지도 모르겠다. 웬 시 한 편이 있지만, 눈이 너무 피곤해서 아무것도 들어오지 않는다.

"아는 사람을 만났거든." 내가 말하고, 그 대답과 함께, 이제는 돌이킬 수 없다.

"누구?" 되묻는 딜런의 목소리에서 짜증이 묻어난다.

"그냥 아는 사람."

딜런은 더 이상 아무 말도 하지 않는다. 뒤로 몸을 틀어 딜런을 바라봐야 한다는 걸 알지만, 그러지 않는다.

마침내 딜런이 툭, 내뱉는다. "그러시겠지." 딜런은 의자 뒤로 몸을 기대고, 끽끽거리는 쇳소리가 크게 울린다.

곧 로버트슨 선생님이 교실로 들어와 수업을 시작한다. 수업 시간 내내 딜런은 발을 앞뒤로 흔들며 자기 책상다리를 부츠로 툭툭 친다. 내게는 그 진동이 잘 느껴지지도 않지만, 딜런의 발이 부딪힐 때마다 몸을 움찔거리고 싶어진다.

수업 시간은 고통스럽게 흘러간다. 종이 치자마자 딜런은 짐을 챙겨서 뒤도 한 번 안 돌아보고 쌩하니 간다. 나는 느릿느릿 사물함으로 발걸음을 옮기고, 과학관에 도착해보니 딜런은 이미 사라지고 없다.

4

비스타 고등학교는 예산이 많다. 필요한 것보다 훨씬 더 많다. 왜냐하면, 로스 세로스의 학부모들은 돈이 많아서, 학교 뮤지컬이나 댄스파티나 유럽 수학여행—유럽으로 간 아이들은 낮에는 박물관을 구경하고 밤에는 술 취해 춤을 춘다—을 위한 자금으로 쓰라고 돈을 턱턱 내놓기 때문이다. 한편으로는 필요한 게 다 갖춰진 학교생활에 만족하면서도, 다른 한편으로는 불편한 마음이다. 데이비의 약혼자인 어맨다는 샌프란시스코 시내에 있는 학교에서 역사를 가르치는데, 예산이 없는 탓에 표지가 떨어져 나갈 정도로 낡은 교과서를 수업용으로 쓴다.

가끔은 우리가 즐기는 모든 것들에 죄책감이 든다. 반짝반짝한 새 교과서, 실내 수영장, 끊임없이 공급되는 인화지와 필름. 하지만 지금으로서는 그 모든 것이 다행스럽다. 아직 아무도 그 존재를 모르는 듯한 깨끗하고 반짝거리는 화장실에 숨어 있기 때문이다. 굳이 여기에 화장실을 만들다니, 정말 쓸데없는 짓이다. 이 화장실은 수학관과 과학관 사이에 있는데, 두 건물 다 따로 화장실이 있다. 하지만 불평하지는 않으련다. 나는 불가능할 정도로 깨끗한 화장실 칸에 홀로 앉아 있으니까. 누가 올지도 모르니 문은 닫아두었다. 점심시간은 반쯤 지났고, 트리하우스 책을 몇 페이지째 읽는 중이다. 책을 읽어보니 못과 나사는 지탱할 힘이 부족해 볼트가 필요하다고 나와 있다.

바인더 노트 한 페이지에 설계도를 스케치해 놓았다. 나무 꼭대기에서 아래를 내려다본 그림이다. 가운데에는 나무 기둥이 있고, 그 주변에 팔각형으로 바닥을 그렸다. 길이와 넓이를 얼마로 정할지는 아직 모르겠지만, 꽤 크게 만들고 싶다. 납작 엎드려서 기어 다녀야 할 것 같은 비좁은 트리하우스는 싫다. 한쪽 끝에서 다른 쪽 끝까지 걸어갈 수 있을 정도로, 한쪽 구석에 안락의자를 놓고 벽 쪽에는 테이블과 의자 두 개를 놓을 수 있을 정도로 큰 공간이면 좋겠다. 빛과 공기가 잘 통하는 탁 트인 공간이면 좋겠다. 비가 올 때를 대비해 트인 부분을 막을 장치도 필요할 것이다.

종이 울리고 점심시간이 끝나자, 나는 또 이곳에 오기로 결심한다. 내일도, 모레도, 글피도. 화장실에 있는 게 그렇게 나쁘지만은 않다고, 나 자신에게 되뇌고 있다.

5

테일러와 나는 축구장에 앉아 테일러가 도서관에서 빌려온 수학자에 관한 책들을 살펴보고 있다.

“이 사람 멋진 것 같은데.” 테일러가 말한다. “시계를 광적으로 좋아했대.”

테일러가 하는 말에 집중하려고 노력하지만, 아무리 책에 시선을 고정해도 결국에는 끝이 하얀 테일러의 속눈썹에 정신이 팔린다. 속눈썹을 만져보고 싶은 마음을 계속 떨쳐내야 한다.

“말도 안 돼! 이 사람은 사기죄로 징역도 살았대!”

나는 손을 뻗어 책 한 권을 잡아들고, 내 무릎이 테일러의 무릎에 닿는다. 테일러는 몸을 피하지 않는다. 접촉을 눈치채지도 못한 것 같다. 내 얼굴이 달아오른다. 책을 펴고 집중해보려 한다. 하지만 내 안에는 테일러가 우리 무릎이 맞닿은 것을 알고 있을지 궁금한 마음뿐이다. 무릎을 움직인다, 아주 조금만.

테일러와 나는 획기적인 개념을 만들어낸 수학자를 찾아내는 것에는 관심 없으니 그저 재미있는 삶을 산 수학자를 찾자고 합의를 봤다. 나는 테일러와 내 무릎 사이의 1밀리미터짜리 공간을 내려다보고, 책을 읽기 시작한다.

이 책들은 갖가지 지루한 정보들, 예를 들면 수학자들이 어디서 태어나서 누구와 결혼했고 어떤 개념을 만들어내 자기 이름을 붙였는지에 대한 정보들로 가득하다. 그것들을 읽고 있는데, 난데없이 한 단어가 내 눈에 들어온다. *해적.*

"이것 좀 봐."라고 내가 말하자 테일러는 자기 무릎을 다시 내 무릎에 갖다 댄다. 그 애가 몸을 구부리자 우리 몸 여기저기가 닿고, 얼굴을 내 쪽으로 들이밀자 그 호흡이 내 얼굴에 닿는다. 그런 상태로 테일러는 내가 가리킨 곳을 읽기 시작한다. 그 애가 집중하고 있다는 것이 느껴지지만, *나는* 이렇게 얼굴을 맞대고는 도저히 집중할 수 없어 잠시 책에서 눈을 뗀다. 딜런이 마조리 클라인과 주차장으로 걸어가고 있는 모습이 보인다.

우리 학교에는 세 가지 타입의 아웃사이더가 있다. 첫 번째 타입은 다들 찌질이 모범생이라고 생각하는 부류고, 두 번째 타입은 다들 바라보면서 *쟤 어디서 본 듯한데*라고 갸웃거리게 되는 존재감 없는 애들이고, 마지막은 그저 자신과 대등한 친구를 찾지 못해 아웃사이더인 부류다. 마조리는 마지막 타입, 가장 멋진 타입이다. 10학년 때 마조리는 인기투표의 "가장 예술가다운" 항목에서 잉그리드와 동점을 얻었다.

오늘부로 딜런과 나는 2주가 넘게 말을 섞지 않았다. 딜런은 이제 영어 시간에도 나와 떨어져 앉고, 사물함 앞에서 마주쳐도 본체도 안 한다. 지금 딜런과 마조리의 몸짓을 보고 있자니 매우 재미있는 대화를 하는 중인 듯하다. 내 몸이 땅 밑으로 가라앉는 느낌이다. 딜런이 무슨 말을 하자 마조리가 웃음을 터뜨리고, 나는 딜런이 어떤 재치 있는 농담을 했을까 궁금해지고, 그렇게 테일러와 나 사이에서 싹텄던 행복한 것들이 전부 죽어버린다. 이제 내 머릿속에는 책상을 차는 딜런의 발소리, 내 쪽에 눈길도 주지 않고 교실을 나가던 딜런의 모습뿐이다.

"이 사람 굉장하다." 테일러가 말한다. "이 사람으로 하자."

나는 다시 책을 바라본다. *자크 드수아.*

"얼마나 멋져." 테일러가 말한다. "프랑스의 무법자 해적이자 수학자."

딜런과 마조리는 멀리, 더 멀리 사라져간다.

"나, 가야겠어." 내가 말한다.

"벌써?"

"부모님이 기다리실 것 같아." 나는 이렇게 말하지만, 사실은 딜런과 마조리의 이미지를 내 머릿속에서 밀어내려는 것이다.

"태워다줄까?" 테일러가 묻는다.

"그래, 고마워."

우리는 주차장을 향해, 저 앞에 있는 딜런과 마조리를 따라간다. 안으로 들어가자, 두 사람의 모습은 줄줄이 늘어선 자동차에 가려 보이지 않는다.

"우리, 지도를 준비해야겠어." 테일러가 말한다. "그리고 자크 드수아의 발자취를 따라가는 거지."

나는 고개를 끄덕이며 마조리의 밴을 찾아 기웃거린다. 두 사람은 어딜 가려는 걸까. 나는 수프 가게에 앉아 있는 두 사람을, 메뉴판에서 가장 이국적인 음식을 시키는 마조리를 상상한다. 나는 대체 가능한 사람인 걸까.

테일러와 나는 테일러의 오래된 노란색 닷선 해치백 앞에서 멈춰 선다. 우리가 어디로 가고 있는지 신경 쓰지 못했던 탓에, 정신 차려 보니 나는 운전석 앞, 테일러는 조수석 앞이다.

"받아!" 테일러가 외치며 차 너머로 열쇠를 던진다.

나는 열쇠를 받는다.

"네가 운전해도 괜찮지?" 테일러가 묻는다.

"왜 내가 해?"

테일러는 씩 웃으며 어깨를 으쓱한다. "문이나 좀 열어줄래?"

나는 문을 연다. 낡은 운전석에 올라타 조수석으로 넘어간 다음 잠금장치를 올린다. 테일러가 차에 탄다. 차 안은 안락하고 달콤한 초콜릿 향기가 난다. 잠시 우리는 가만히 앉아서 서로를 바라본다.

"나 면허 없는데."

"그래도 운전할 줄 알잖아, 맞지?"

"응."

"너희 집까지는 금방이고?"

"오크 스트리트 바로 옆이야."

"멀지 않네."

"맞아, 전혀 멀지 않아."

"그러니까 네가 해도 괜찮아."

"음, 너만 괜찮다면……." 나는 대답하고 나서 키를 꽂는다. 자동차가 한 차례 성난 소리를 내뱉고, 시동이 걸린다. 테일러는 앞으로 몸을 빼고는 계기판에 뺨을 가져다 댄다. "잘했어, 닷선." 테일러가 말한다. "장해."

나는 테일러를 보며 웃음을 터뜨리고, 비상 브레이크에서 발을 뗀다. 내가 지금 대체 뭘 하는 건지 모르겠다. 경찰이 알게 되면 나는 잡혀갈 수도 있고, 영원히 운전하지 못하게 될 수도 있고, 고등학교를 졸업할 때까지 외출 금지를 당할 수도 있다. 하지만 나 자신을 멈출 수 없다. 이미 엎질러진 물이다. 나는 그저 하고 싶은 대로 하는 중이고, 하고 싶은 대로 하니 기분이 좋다. 백미러를 조절하자 마조리의 폭스바겐 밴이 보인다. 이 동네 아이들이 열여섯 살 생일 선물로 받는 반짝반짝한 어른용 자동차들, 신형 혼다 아코드나 폭스바겐 파사트나 닛산 맥시마 같은 자동차들의 파도 속에서 빠져나와 저 멀리 미끌어진다. 나는 기어를 후진으로 바꾼다.

"기어 바꿀 때 조심해." 테일러가 말한다. "가끔 잘 안 움직여질 때가 있더라고."

나는 조심스럽게 운전해 주차장에서 빠져나온 다음 좁은 길을 따라가다가 대로로 진입한다. 빨간 불이니까, 이쪽으로 오는 차가 있는지 확인한 다음 우회전한다. 내가 운전대를 잡고 있어서 테일러가 긴장했을 거라고 예상했는데, 그 애는 등을 뒤로 기댄 채 나를 보며 미소 지을 뿐이다.

"너, 내 차랑 잘 어울린다." 테일러가 말한다.

우리는 언덕과 스트립 몰과 수많은 차를 지난다. 나는 테일러를 흘긋 바라보고, 그 애의 시선이 여전히 내게 고정되어 있음을 알게 된다. 뒷좌석에 앉아 있는 데에 너무나 익숙해져 자동차를 움직이게 하는 것, 나를 어딘가로 데려가는 것이 얼마나 즐거웠는지 잊어버렸다. 면허시험에 대비해 아빠와 운전 연습했던 어느 날 밤, 잉그리드에게 전화를 걸어 이렇게 말했던 것도 잊고 있었다. *우리 올여름에는 어디든 떠나자. 어디 가고 싶어? 말만 해, 내가 데려다줄 테니까.*

빨간불이라 멈춰 섰는데, 우리 옆에 힙합 음악이 쿵쾅거리는 자동차 하나가 선다.

여자 목소리가 소리친다. "테일러!"

얼리샤 매킨토시가 컨버터블 머스탱에서 고개를 쑥 빼고 있다.

테일러는 나를 보더니 눈을 굴린다. 신호등이 초록색으로 바뀌고, 테일러가 속삭인다. "출발해!" 나는 페달을 꾹 밟고, 백미러 속 얼리샤의 자동차는 작아지고 또 작아진다.

6

엄마 아빠는 저녁 식사가 준비될 때까지 한 시간 남았다고 말한다. 내 안에서 온갖 감정이 들끓어 집에 가만히 앉아 있을 수가 없다. 그래서 내 자동차로 가지만, 차도 나를 담아내기에는 너무나 좁다. 가슴과 뱃속에는 딜런에게 했던 행동에 대한 후회가, 손발에는 내게 가까이 다가왔던 테일러 생각에 짜릿함이, 온몸에는, 몸속 깊고 깊은 곳에는, 잉그리드로 인한 아픔이 있다. 있는 힘껏 크게 소리를 질러도 그 외침은 나를 절반만큼도 충족시키지 못할 것이다.

한 시간은 길지는 않을지언정 무엇이든 도모해 보기에는 충분한 시간이다. 그래서 나는 뒷마당을 가로질러 언덕 아래로, 점찍어둔 참나무와 목재 더미와 연장 상자와 새로 구입한 볼트가 있는 곳으로 간다. 책을 읽어보니 가지 모양이나 각도 면에서 참나무는 트리하우스에 안성맞춤이란다. 나는 땅에서 약 3미터 위에 떠 있는, 가지가 빽빽하지 않은 지점에 바닥을 깔 생각이다.

가장 먼저 할 일은 사다리를 만드는 것이다.

기다란 나무판자를 하나 들어서 나무에 기대 놓는다. 2.5센티미터짜리 볼트를 한 움큼 집어 들고 볼트가 판자를 관통해 나무에 박히도록 깊이, 30센티미터 간격으로 망치질한다. 손안의 망치가 무겁고 듬직하다. 아직도 뱃속에는 조금 전에 느꼈던 무모함이 남아 있다. 작업을 계속하며 잉그리드와의 추억 속으로 빠져든다.

9학년이 끝난 여름, 잉그리드와 나는 몇 동네 너머에 사는 고등학생 남자애 두 명과 만났다. 무더운 날이었다. 우리는 심심했다. 그래서 그 둘과 길거리를 배회했고, 그들이 안다는 공원까지 갔다. 덤불과 바위를 타고 올라가 보니 개울이 있었다.

잉그리드와 나는 물에 발을 담근 채 그들이 하는 실없는 말에 귀를 기울였고, 농담을 시도하는 것 같으면 웃어줬다. 그런데 대화 중에 갑자기, 둘 중 키가 더 큰 남자애가 몸을 구부리더니 잉그리드에게 키스를 시도했다. 그리고 마치 그게 무슨 신호라도 되는 것처럼 다른 애도 내게 입을 맞췄다. 나는 몸을 빼냈고—그건 우리의 계획과는 달랐다—잉그리드도 그럴 것으로 확신하고 있었다. 하지만 그러지 않았다. 키 작은 쪽이 내 다리 위에 손을 올렸지만, 나는 그것조차 부담스러웠기에 자리에서 일어나 개울의 더 깊은 곳으로 갔다. 그는 자기 친구에게 뭐라고 툴툴대더니 자리를 떴다. 나는 물속과 나무 꼭대기를, 낯선 사람의 손이 내 가장 친한 친구의 티셔츠를 위로 들어 올리는 것을 보았다.

그날 밤 잉그리드는 내게 말했다. *세상에, 케이틀린. 고작 키스한 것 가지고 난리야.* 그것도 맞는 말이었지만, 나는 제이슨을 향한 잉그리드의 마음이 계속 생각났고, 그날의 키스가 그 마음과는 얼마나 다르고 얼마나 보잘것없었는지 도저히 떨쳐 버릴 수 없었다.

내 손이 닿는 가장 높은 곳에 못을 박아 나무판자를 고정한 후, 다른 목재를 집어 처음 판자에서 약 30센티미터 옆에 고정했다. 그 작업을 끝낸 다음에는 세 번째 목재를 작게 잘라내고 볼트를 박아서 첫 번째 사다리 칸을 만든다. 고개를 들어 나뭇가지 사이를 바라보며 트리하우스가 완성되면 어떤 모습일지, 나무 안에 앉아 하늘이 검게 물드는 풍경을 바라보면 어떨지 상상한다.

아빠가 집 안에서 소리쳐 나를 부른다. 한 시간이 이렇게 빨리 지나간 적은 처음이다. 나는 도구함에 망치를 넣고 뚜껑을 닫는다. 나무를 들고 망치질하느라 팔이 아프지만, 왜인지 만족스럽고 성취감이 느껴진다. 언덕을 올라 집으로 돌아간다. 지금 딜런은 뭘 하고 있을까.

7

오늘 델라니 선생님은 원피스를 입고 있다. 치마가 풍성한 검은색 민소매 원피스다. 목에는 빨간 스카프를 맸는데, 과제를 나눠주느라 내 옆을 지나가는 선생님 뒤로 스카프가 물결친다. 나는 휙휙 움직이는 스카프 끝을 바라본다. 손을 뻗어 확 잡아당기고 싶다.

그때 선생님이 내 앞에 멈춰서고, 노출 과다의 끔찍한 사진 한 장을 내 책상 위에 올려놓는다. 내 풍경 사진 과제다. 나는 뒤를 돌려본다. 굵은 빨간펜으로 *D*라고 쓰여 있다. 그 밑에는, *끝나고 나 좀 보자.*

다시 교실 앞쪽에 선 델라니 선생님이 말하기를, "다음 과제는 자화상입니다. 지난 학기에 배웠던 것에서 착안해 보세요. 그리고 *제발,* 깊이 있는 작품을 만들어 봐요. *내용이 있는* 작품을."

종이 울리고, 나는 의자 옆으로 빠져나온다. 선생님을 *보고* 싶지 않다.

다른 애들을 따라 문 쪽으로 가려는데, 델라니 선생님이 날 잡는다.

"케이틀린."

느릿느릿 선생님이 앉은 교탁으로 간다.

"네?"

선생님은 내 손에 들려 있던 사진으로 손을 뻗는다.

"케이틀린." 선생님이 고개를 젓는다. "이게 뭐니? 이건 예술이 아니야."

나는 가장 냉담한 시선으로 선생님을 바라본다. "제 목표 설정을 안 도와주셨잖아요." 내가 말한다. "물어봤는데, 그냥 무시했잖아요."

선생님은 한숨을 쉰다. "처음에는 정물화 과제로 움직이는 자동차 사진을 내더니. 이제는 풍경 과제로 공터를 찍었네. 너, 이것보단 잘할 수 있잖아."

나는 선생님에게서 시선을 거두고, 벽 위쪽을 바라본다. 벽에 붙은 사진들을 하나하나 살펴보다가 내 모습이 담긴 사진을 발견한다. "사실, 그건 잉그리드 이야기죠." 내가 말한다. "잉그리드는 이것보다 잘할 수 있었죠. 난 옛날에도 사진 못 찍었는데, 기억나세요?" 나는 선생님이 가져간 내 풍경 사진을 낚아채 꽉 쥐어 구겨버리고 가방에 처넣는다.

선생님은 안경을 벗더니, 나 때문에 끔찍한 두통이 생겼다는 듯 눈 사이를 문지른다. 그러고는 책상 위로 몸을 구부려 손으로 머리를 감싼다. 나는 어색하게 그 앞에 서서, 선생님이 고개를 들고 이 수업을 수강 철회하라고 제안하거나, 시간 낭비하지 말라고 하거나, 나를 학교 심리치료사에게 보내기를 기다린다. 나는 기다리고 또 기다린다. 신입생들이 입문 수업을 듣기 위해 교실로 밀려든다. 2교시 종이 울린다.

"저기." 내가 한쪽 다리에 실었던 무게 중심을 다른 쪽으로 옮기며 말한다. "저 이제 가야 하는데요." 선생님은 여전히 아무 말도 하지 않는다.

그러더니 몸을 일으켜 바로 앉는다. 그때 내 심장이 박동을 멈춘다. 델라니 선생님의 입술이 떨리고 있고, 볼이 빨갛다. 선생님이 눈을 감자 눈물이 흘러내려 코 옆에 자국을 남긴다. 말은 없다. 신입생들은 조용히 책상을 바라보며 우리 쪽에 눈길을 주지 않으려 애쓴다. 선생님은 메모지를 한 장 뜯어 무언가를 적는다. 그러고는 그 메모지를 내게 주고 교무실로 들어간다. 나는 손아래를 본다.

거기에는 이렇게 적혀 있다. *케이틀린이 2교시에 지각한 길 양해해 주세요. —V. 델라니*

8

"저기, 있잖아." 테일러가 자기 물건을 가방에 쑤셔 넣으며 말한다. "나 헨리네 집에 가서 제이슨 기다릴 거야. 다 같이 버클리에 있는 에티오피아 음식점에 가기로 했거든. 진짜 끝내준대. 너도 갈래?"

그동안 우리는 수업이 끝난 후 도서관에서 만나 자크 드수아에 대해 각자 조사한 것을 돌려보았다. 지금까지 결정된 사항은, 발표를 시작할 때 우리가 어떻게, 그리고 왜 자크 드수아를 골랐는지 설명하자는 것이다. 또, 유럽 지도를 사서 자크 드수아가 갔던 장소를 전부 표시해 반 아이들에게 보여줄 것이다.

헨리네 집에 간다니 얼마간은 긴장되지만, 테일러와 함께할 기회를 거절하고 혼자 집에 걸어가고 싶지는 않아서 그러겠다고 한다. 아마 헨리는 내가 존재한다는 것도 모를 것이다. 우리는 같이 영어 수업을 듣고, 나는 그 애가 어느 거리 어느 블록에 사는지도 알고 있지만 말이다. 난 헨리가 3층집에 살고 부모님은 항상 집을 비운다는 것도 안다. 이런 걸 알고 있는 이유는 헨리가 거의 매주 금요일 밤마다 파티를 열기 때문이다. 잉그리드와 나는 가끔 그 파티에 가려고 그 집 마당까지 갔다가, 안에 있는 온갖 사람들의 형체와 집 앞에 주차된 차들을 보고 그 차들이 누구 것인지 깨닫고 나면 다시 돌아서곤 했다. 우리는 파티에 가고 싶기는 했지만, 그 집에 들어가 이미 한창 대화에 몰입한 사람들과 조그맣게 끼리끼리 무리 지어 모여 있는 사람들을, 그들이 우리를 보며 쟤네는 여기서 뭐 하는 거지라고 의아해하는 모습을 차마 직면할 수 없었다.

이것이 내가 헨리의 집 외관을 이토록 잘 아는 이유다. 그렇지만 테일러를 따라 문을 열고 들어가니 낯익은 것은 하나도 없다. 입구에 걸린 거대한 가족사진도, 대리석 바닥도, 바닥 한가운데에서 물을 뿜고 있는 분수도 생경하다. 그 애는 여기서 혼자 사는 것이나 마찬가지인데, 이런 곳에서 대체 뭘 하고 지내는 걸까. 나는 그런 궁금증을 안고 테일러와 거실로 들어선다.

헨리, 그리고 누군지는 알지만 친하지는 않은 남자애 몇 명이 비싸 보이는 소파에 앉아 코로나 맥주를 마시며 TV를 보고 있다.

"안녕." 테일러가 말한다. "너희들 케이틀린 알지?"

그중 헨리가 아닌 애가 말한다. "안녕."

그들은 우리 쪽을 보더니 다시 TV로 시선을 돌린다. 잉그리드와 내가 항상 이 집 마당에서 발길을 돌렸던 이유는 바로 이런 상황이 두려워서였다. 나는 환영받지 못한다는 중압감에 못박힌 듯 서 있다.

내 머릿속에 이 상황을 벗어날 수백만 가지 묘책이 떠올라 그중 어떤 걸 써먹을까 고민하는 중이라고 말할 수 있다면 얼마나 좋을까. 어떤 농담을 던져 모든 사람을 웃게 하고 테일러의 초조함을 풀어주고 이 방의 긴장감을 흐트러뜨릴지 고르는 중이라고 말할 수 있다면. 하지만 실제로는 딱 한 개만이라도 생각해내려고 애쓰고 있다. 뭐든 떠오르는 즉시 실행에 옮길 것이다. 그렇지만 내가 어떻게 손쓰기도 전에, 헨리가 입을 연다.

시선은 여전히 TV에 고정한 채 말하기를, "야, 너 새로 전학 온 애랑 친구지, 아닌가?"

내가 틀렸던 것 같다. 내가 존재한다는 건 아는가 보다.

"응." 나는 대답하며 그 말이 아직도 사실일지 생각해본다. 딜런과 내가 거의 보름 동안 같이 앉지 않았다는 걸 모른다면, 저 애도 참 눈치가 없는 것이다.

헨리는 고개를 끄덕인다. "예쁘더라. 걔도 남자 좋아한대?"

나는 고개를 젓다가, 아무도 나를 쳐다보고 있지 않다는 걸 깨닫는다. 테일러조차도 자크 드수아 책을 집중해 읽던 때처럼 신발 끝만 빤히 뜯어보고 있다. 그래서 나는 입을 연다. "아닐걸."

"그럼 여자친구 있어?"

"응." 내가 대꾸한다.

"*걔도* 예뻐?"

"음……." 나는 살짝 까치발을 들고 섰다가 다시 땅을 딛는다. "그런 이야기는 좀 불편한데."

"별것도 아닌데 왜 그래." 헨리가 대꾸한다. "간단한 질문이잖아. 그래서, 예뻐?"

"테일러, 난 밖에서 기다릴게." 나는 밖으로 나와 등 뒤로 육중한 문을 닫는다.

잠시 후 테일러가 내 옆으로 와서 말한다. "미안해. 원래는 괜찮은 앤데."

"분명 그렇겠지." 나는 무표정한 얼굴로 말한다. 내가 비꼬고 있다는 걸 테일러는 알고 있을까. 지금 나는 너무나 혼란스럽다. 트리하우스를 만들거나 내 차로 가서 잠들고 싶은 마음도 없다. 테일러가 키스한다고 해도 지금은 사양이다. 조금이나마 마음 내키는 일이 있다면, 딜런을 찾아내서 모든 것에 관해 사과하고, 내가 비이성적이고 이상하게 굴었다는 사실을 인정하는 것이다. 그때 모퉁이에서 부릉거리는 소리가 들리더니 뒤이어 나타난 닷선에는 제이슨이 운전대를 잡고 있다.

"있잖아, 나는 갈게." 나는 콘크리트를 바라보며 말한다.

"그렇지만 너도 그 식당 가봐야 하는데. 진짜 맛있어. 맹세해. 후회 안 할걸."

"그냥 집에 가려고."

제이슨이 탄 차가 속력을 줄이다가 우리 앞에 선다.

"그러면 데려다줄게." 테일러가 말한다.

나는 한쪽 발을 들고 갓돌에서 내려온 다음, 테일러 쪽으로 몸을 빙 돌리고 말한다. "걷고 싶어." 나는 간신히 미소를 지어 보이며 덧붙인다. "그래도 고맙다."

테일러의 얼굴은 크리스마스 선물로 갖고 싶은 것을 받지 못한 아이 같다.

"음식 남으면, 내일 점심시간에 싸다 줘."라고 말한 후, 나는 뒤돌아 스트립 몰을 향해 발걸음을 옮긴다.

그리고 수프 가게로 들어간다. 코코넛 밀크와 파인애플 냄새가 난다. 주크박스에서 엘비스 노래가 흘러나온다. 딜런은 이곳에 없다.

어쨌든 수프를 한 그릇 먹기로 한다. 나는 우리가 같이 앉던 자리에 앉아 혼자 음식을 먹는다.

9

4교시가 끝나고 교실을 나서는데 누가 어깨를 톡톡 친다. 얼리샤다. 얼리샤의 빨간 머리는 머리 꼭대기에 지저분하게 묶여 있다. 예쁘게 지저분하다는 말이다. 얼리샤는 항상 완벽한 차림새다.

"케이틀린." 얼리샤가 말한다. "마주쳐서 다행이야. 점심시간에는 통 안 보이던데. 어디 앉아?"

화장실 칸막이 속에 숨어서 점심시간을 보낸다는 말을 얼리샤에게 할 수는 없으므로, 어깨를 으쓱하고 말한다. "여기저기." 그러고는 내 답변의 모호함이 멋지게 들리기를 바란다. 사실대로 말하기에는 부끄러워서 거짓말하고 있다고 생각하지 않았으면 좋겠다.

하지만 얼리샤는 딱히 내 답변에 개의치 않는 것 같다. 얼리샤의 눈은 바쁘게 여기저기를 방황한다. 사실은 나와 여기 서서 이야기하고 싶지 않다는 듯한 태도다. 주변에 더 중요한 사람이 없다는 걸 확인한 후에야 다시 나를 바라본다.

"들어봐, 케이틀린."

얼리샤는 내가 대꾸할 차례라는 듯 잠시 말을 멈춘다.

"음, 뭔데?"

얼리샤는 깊게 숨을 들이쉬더니 연설을 시작한다. "우리 정말 오랫동안 친구였잖아. 그러니까, 정말, *정말* 오랫동안. 그래서 나는 이 말을 꼭 해줘야겠어. 요즘 너에 대한 뒷말이 있어. 너랑, 음, 그 *여자애*에 관한 이야기야."

"딜런 말하는 거야?"

얼리샤는 콧등을 찡그리고 세차게 고개를 끄덕인다. "물론 다른 애들이 하는 말을 전부 믿는 건 아니지만, 너도 고민을 해봐야겠다 싶어서. 네가 요즘 힘든 시기를 겪고 있다는 건 알아. 난 너를 아끼니까 말해주는 거야. 네가 잘못된 애들이랑 어울리는 걸 보게 되면 난 너무 속상할 것 같아서."

나는 한 사람을 두고 애'들'이라고 할 수는 없다는 점을 굳이 지적하지 않는다. 또, 이런 충고를 하기에는 조금 늦었다는 점도 언급하지 않는다.

"너도 지켜야 할 평판이란 게 있잖니." 얼리샤가 연설을 마무리 짓더니, 고개를 살짝 옆으로 기울이고 미소 짓는다.

나는 완벽한 각도로 삐져나오도록 스프레이를 뿌린 얼리샤의 빨간 머리 가닥을, 내게서 달아나 저 먼 곳을 바라보는 초록색 눈동자를 바라보다가, 깊이 생각도 하지 않고 불쑥 내뱉는다. "얼리샤, 넌 네가 속물적인 인간이라고 생각하니?"

얼리샤의 시선이 곧바로 내게 꽂힌다. *"뭐라고?"*

"나도 내가 속물이라고는 생각하지 않거든. 하지만 잘 알지도 못하는 사람을 멋대로 판단하는 사람은 속물이라고 생각해. 다른 사람에 대해 소문을 퍼뜨리는 것도 속물이 할 만한 짓이고. 그리고 난 속물들이 나에 대해 어떻게 말하든 관심 없어."

얼리샤는 눈을 휘둥그레 뜨더니 내 얼굴을 빤히 바라본다. 뇌에 경련을 일으킬 것 같은 표정이다. 얼리샤가 말한다. "널 위해서 해준 말이거든. 1학년 때부터 친했으니까. 그런데 이제 보니 넌 고마운 줄을 모르네. 나도 그냥 신경 꺼야겠다. 나야 편하고 좋지, 뭐. 고마워."

"아니." 내 심장은 쿵쾅거리고 뱃속에 벽돌이 들어앉은 듯 불편하다. "*내가 더* 고마워, 얼리샤."

나는 말을 마치고 뒤돌아 걷기 시작한다. 화장실 쪽으로.

화장실 거울 앞에 선다. 오늘 아침, 나는 자화상 과제를 제출하지 않았다. 엉망으로라도 찍지 않았다. 델라니 선생님이 수업 후에 제출하라고 말했고, 다들 줄 서서 차례차례 자기 과제를 사진 더미 위에 던져 놓았지만, 나는 그냥 가방을 챙겨 나왔다.

내 뒤쪽에는 은색 문고리가 달린 텅 빈 화장실 칸이 양옆으로 길게 늘어서 있다. 나는 세면대 위로 몸을 기울이고 거울에 더 가까이 다가가 그 위에 비친 나를 더 빤히 바라본다. 내 눈에 보이는 것이 무엇인지, 내가 뭘 보고 싶은 건지 모르겠다.

어떤 날에는 내 상처들이 겉으로 또렷하게 드러났으면 좋겠다고 생각한다. 멜라니처럼, 하지만 그보다는 은은하게. 사람들이 나를 보고 내 삶의 무엇이 잘못된 건지 궁금해하는 모습을 상상한다. 반면 다른 날에는 딜런과 매디와 두 사람의 친구들처럼 되고 싶다. 인생을 조금 살아봤고 나쁜 짓도 해본 것 같지만, 동시에 건강해 보이는 아이들처럼.

정말 진지하게 생각해보면, 그런 건 내가 선택할 수 있는 게 아니다. 나는 거울에서 물러난다. 내가 보고 있는 것이 무엇인지 모르겠다.

학교가 파하고, 나는 영어 교실에서 과학관까지 딜런을 쫓아간다. 우리는 동시에 사물함 잠금장치를 연다. 나는 계속 딜런 쪽을 흘긋거리며 안녕이라고 인사할 기회를 엿보지만, 딜런은 나를 본

척도 하지 않는다. 딜런의 주머니에서 진동이 울리고, 딜런은 그 안에 손을 넣어 핸드폰을 꺼낸다.

"여보세요." 딜런이 전화기에 대고 말한다. "응. 이제 막 나가는 참이야." 딜런은 사물함 문을 쾅, 닫고 과학관을 나간다. 계속 귀 옆에 전화기를 대고.

나는 이 모든 것이 얼마나 완벽한지 생각해본다. 이번만은 내 마음을 표현해 보려고 했는데, 이번만은 뭐라고 해야 할지 알고 있었는데, 우리의 우정은 이미 사라져 버렸다.

빠르게 걸어 집으로, 내 방으로 간다. 가방 지퍼를 열고 읽기 시작한다. 그 애가 필요하다.

비구름에게,

땅에 참 가까이 떠 있는 너, 속을 터놓고 물을 흘려보낼 준비가 되어있구나. 그러면 나는 내 빨갛고 까만 장화를, 정말 좋아하지만 자주 신지 못하는 장화를 신고 케이틀린의 방 창문에 작은 돌을 던져 그 애를 불러낸 다음 물웅덩이에서 첨벙거리자고 할 거야. 우리는 영화관 자물쇠를 따고 들어가서 복도를 왔다 갔다 뛰어다니고, 어떤 사람들이 그곳의 공기를 호흡했을지 상상할 거야. 어제 제이슨이 내 모자를 보고 예쁘다고 했어. '모자 예쁜데.'라고 하더니 손을 뻗어서 모자에 달린 끈 하나를 잡아당겼는데, 나는 온몸이 말랑해지는 느낌이었어. 제이슨이 미소를 짓자 믿을 수 없을 정도로 하얗고 가지런한 치아가 보였지. 종이 울렸을 때는 내 앞에서 일어서더니 손을 내 모자 위에 얹고 '내일 보자.'라고 말했어. 이걸 케이틀린에게도 말해줬거든. 이야기를 최대한 길게 질질 끌었어. 더 오랫동안 일어난 일처럼 보이도록, 이야기의 엔딩과 함께 그 기억도 종결되지 않도록. 케이틀린이 씩 웃더니 그러더라, '아무리 봐도 널 사랑하는 것 같은데.' 나는 이야기를 처음부터 끝까지 다시 말해보고 싶었어. 우리가 그 영화관에 몰래 들어갈 수 있다면, 나는 바닥에 누워 천장과 이야기할 거야. 제이슨에 대해 아는 모든 걸 말해주고, 천장에게 조언해 달라고 해야지. 천장을 빤히 바라보고 또 바라보며 답변을 기다릴 거야.

사랑을 담아,

잉그리드

일기를 다 읽고 나자 덜덜 떨고 있는 내 몸이 보인다. 모든 것이 뿌옇게 보인다. 나는 베개에 머리를 묻은 채 양손으로 이불을 꽉 잡고 뜯어보려 힘을 주지만, 아무 일도 일어나지 않는다. 지금 잉그리드는 어디에 있나, 공동묘지 지하의 관 속에 있다. 나는 그곳에 딱 한 번 가봤으며 다시는 가지 않을 것이다. 그토록 쉽게 잉그리드는 아무것도 느낄 수 없게 되었고, 그냥 사라져 버렸고, 이제 자기가 얼마나 나를 망쳐놨는지 확인하지 않아도 된다. 잉그리드는 기어이 떠나버렸고 나는 폭발할 것 같다. 담요 한쪽 끝을 입에 넣고 넣다가 입이 꽉 차버리자 소리를 지르고 또 지르는데, 내 외침은 소거된다. 대체 잉그리드는 삶이 얼마나 싫었기에 손써볼 수도 없다고 생각했을까. 삶이 얼마나 끔찍했기에 도저히 이겨낼 수 없다고 생각했을까. 나는 숨쉬기가 힘들어지자 담요를 입에서 꺼낸다. 내 이는 담요에 아주 작은 자국만을 남겼고, 천은 정말 조그맣고 분간하기도 어려울 만큼만 해어졌을 뿐이다. 잘 보이지도 않을 정도로.

10

시간이 흘러 잠에서 깨어보니 이미 바깥이 어둑어둑하다. 잉그리드의 일기장은 아까 읽었던 페이지 그대로 펼쳐져 있다. 아래층에서 부모님이 저녁 식사를 준비하는 소리가 들린다. 방 청소를 해야 하는데—곧 테일러가 오기로 되어 있다—배가 고프다.

"잘 잤니, 잠자는 숲속의 공주." 내가 부엌으로 들어서자 아빠가 말한다.

"응." 내가 웅얼거린다.

엄마가 나를 안아주려 다가오지만, 내가 몸을 쭉 뻗어 찬장 안을 뒤적이자 엄마는 다시 가스레인지 앞으로 간다. 내가 못되게 굴고 있다는 걸 알지만, 그런 느낌이 든다. 엄마가 나를 만지면, 나는 조각조각 바스러져 무너져내릴 것 같다는 느낌.

"학교는 어땠어?" 아빠가 묻는다.

"괜찮았어." 내가 대답한다.

나는 부모님이 평소에 먹는 괴상한 간식들을 하나하나 살펴본다. 건조 사과, 인스턴트 오트밀, 밀 크래커.

"그랬구나." 아빠가 말한다. "나도 괜찮은 하루를 보냈지. 물어봐 주니 고맙네. 네 엄마는 어땠는지 물어볼까. 마거릿?"

"좋은 하루였지, 여보." 엄마는 아빠에게 대답하지만, 그저 질문에 대한 대답일 뿐이지, 내게 예의범절에 대해 가르치겠다는 말투는 아니다.

나는 프레첼 봉지를 뜯은 다음, 과자를 하나 꺼내 입에 넣고 소금의 맛을 느낀다. 엄마가 나를 흘긋 바라보더니 묻는다. "딸, 울었어?"

나는 엄마가 만들고 있는 요리를 빤히 바라보며 어깨를 으쓱한다.

"테일러가 오기로 했어. 미적분 입문 과제를 같이 해야 하거든." 내가 말한다. "그래서 저녁 같이 못 먹을 것 같아."

"저녁 먹고 오라고 하면 안 되니?" 아빠가 묻는다.

"중요한 거라고." 내가 대꾸한다. "알잖아, 성적에 들어가는 거라니까?"

"그럼 테일러도 같이 먹자고 해라."

"음, 고맙지만 사양할게."

"왜 울었어?" 엄마가 묻는다. "괜찮은 거니?"

"그냥 오늘 기분이 별로였어. 그런 것도 금지야?" 내 입에서, 내가 의도했던 것보다 조금 더 날 선 대답이 튀어나온다. 나는 프레첼 봉지를 든 채 뒤돌아 내 방으로 올라간다. 가는 길에 냉동실에서 아이스크림도 하나 집는다.

8시 15분에 초인종이 울리자, 나는 엄마 아빠보다 빨리 현관으로 가서 테일러를 맞이한다. 테일러는 긴장한 눈빛으로 주변을 둘러보다가 엄마 아빠를 발견한다. 두 사람은 식탁에 앉아 맛있는 냄새가 나는 요리를 먹고 있다.

"저녁 시간인데 죄송합니다." 테일러가 부모님에게 말한다.

테일러는 가방과 스케이트보드를 들고 있지만, 그저 멋있어 보이려고 듣고 있는 것이 분명하다. 그 애 쪽에서 샴푸 냄새가 건너온다.

"우리 펜네 파스타랑 비트 샐러드 먹고 있단다." 엄마가 말한다. "너도 좀 먹을래?"

"감사합니다. 그런데 먹고 왔어요." 테일러가 말하며 겉옷을 벗는다.

"이제 2층으로 올라가자." 내가 말한다.

"그래, 좋아. 내가 지도랑 작은 압정 같은 것들 가져왔어."

우리가 이동하자 아빠가 소리친다. "네 티셔츠 마음에 드는구나, 테일러."

테일러는 아무런 프린트도 없는 초록색 티셔츠를 입고 있다.

테일러는 발갛게 달아오른 얼굴로 더듬더듬 답한다. "아, 네." 테일러가 더듬거린다. 그러고는 잠시 머뭇거리다가 덧붙이기를, "감사합니다."

방에 들어와 문을 닫고 난 다음에는 이렇게 말한다. "세상에. 네 아빠가 나 진짜 싫어하시네. 내가 문제아라고 생각하시나 봐. 그 멍청한 티셔츠 괜히 샀어. 살 때부터 후회하겠다 싶었는데."

"다른 티셔츠를 하나 사." 내가 말한다. "'용서해주시면 일해드려요'라고 써있는 걸로."

"'속죄를 위해'도 좋겠다."

"'일해드릴 테니 봐주세요'라든지."

테일러가 미소 짓고는 묻는다. "그러면 괜찮을까?"

"아마도."

"한번 시도해볼까?"

내 가까이에 서 있는 테일러의 숨결에서 민트 향이 난다. 나는 집중할 수가 없어서 했던 말을 반복한다. "아마도."

우리 둘 다 이제 무슨 말을 해야 할지 무슨 행동을 해야 할지 모르겠다는 듯 같은 자리에 우두커니 서 있다. 그러다가 테일러가 가방을 바닥에 내려놓고 이것저것 꺼내기 시작한다. 나는 내 책상 옆에 있는 의자에 앉는다. 곧 일어나서 침대 위에 앉는다. 다시 일어나서 카펫에 심어놓은 나무처럼 다리를 꼬고 서 있다.

테일러는 과제를 시작하는 데에 필요한 모든 것을 꺼내놓고도, 멈추지 않는다. 삽시간에 연필과 냅킨과 클립과 다른 수업에서 쓰는 책이 테일러 옆에 작은 산을 이룬다.

"찾는 거 있어?" 내가 묻는다.

"뭐라고? 아. 아냐, 그냥 뭐 있나 보려고." 테일러는 꺼냈던 것을 다 집어넣는다. 소지품을 다 싸놓은 후에는 내 방 벽에 붙은 것들을 둘러 본다.

"멋지게 꾸몄네." 테일러가 말한다.

그리고 잠시 후 내뱉는 소리, "아." 그 소리에는 자기가 말실수 했다는 것을 깨달은 듯한 충격이 섞여 있다. 나는 테일러를 바라보고, 테일러의 시선을 따라간다. 시선 끝에는 벽에 붙은 잉그리드의 사진이 있다. 잉그리드는 예쁘장한 모습으로 저수지 옆의 풀밭에 서서 웃고 있다.

"잉그리드가 많이 보고 싶겠다."

나는 아무 말도 할 수 없다. 그저 카펫만 들쑤신다.

"그 얘기는 하고 싶지 않은 거라면, 안 해도 돼."

나는 계속 카펫만 들쑤시며 또 눈물이 터지지 않기만을 바란다.

테일러는 가져온 지도를 묶어놓은 고무줄을 풀고 우리 사이의 공간에 펼친다.

"좋아." 테일러가 말한다. "여기가 니스야. 자크 드수아가 어린 시절을 보낸 곳. 여기에 첫 번째 압정을 꽂자. 그다음에는 어디로 갔지? 찾아볼게."

테일러는 책을 펴고 한 장, 한 장 훑어본다. 나는 지도나 탐험 이야기는 하기 싫다. 누군가와 가까워지고 싶을 뿐이다. 몇 발자국 옆에 테일러가 있다는 것을 알고 있다. 계단 아래에는 엄마 아빠가 있다는 것도.

그래도, 나는 외롭다.

조용히, 나는 상의를 머리 위로 잡아당긴다.

목구멍 속에서 심장이 두근거린다.

테일러는 여전히 책만 바라보며 말한다. "그다음에는 그리스제도로 간 것 같네." 브래지어만 입고 있는 내 모습을 본 남자애는 아무도 없었다. 나는 테일러가 나를 바라보기를 기다린다.

그리고 바라본다.

그의 얼굴이 달아오르고, 천천히 침을 삼킨다. 나는 조금씩 앞으로 나간다. 파스텔 색조로 칠해진 수천 개의 나라를 건너 테일러의 무릎 사이로 파고든 후, 다리로 그의 허리를 감고 키스한다.

테일러의 입은 차갑다. 내 혀가 민트 맛이 나는 입안을 스친다. 테일러는 따뜻한 손으로 내 등을 감싸고, 나는 테일러도 이런 걸 상상했었는지, 날 이런 식으로 생각해본 적 있었는지 궁금해진다. 그랬으면 좋겠다. 난 원래 이렇게 용감한 애가 아니니까. 우리는 키스하고 또 키스한다. 테일러가 영화에 나오는 남자애들처럼 내 브래지어 끈을 더듬거리기를 기다리지만, 그런 일은 없다. 그의 손이 부드럽게 내 등을 어루만지고, 나는 여전히 저 멀리 있는 느낌이다. 여전히 외롭다. 머릿속에서 이런 말이 들린다. *나를 만져 줘. 내 옷을 벗겨 줘.* 이 말들이 계속 노래의 후렴구처럼 반복되고, 나는 그것이 잉그리드가 했던 말이고 지금 내가 느끼는 감정도 잉그리드가 느꼈던 감정이라는 것을 깨닫는다. 그리고 두려움에 휩싸인다. 키스를 멈추지는 않는다. 아무것도 멈추지 않는다. 이 순간이 지나간 후, 나를 바라보는 테일러의 시선을 직면해야 할 때가 오면 어떻게 해야 할까.

그리고 눈이 마주친다.

테일러의 몸이 굳는다. 키스를 멈춘다. 나는 그의 몸에서 떨어져 바로 앉는다. 팔로 가슴을 가린다. 그 애의 운동화를, 해어진 청바지 밑단을 바라본다. 얼굴이 아니라면 어디든. 그의 손이 카펫에 떨어진 내 탱크톱으로 움직이고, 그것을 들어 내게 건네준다. 나는 다시 옷을 입는다.

우리는 침묵 속에 앉아 있다.

잠시 후 테일러가 말한다. "나, 가야겠다."

나는 눈을 감는다. 이대로 세상이 끝나버렸으면.

고개를 끄덕이며 속삭인다. "알았어."

소리가 들린다. 테일러가 다시 책을 가방에 넣고, 지도를 돌돌 마는 소리. 지퍼가 닫히는 소리. 일어서는 소리. 가만히 서 있는 그 애의 침묵.

"내일 보자." 테일러가 말한다.

나는 눈을 뜨고 천장을 훑는다. "알았어."

그 애는 살그머니 내 방을 나간다. 나는 조심스럽게 방문을 닫는 그 뒷모습을 바라본다. 방문이 완전히 닫히자, 나는 몸을 수그리고 머리를 두 손바닥에 파묻는다. 그런데 갑자기 문이 활짝 열리고, 테일러가 다시 들어온다. 벽에 몸을 기대고 말하기를, "혹시나 해서 말하는 건데, 나 너 좋아해. 아까는 뭔가 이상했을 뿐이야."

무슨 말이라도 해야 할 것 같지만, 그러지 않는다. 지금의 나는 명확한 사고, 논리적인 대화와는 너무도 먼 곳에 있다.

"케이틀린?"

나는 간만에 테일러의 얼굴을 바라본다.

"네가 알아줬으면 해서. 하기 싫었다거나, 그런 건 아냐."

그는 대답을 기다린다. 내가 아무 말도 없자, 안으로 들어와 내 옆에, 카펫 위에 앉는다. 내 꼴이 가여워서 볼에 입을 맞출 것 같은 끔찍한 예감이 든다. 나는 손으로 얼굴을 가려 얼씬도 못 하게 한다.

"알아?" 테일러가 묻는다. "나 3학년 때 너한테 홀딱 반했었는데."

"3학년?" 그때 테일러와 아는 사이였는지도 기억나지 않는다.

"응. 카펠리 선생님 반. 기억나?"

나는 얼굴에서 손을 거둔다. 기억난다. 카펠리 선생님은 좀약 냄새가 나는 알록달록한 스웨터를 즐겨 입었고, 학급 애완동물로 햄스터를 키웠다.

"네 자리가 내 대각선 앞이었거든. 그렇게 좋을 수가 없었어. 온종일 널 쳐다봐도 눈 마주칠 일 없었으니까."

나는 테일러를 흘긋 보고 그 애가 어렸을 때 어떤 모습이었는지 기억을 더듬는다. 중학교 때 어땠는지는 기억난다. 종이 울리면 학교 진입로에서 스케이트보드 묘기를 연습하고는 했다. 하지만 여덟 살짜리 꼬맹이였을 때는 어땠는지 상상할 수가 없다.

나는 무언가 물어보려고 입을 열었다가, 다시 생각하고 그러지 않기로 한다.

"뭔데?" 그 애가 묻는다.

그쪽에서 궁금해하니 그냥 말해버리기로 한다. "내 어떤 점이 좋았는데?"

"좋은 건 아주 많았지." 테일러가 자세를 바꾸고, 내게 더 가까워진다. 몸이 닿는 건 아니지만, 더 가깝다. "그런데 가장 생생하게 기억나는 건 미술 시간마다 네가 했던 행동이야."

"뭔데?"

"좋아, 말해줄게. 3학년 때, 책상 위에 이름이 적힌 상자를 두던 것 기억나? 너는 그 상자 속에 항상 비닐봉지를 하나 넣어놨었어. 슈퍼에서 주는 봉지 말고, 샌드위치 싸는 봉지 같은 거였거든. 미술 시간에 네 쪽을 흘긋거리면 이것저것 풀칠하는 네 모습이 보였어. 항상 어찌나 느리고 조심스럽던지 제시간에 끝낼 때가 거의 없었지."

나는 고개를 끄덕인다. 사실이다, 미술 시간은 항상 너무 빨리 지나갔다.

"그래서, 카펠리 선생님이 시간이 다 됐다고 하면 다른 애들은 대부분 색종이 조각이니 반짝이니 솜뭉치 같은 걸 그냥 쓰레기통에 버렸단 말이야. 그런데 너는 그 비닐봉지를 꺼내고는 사용하지 않은 재료를 전부 그 안에 넣더라고."

그때를 떠올린 건 거의 몇 년 만이지만, 테일러가 이야기해주니 기억난다. 어린 시절의 모습이, 내 작고 어린 손가락이 남은 재료를 나중에 쓰려고 봉지에 넣는 모습이 보인다.

"아이스크림 막대기, 파이프 클리너…… 말하자면 전부 *쓰레기*였는데, 네가 그걸 반짝이 같은 것들과 봉지에 넣으면 갑자기 대단해 보였어. 그걸 보면 미쳐버릴 것 같았지."

테일러가 씩 웃는다. 나는 뛰는 심장에 목구멍이 막혀버렸지만, 미소로 대답한다.

"미쳐버릴 것 같았다는 건 좋은 뜻으로 한 말이야."라고 덧붙이더니, 자리에서 일어선다. "이제 정말 가야겠다. 내일 보자."

테일러가 계단을 내려가 현관문을 닫는 소리가 들리고, 몸을 일으킨 나는 옷장을 뒤져 3학년 때 앨범을 찾아본다. 1분 만에 찾아낸다. 그 앨범을 가방에 넣는다.

"나 밖에 있을게."라고 외친다. 나중에 엄마 아빠가 텅 빈 내 방을 발견하고 당황하는 일이 없도록.

나는 차고에 가서 아빠가 수색 구조를 할 때마다 쓰는 커다란 손전등을 꺼낸다. 그 손전등을 켜고 언덕 아래로, 내 참나무가 있는 곳으로 향한다. 지금까지는 3미터쯤 되는 사다리를 만들고 나무 기둥에 뼈대를 여섯 개 붙였다. 이제 각각의 뼈대에 트리하우스 벽을 세울 것이다. 머리 위의 나뭇가지에 손전등을 고정하고, 주머니에 볼트를 채우고, 손에 망치를 든 다음 나무판자를 끌고 간다. 위로 올라간 후에는 나뭇가지 위에 앉아 판자의 한쪽 끝은 사다리 위에 두고 한쪽 끝을 빼대에 이어 45도 각도를 형성하게 한다. 이 판자는 첫 번째 지지대가 되어줄 것이고, 나는 빼대 여섯 개 각각에 지지대를 붙여야 한다. 나는 머릿속을 텅 비우고 내 망치 소리와 나무판자의 무게에 집중한다.

일을 반쯤 끝내고 나니 팔에 힘이 하나도 없다. 하지만 오늘 지지대 여섯 개를 전부 세울 생각이기 때문에 잠시만 쉬기로 한다.

나는 조심스럽게 사다리 아래로 내려간다. 가방에서 3학년 앨범을 꺼낸다. 손전등이 내 주변에 빛을 드리운다. 나무 기둥에, 풀밭에, 땅에 흩날린 나뭇잎에, 나뭇가지와 조약돌에. 할 수 있다면, 지금 이 순간의 모든 것을 저장하고 싶다. 지금 내가 행복하다는 말은 아니다. 나는 딜런에게 했던 행동 때문에 부끄럽고 혼란스럽고 화난다. 하지만 그 모든 것에도 불구하고, 이 순간의 무언가가 내 마음을 위로한다. 산들바람이 불어올 때마다, 그 공기가 나를 통과하는 듯 청량한 기분이다.

3학년 앨범을 한 장씩 넘겨보다가 카펠리 선생님 학급을 발견한다. 아랫줄 오른쪽 끝에 테일러의 사진이 있다. 작은 흑백 사진이고 화질도 거칠지만, 그래도 테일러는 엄청나게 귀엽다. 입을 활짝 벌린, 그런 환한 웃음을 웃고 있다. 그때도 영화에 나오는 아이 같은 모습이었다. 대사도 몇 줄 없고 연기도 형편없지만, 귀여워서 다들 예뻐해 주는 그런 아역배우 같은 모습. 내 사진도 보인다. 나는 수줍은 미소를 띠고, 핀 꽂은 머리를 살짝 한쪽으로 기울이고 있다. 그때의 나는 어려운 것이라고는 하나도 몰랐고, 내 삶은 점심 도시락과 미술 시간과 스펠링 퀴즈가 전부였다. 내가 가장 열심히 책임감을 발휘해야 했던 건, 주말이면 햄스터를 집으로 데려가 밥과 물을 주는 임무에서 내 차례가 돌아왔을 때였다.

나는 손전등을 더 가까이 가져와 여덟 살 때 내 얼굴을 자세히 뜯어본다. 방금 했던 생각은 사실과 다르다. 나는 정말 조용하고 침착하고 수줍음 타는, 나만의 세계를 사는 아이였다. 그러니 분명 슬픔이 뭔지 알았을 것이다. 어쩌면 슬픔이 뭔지 알았기 때문에 예쁘다고 여겼던 것들을 전부 아껴뒀던 것인지 모른다.

지지대를 두 개 더 설치하고 난 후, 더 이상은 불가능하다는 것을 깨닫는다. 주변의 나뭇가지가 너무 높거나 낮아서 마지막 뼈대에 마지막 지지대를 설치할 방법이 없다. 지금 당장 뚝딱 해결할 수 있는 문제가 아니다. 곧 나는 더 위로 올라가 높은 곳의 나뭇가지에 밧줄을 멘다. 그네를 만들어서 지금은 닿을 수 없는 곳에 닿을 것이다.

11

뭐라도 먹어야 한다는 걸 알지만, 지난밤에 테일러와 나 사이에 일어났던 일로 아직도 속이 울렁거린다. 시리얼을 한 숟가락 떴다가 다시 그릇에 내려놓는다. 부모님은 부엌 테이블에서 신문을 읽고 있다. 아빠가 서류 가방을 가지러 가려고 일어서자, 엄마는 목을 가다듬더니 내 쪽을 바라본다.

"케이틀린." 엄마가 교장 선생님 특유의 목소리로 말한다. "네가 새 친구를 사귄 것 같아서 엄마는 너무 기뻐. 친구를 사귀는 건 중요한 일이니까. 그런데, 하나 부탁하고 싶은 게 있단다. 대단한 건 아니고, 그냥 엄마랑 아빠가 함께 결정한 건데, 테일러가 놀러 왔을 때는 방문을 열어두렴. 다른 남자애가 오더라도 마찬가지고. 활짝 열어두라는 말은 아니고, 조금만."

나는 우유 속에서 눅눅해지고 있는 크랜베리 아몬드 크런치 시리얼을 바라본다.

"왜?"

엄마의 신문에서 부스럭거리는 소리가 난다. "그렇게 하는 게 좋을 것 같으니까. 우리는 널 믿지만, 네 나이 때 애들이 어떤지도 잘 알거든. 테일러랑 같이 있는 건 괜찮아." 엄마는 잠시 말을 멈춘다. "키스하거나, *같이 뒹구는 것*도 괜찮아, 너는 그걸 뭐라고 부르는지 모르겠지만. 문을 조금 열어놓으면 아무래도 더 신중해질 수 있을 테니까, 그렇게만 해놓고 있으렴."

내 안에서 콕콕 찌르는 듯한 통증이 잠시 느껴지고, 내가 무슨 짓을 했는지 엄마에게 털어놓고 싶어진다. 하지만 그 마음은 삽시간에 흩어 진다.

그 대신 이렇게 묻는다. "내 친구 딜런은 레즈비언인데. 그러면 딜런이 놀러 왔을 때도 문을 열어 놔야 해?" 내 목소리는 너무나 퉁명스러워 나는 미안해진다. 아무리 봐도 엄마는 다정하게 말해 보려고 애쓰고 있으니까.

엄마가 한숨을 쉰다. "글쎄, 우리 딸. *너도* 레즈비언이니?"

"아니."

"그럼 문 닫아도 되겠네."

"알았어." 나는 목소리를 부드럽게 하려 애쓴다. "말 되는 것 같네."

12

미적분 입문 수업에는 도저히 못 가겠다. 오전 내내 용기를 끌어 모아 보려 애썼지만, 지금 테일러 얼굴을 보는 건 불가능하다.

2교시가 끝나자 사물함으로 간다. 몇 분이 지나고 3교시 시작 종이 울리니 다들 복도에서 자취를 감춘다. 나는 사물함 문을 앞뒤로 흔든다. 잉그리드의 사진을 바라보며 다시 그 언덕을 찾아낼 수 있을지 고민한다. 그러다가 화장실로 향한다.

항상 그렇듯이 텅 비어 있을 것을 기대하며 화장실 문을 밀고 안으로 들어간다. 하지만 기대는 빗나간다. 그곳에는 딜런이, 내 바로 앞에 등을 돌리고 서서 개수대에서 손을 씻고 있다. 그 애는 내가 안으로 들어서자 흠칫 놀라고, 나는 유령이라도 본 듯한 기분이다. 천장의 형광등 때문에 모든 것이 파랗게 보인다.

"여기서 뭐 해?" 내가 묻는다.

예상치 못한 곳에서 딜런을 만나서 그런지 보이지 않았던 것들이 보인다. 나는 여전히 딜런 뒤쪽의 문간에 서서 거울을 바라본다. 날카로운 딜런의 턱, 가슴 위로 튀어나온 쇄골, 전에는 눈치채지 못한 이마 위의 작은 흉터.

딜런이 거울에 비친 나를 보며 말한다. "이 화장실이 네 전용인지는 몰랐는데."

이 조명 아래서 딜런의 피부는 온통 새카만 옷과 대비되어 너무나 창백하다. 개수대로 흐르던 물줄기가 멈춘다. 딜런은 두루마리에서 페이퍼 타월을 끊어낸다. 그러고는 뒤돌아서 다 쓴 페이퍼 타월을 쓰레기통에 버린 다음, 쿵쿵거리며 내 옆을 지나 문으로 간다. 딜런이 떠난 후에도 나는 움직이지 않는다. 이제 11학년도 거의 반이 지나갔다. 딜런의 용서를 구할 방법이 과연 있을까.

그날 밤 잠들기 전에, 나는 열린 창문으로 몸을 쭉 빼고 밤하늘을 향해 카메라를 뻗는다. 셔터 속도를 빠르게 설정했으니 빛의 흔적이 조금이라도 남아 있다 한들 카메라는 잡아내지 못할 테다. 셔터를 누른다. 다음 과제의 주제는 '대비'다. 나는 온통 새카맣기만 한 사진을 제출할 것이다.

13

토요일 아침, 나는 잉그리드와 사진을 찍으며 보내던 주말의 기억과 함께 잠에서 깬다. 우리는 항상 가는 장소로 가서, 몇 마디 대화도 나누지 않고 완벽한 샷을 찾아 헤맸다. 그러다가 함께 암실로 잠입해 찍어놓은 사진을 현상했다.

암실 한편에 매달아 건조 중인 내 사진, 그리고 그 건너편에서 건조 중인 잉그리드의 사진 안에 우리의 하루가 담겨 있었다. 같은 장소에서 하루를 보냈음에도 잉그리드의 사진은 내 눈에 낯설 때가 많았다. 쇼핑몰 로비에서, 나는 새로 개업한 가게 입구에 있는 듬성듬성한 풍선 다발을 찍었고, 잉그리드는 빈 유아차를 찍었다. 내 방에서, 나는 카펫에 쌓여 있는 잡지 더미를, 잉그리드는 *빨래하는 것 잊지마*라고 쓰인 엄마의 메모를 포착했다. 샌프란시스코에 있는 공원에서, 나는 하늘을 나는 갈매기를, 잉그리드는 풀과 야생화가 소복한 언덕을 찍었다.

빛이 노출된 인화지를 화학 약품에 담그고 잠시 기다리다가, 곧 이미지가 떠오르고 어두운 부분이 더 어두워지기 시작하면 그 모습을 지켜보던 것이 그립다. *이걸* 찍은 사람이 *나야*라고 생각하던 것도.

밤하늘 사진을 현상해야 하는 건 맞다. 하지만 내가 정말 원하는 것은 그 느낌을 다시 경험하는 것이다. 마르고 나면 내 벽에 붙여둘 사진을 찍고 싶다. 나는 서랍을 뒤져 새 학년 시작 전날 밤에 찍어둔 필름을 꺼낸다. 달을 찍은 사진은 잘 나올 것 같지 않지만, 집을 찍은 사진은 괜찮을 것이다.

나는 사진실 창문을 통해 안으로 들어간 후 바로 암실로 이동한다. 모퉁이를 돌아 개수대가 있는 곳에 도착하자마자, 평소와는 뭔가 다르다는 것을 깨닫는다. 다른 사람이 있다.

눈이 어둠에 적응할 때까지 기다린다.

처음에는 누군지 알아보지 못한다. 여자의 형상은 청바지와 후드티를 입고 있고, 머리는 뒤로 넘겨 하나로 묶었다. 내게 등을 돌린 채 사진을 거는 중이다.

"안녕, 케이틀린." 델라니 선생님이다.

"안녕하세요." 나는 중얼거리며 쫓겨날 준비를 한다.

하지만 선생님은 무단침입에 대해 한소리 하지도 않고, 부모님에게 알리겠다고 협박하지도 않는다. 그 대신 이렇게 말한다. "구석에 있는 확대기 써도 돼."

"네."

나는 머뭇거리며 확대기로 다가간다. 선생님의 안전등이 여전히 켜진 상태라 필름 통을 열 수 없다. 빛이 아주 흐릿하게만 있어도 필름이 너무 빨리 노출될 수 있다. 선생님에게 불을 꺼달라고 부탁하고 싶지 않다. 하지만 여기 있어도 된다고 배려해 줬는데 그냥 나가버리면 무례해 보일 것 같다. 나는 가만히 서서 어떻게 해야 할지 궁리한다.

"현상할 거니?"

"네."

선생님이 안전등을 끈다.

"감사합니다."

나는 서둘러서 필름을 감고 윗부분을 비틀어 빛이 새어들 수 없게 한다.

"다 했어요."라고 내가 말하고, 선생님은 다시 등을 켠다. 나는 액체에 담가 놓은 선생님의 사진을 훔쳐본다. 전부 "빈방 있음" 사인이 반짝이는 모텔 사진이다.

잠시나마, 우리 사이에 아무 일도 없는 것처럼 느껴진다. 우리는 나란히 서서 조용히 할 일을 한다. 나는 밀착 인화지에 노출을 테스트하고 있다. 선생님은 인화하고 또 인화한다. 자신감이 느껴진다.

선생님이 소지품을 챙기기 시작하고, 나는 곧 쫓겨날 것 같아 네거티브를 챙긴다. 집을 찍은 사진이 어떻게 생겼는지 아직 확인하지도 못했지만.

그런데 선생님이 말한다. "나갈 때 창문 꽉 닫아. 오늘 밤에 비 온다고 했거든."

14

일요일 오전 8시.

잠에서 깬 내 마음이 가라앉는다. 아직 잠기운에 취한 채 침대 밑에 손을 뻗어 잉그리드의 일기장을 집는다. 일기장을 내 옆의 베개 위에 놓고 부드럽고 차가운 표지에 손을 얹은 다음, 그대로 다시 잠든다.

8시 27분.

눈을 뜨고 첫 페이지로 넘긴다. 잉그리드의 자화상이 나를 바라본다. 나는 음소거 된 꿈을 꾸고, 꿈속의 잉그리드는 공원에서 그네를 타며 머리를 뒤로 젖히고 웃고 있다. 우리는 무엇 때문에 웃고 있었을까?

9시.

이불을 젖히고 침대 밖으로 나온다.

10시. 샤워를 마치고 몸에 수건을 두른다. 책상 서랍을 샅샅이 뒤져 학교 연락망을 찾아낸다. 거기서 제이슨의 전화번호를 찾아 내 전화기를 들고 번호를 누른다.

"……보세요?" 남자 목소리다.

"여보세요, 제이슨 전화 맞나요?"

"네, 누구시죠?"

"케이틀린이야." 성까지 말해야 하나 고민한다. 제이슨이 주말 오전 10시 15분에 내 전화를 기다리고 있지는 않을 테니까.

하지만 결정을 내리기도 전에 제이슨이 말한다. "안녕, 케이틀린. 무슨 일이야?" 목소리가 다정하다. 내가 전화를 걸어 놀라기는 했지만, 이런 식으로 놀라는 건 즐겁다는 듯.

"같이 커피 한잔 마시면 어떨까 싶어서." 내가 대답한다.

"좋지. 언제?"

"음, 한 시간 후?"

"한 시간?"

"너무 이른가?"

잠시 건너편이 조용하다. “아니. 가능할 것 같아.”

나는 옷을 입고 양치한 다음, 온데간데없이 사라진 부모님에게 쪽지를 남긴다. 차고에 있는 엄마 자전거에 올라탄다. 모범생 같아 보이기는 하지만 헬멧도 쓴다. 나는 자전거를 아주 잘 타지는 않으니까.

오늘 오전, 거리는 한산하다. 나는 공원과 소방서 옆을 지난다. 모퉁이를 돌자, 제이슨이 카페 건물에 기대고 선 모습이 보인다. 내 쪽으로 손을 든다. 나는 그 앞으로 가서 자전거에서 내린다.

“안녕.” 내가 말한다.

“안녕.”

우리는 함께 웃는다.

“커피 마실래?” 내가 묻는다.

“커피 마시면 키 안 커.”

“딜런에게 그 얘기 꼭 해줘.” 내가 웃으며 말한다.

“걔 완전 커피 중독이지? 잘 모르는 사이기는 한데, 꼭 손에 커피 컵이 붙어 있기라도 한 것 같던데.”

“맞아. 하지만 딜런은 이미 키가 크니까.” 나는 우리가 대화를 나누고 있다는 사실에 안도한다. 그러지 않았다면 우리 사이에 어색한 침묵이 흘렀을 테고, 제이슨은 왜 내가 자기를 불러냈는지 의아해하게 될 테니까. “그럼 핫초코?” 나의 제안이다.

제이슨이 묘한 표정을 짓는다. "뭔가 적당한 게 있겠지."

나는 주차기에 자전거를 잠가 놓고 제이슨과 함께 카페 안으로 들어간다. 문을 지나자 벨 소리가 난다. 나는 휘핑크림이 올라간 모카를, 고민하던 제이슨은 결국 녹차를 시킨다.

"매장에서 드시고 가세요?" 계산대 앞에 선 여자가 묻는다.

제이슨이 나를 보며 대답을 구한다.

"아뇨, 가져갈게요." 내가 답한다.

우리는 음료를 받아 밖으로 나서고, 마침내 제이슨은 무슨 일인지 묻는다. "불편하게 하려는 건 아니고." 그가 말한다. "궁금해서 그래."

"오늘이 잉그리드 생일이거든." 나는 잠시 호흡을 멈춘다. 잉그리드를 우리 사이의 연결고리로써 언급한 적은 이번이 처음이고, 나는 그것을 아주 잘 알고 있다. "함께 생일 축하해줄 사람이 필요했어. 네가 알고 있었는지는 모르겠지만, 잉그리드는 너를 아주 좋아했거든."

제이슨의 얼굴에서 미소가 사라지고, 나는 깊이 생각하지 않고 손가락을 뻗어 그 애 미간에 잡힌 주름 위에 맞댄다.

제이슨은 얼굴에 내 손가락이 닿았음에도 움찔하지 않는다. 하지만 내가 손을 치운 후에도 찡그림은 그대로 남아 있다. 마침내 제이슨이 입을 연다. "난 계속 우리 사이에 무슨 일이 일어나기를 기다리고 있었어. 정말 이상했어. 너도 알잖아, 잉그리드는 내가 평소에 어울리는 애들이 아니었으니까. 게다가 나를 좋아한다는 다른 여자애가 있어서 분위기가 묘했어. 다들 나도 걔를 좋아한다고 생각했거든. 그러니까, 그때 나는…… 그냥 상황이 알아서 정리되기를 기다렸어. 그런 것 알지? 그런데 어느 날 잉그리드가 사라진 거야. 정말이지 끔찍했어. 다들 끔찍하다고 생각했지만, 나한테는…….”

나는 제이슨이 말을 끝맺기를 기다리지만, 제이슨은 고개만 젓고 있을 뿐이다.

“가자.” 내가 말한다. 나는 한 손에 녹차를 든 제이슨에게 내 모카를 들어달라고 한 다음, 엄마 자전거를 끌고 영화관 쪽으로 간다. 우리가 걸어가는 동안, 제이슨은 계속 설명해보려고 애쓴다.

“다들 충격 받았지. 뭐, 너도 사람들이 충격 받았다는 건 알잖아.”

“아니.” 내가 대꾸한다. “나는 다른 사람이 뭘 느꼈는지 몰라. 그 사건이 있었던 아침 이후로 학교에 가지 않았거든. 기말시험도 다 놓쳤고. 새 학년이 시작될 때쯤에는 다들 그 이야기는 거의 안 하더라고.”

“아, 음, 다들 이야기했어. 모여 앉아서 대체 무슨 일이냐, 전혀 예상하지 못했다, 잉그리드는 정말 재능 있었다, 더 친했으면 좋았을 거다, 이런 이야기를 했지."

나는 그 말을 두고 고민한다. 그 모습을 그려본다. 제이슨에게 묻고 싶다. *누가? 누가 그런 말을 했는데?* 제이슨이 내게 이름을 쭉 읊어주었으면 좋겠다. 도저히 상상이 가지 않으니까. 잉그리드가 따돌림을 당하거나 그랬던 건 아니지만, 사실 우리에겐 서로가 전부였다.

제이슨과 나는 계속 걷는다. 곧 거리는 자갈밭으로 바뀌고, 더 이상 지나가는 자동차도 없다. 이제는 제이슨과 나, 그 옆의 영화관뿐이다.

제이슨은 내 쪽으로 몸을 틀고 말한다. "나는 다른 사람들이 하는 말을 들으면서 줄곧 내 슬픔은 다르다고 생각했어. 그러니까, 난 잉그리드와 내게 무슨 일이 일어날 줄 알았으니까…… 조만간 무슨 일 생기겠다, 싶었거든. 난 항상 잉그리드 생각을 했어. 말 그대로 *항상.* 그 애, 참 귀여웠잖아. 난 우리가 사귀게 될 거란 걸 *알고 있었어.* 그래서 애나 일만 마무리되기를 기다리고 있는데, 잉그리드가 *죽어버린 거야.* 잉그리드 이야기를 하는 사람들 앞에서 내게는 더 충격적인 일이라고 말하고 싶었는데, 곧 멍청한 생각이란 걸 깨달았지. 나는 그럴 자격이 없었어."

지금 상황에 딱 맞는 말을 생각해낼 수 있다면 제이슨의 기분을 달래줄 수 있을 것이다. 나라면 어떨지, 나라면 무슨 말을 듣고 싶을지 고민하다가, 딜런과 이야기할 때 어땠는지 기억해낸다. 어쩌면 딱 맞는 말 같은 것은 없다. 그런 건 그저 망상, 존재하지 않는 것인지도 모른다.

나는 매표소에 자전거를 기대 놓고 모퉁이를 돈다. 제이슨의 발걸음이 나를 따라온다. 뒤편에 도착한 후에는 문을 열어보지만, 항상 그렇듯 놋쇠 문은 꿈쩍도 하지 않는다. 나는 얄팍한 단일 창문을 밀어 본다. 꽉 닫혀 있다.

땅으로 시선을 깔고, 내 주먹만 한 돌을 발견한다.

"뭐 하는 거야?" 제이슨이 묻는다.

정말 나는 *뭘* 하는 거지?

제이슨을 보며 어깨를 으쓱한다.

그러고는 창문을 부순다. 유리가 산산이 조각나고, 한 조각은 내 손가락 끝에 박힌다.

"젠장!" 나는 유리 조각을 빼내고, 피가 흐르기 시작하는 손가락을 입에 넣는다.

제이슨은 몇 발자국 떨어진 곳에 서서 나를 미친 사람 보듯 바라본다.

"기다려봐." 나는 제이슨에게 말하고 창틀에 붙어 있던 나머지 유리를 발로 차낸 다음 커튼을 젖힌다. 아직 남아 있을지도 모르는 유리를 피하며 안으로 들어간다.

내부는 서늘하고 어둡다. 퀴퀴하고 익숙한 냄새가 난다. 과학관 같은, 할머니네 집 차고 같은 냄새. 잠시 한 자리에 서서 눈을 어둠에 적응시킨다. 시야가 또렷해지자 대문을 열어본다. 하지만 안에서 열쇠로 잠가놓은 것 같다. 나는 다시 창가로 간다.

"문이 안 열려. 너도 창문으로 들어와야겠다."

제이슨은 망설이는 듯하다가, 결국에는 깨진 창으로 다리를 집어넣고 나와 합류한다. 우리는 벽을 등진 채 나란히 서서 우리 앞에 있는 풍경을 흡수한다. 작은 공간 안에 너덜너덜한 소파와 사물함 두어 개와 옷걸이가 있다. 벽 한 면에는 사다리가 세워져 있다.

"여기는 휴게실이었나 봐." 제이슨이 말한다.

휴게실은 로비, 그리고 텅 빈 매점으로 이어진다. 천장은 내가 상상했던 것보다 높고, 바닥에 쌓인 먼지 밑으로 금색과 초록색, 푸른색 타일이 보인다. 상영관 출입구는 곧 영화가 시작하려는 것처럼 활짝 열린 채 오지 않을 관객을 맞이하고 있다.

제이슨과 나는 좌석 맨 윗줄로 가서 텅 빈 빨간색 벨벳 좌석들과 아무것도 없는 스크린을 내려다본다.

"잉그리드랑 나는 시도 때도 없이 여기 와서 놀았어. 우리가 가장 좋아하는 장소였지."

제이슨은 고개를 틀어 나를 바라보며 묻는다. "너희 둘이 여기서 놀았다고?"

나는 고개를 주억거린다.

"이런 일이 다 있네." 제이슨이 말한다. "나, 매일 밤 달리기하거든. 이틀에 한 번은 이 앞을 지나. 항상 여기가 멋지다고 생각했는데, 나 말고는 이곳에 대해 아무도 모른다고 생각했어."

"우리도 우리 말고는 아무도 모를 줄 알았어." 내가 답한다.

제이슨이 고개를 젓는다. "이 건물이 철거될 거라니, 믿기지 않아."

제이슨과 나는 잠시 영화관에 머무르며 내부를 탐험한다. 금이 간 머그잔, 그리고 영화 수백 개의 제목, 감독, 상영시간을 기록한 색인 카드 파일을 발견한다. 영사실로 향하는 좁고 기다란 계단도 있다. 영사실에는 우산 한 개, 오래된 영화 필름이 담긴 상자가 잔뜩 있다. 영화관 외부의 안내판에 붙일 흑자체 글자 가방과 남성용 모자도 있다. 깜깜한 곳에 있었던 탓인지 눈이 아프기 시작하고, 제이슨과 나는 차례대로 창문 밖으로 나간다.

우리는 별다른 대화 없이 카페까지 다시 걸어간다. 그 앞에 도착하자, 제이슨은 자기 아빠 자동차 앞에 서서 묻는다. "집에 데려다줄까?"

"아냐, 난 자전거 있으니까."

제이슨은 차 문을 연 후에도 안으로 들어가지 않고 서성인다.

"그래, 테일러는 날 완전 바보라고 생각하고 있겠지?" 내가 묻는다.

나를 바라보는 제이슨의 시선에서 긴장이 느껴진다.

나는 눈을 굴린다. "요전에 무슨 일이 있었는지 *분명* 너한테 말해줬을 거 아냐."

"아무 말도 없었는데."라고 제이슨이 말하지만, 거짓말이라는 게 보인다.

"잘도 그랬겠다." 내가 대꾸한다.

제이슨은 잠시 입을 다물고 있더니 웃음을 터뜨린다. "그래, 사실은 말했어. 하지만 우리는 절친이라고. 알잖아. 그래도 세상 사람들이 다 알고 있다고 생각하지는 마. 나한테만 얘기해줬으니까."

나는 콘크리트를 바라보며 말한다. "너무 창피해. 왜 그런 짓을 했는지 모르겠어."

제이슨이 씩 웃는다. "이상하게 받아들이지는 마. 그런데 내가 듣기에는 그냥 화끈하기만 했어."

"아, 고마워." 나는 웃음을 터뜨린다. "정말 고맙다."

"아냐. 그런데 정말로, 테일러 너 많이 좋아해."

"알았어."

"그러니까 걱정마."

나는 엄마 자전거에 올라탄다. "알았어. 걱정 안 할게."

제이슨이 손을 들고 인사한다. 나도 답으로 손을 든다.

"고마워." 제이슨이 말한다. "전부 다."

"별것 아냐." 나는 답하고 집으로 향한다.

15

제이슨을 만나고 시간이 조금 흐른 뒤, 나는 딜런의 집으로 향한다.

대문에 도착했을 때, 딜런은 마침 집에서 나오고 있다. 회색 점프슈트를 입은 모습이 꼭 패셔너블한 주유소 직원 같다.

"아, 어디 가는 중이야?" 내가 말한다.

딜런은 내 쪽을 흘긋 본다. "우체국 가는 중이야."

"일요일인데. 우체국 닫았잖아."

"우표 기계는 쓸 수 있어."

"같이 가도 돼?"

딜런은 눈을 가늘게 뜨고 하늘을 올려다보다가, 걷어 올린 소매를 팔꿈치 위로 올리고 어깨를 으쓱한 다음 걷기 시작한다.

나는 딜런을 따라간다. 우리는 딜런네 집 앞의 거리를 따라 걷다가 모퉁이를 돌고, 그때가 되어서야 나는 겨우 미안하다는 말을 꺼낸다.

"지금 내 인생이 너무 복잡해. 그래도 너한테 풀었던 건 잘못했어."

"맞아." 딜런이 답한다. "그건 잘못했지."

"그러니까, 미안해."

우리는 계속 걷고, 어느새 풍경 사진을 찍었던 공터가 등장한다. 하지만 그곳은 더 이상 공터가 아니다. 주택의 뼈대가 세워지는 중이다.

"딜런, 저기 봐."

딜런이 그쪽을 흘끗한다. "응. 저 집 주인이 벌써 엄마한테 연락해서 집들이 파티 때 요리해 달라고 했대."

"공사가 끝나면 어떤 모습일지 궁금하다."

우리는 다시 걷기 시작한다.

"맞다, 트리하우스 잘 만들고 있던데." 딜런이 말한다. "진전이 보여."

"세상에. 너 스토커잖아!"

딜런이 웃는다. "너한테 물어볼 게 있어서 너희 집에 갔는데 아무도 없는 거야. 네 트리하우스 생각이 나서 언덕 밑으로 내려가 봤더니, 역시나 거기 있더라고. 너희 집 마당 정말 넓던데."

"물어보고 싶은 건 뭐였어?"

"사실, 매디가 물어보고 싶은 거야. 매디, 연극 주연을 맡았거든. 걔는 정말 대단한 배우야. 어쨌든, 네가 와줬으면 좋겠대. 나는 그게 좋은 생각인지 모르겠지만."

내 가슴이 철렁 내려앉는다. 어쩌면 내가 우리의 우정을 완전히 망가뜨렸는지도 모르겠다. "왜 좋은 생각이 아니야?"

"《로미오와 줄리엣》이거든. 지금 네가 그런 연극을 보고 싶어 할까 싶어서."

"아." 대꾸는 하지만, 그 말이 무슨 뜻인지는 모르겠다.

우리는 길 건너 스트립 몰을 지나 우체국으로 간다. 딜런은 유리문 앞에서 잠시 발걸음을 멈춘다. "금방 끝날 거야."

나는 전봇대에 가서 기대고 선다. 딜런은 왜 내가 《로미오와 줄리엣》을 싫어할 거라고 생각하지? 난 꽤나 문학소녀인데. 셰익스피어 작품을 이해하지 못할 정도는 아닌데 말이다. 9학년 때 수업 시간에서 읽기도 했다. 그러고 보니, 대사도 몇 개 외울 수 있을 듯하다. 어떤 장면이 있었는지 기억해보자. 발코니 신, 줄리엣과 유모가 나오는 장면, 줄리엣이 로미오가 독을 마셨다고 생각하는…… *아, 이제 알겠다.*

딜런이 밖으로 나와 갓돌 위에 앉는다.

"오늘은 잉그리드 생일이야. 살아 있었으면 열일곱 살이 되는 건데."

딜런은 조용하다. 나는 당장이라도 울음을 터뜨릴 것 같지만, 계속 미소를 유지한다. 역시 딜런은 변함없다. 이번에도 속없는 말은 하지 않는다.

"그 연극 보고 싶어. 언제야?"

"금요일."

"같이 갈까?"

딜런은 어깨를 으쓱한다. "글쎄." 그러고는 무릎을 가슴 앞에서 끌어안는다. 딜런에게 물어보고 싶은 질문이 수백만 개나 되지만, 지금은 그럴 때가 아닌 것 같다.

딜런이 히죽거린다. “그래서, 요즘에는 뭐 하고 지냈어? 아는 사람들 만나고, 그랬어?”

“사실, 화장실에 숨어있을 때가 많았지.”

“재미있었겠군.”

“음, 꽤 괜찮은 화장실이야. 아, 그리고 테일러 라일리 알아?”

“응. 같이 화학 수업 들어.”

“걔랑 키스했어.”

딜런이 앞쪽으로 다리를 쭉 뻗는다. “그랬어? 잘됐네 그래.”

“아냐, 아냐. 내 말은, 완전 걔한테 몸을 던졌다니까. 옷도 벗어 던지고 달려들었어.”

딜런이 눈을 가늘게 뜨고 나를 쳐다본다. 속으로 무슨 생각을 하는 건지 모르겠다.

“맹세하는데, 내 인생에서 그것보다 창피한 일이 없었어.”

딜런은 계속 눈을 찌푸리고 있다가 갑자기 씩 웃는다.

“미안.” 딜런이 말한다. “웃긴 일이 아니지. 미안해. *왜* 그랬는데?”

“나도 몰라. 그냥 외로웠던 것 같아.” 나는 전봇대에 붙어 있는 오래된 전단을 뜯어낸다. 전단은 지난 주말에 열린 중고장터 광고다. 나는 뜯어낸 전단을 손에 쥐고 또 한 장 뜯어낸다.

다시 한번 물어보기로 한다. “그러면, 같이 가는 거 맞지? 금요일에?”

나는 딜런을 바라보지 않고, 전단만 한 장 더 뜯어낸다. ‘가전제

품! 가구! 장식품!'이라고 써있다. 딜런의 대답을 기다리는 중이다.

그렇지만 딜런은 아무 말도 하지 않는다.

나는 나무에 박힌 못을 만지작거린다.

"매디가 연기하는 것, 꼭 보고 싶어."

매디가 무대의 조명과 그 분위기에 대해서 했던 이야기를 돌이켜본다. 전단을 동그랗게 구겨 주머니에 넣는다.

마침내, 딜런이 한숨을 쉬고는 말하기 시작한다. "들어봐. 괜히 과민반응하고 싶지는 않지만, 나는 솔직한 게 좋으니까 말할게. 그날 점심시간에 무슨 일이 있었는지는 모르겠지만, 왠지 잉그리드랑 관련이 있었을 것 같은 느낌이 들어. 그러니까, 이 점은 확실히 하자. 난 잉그리드의 대용품이 아니야. 날 대용품으로 삼으려 했다면 우리 사이는 더 이상 갈 길이 없어. 그런 건 내가 원하는 게 아니고, 너도 그런 걸 원해서는 안 돼."

나는 딜런 옆에 앉는다. 딜런은 오직 딜런만 보낼 수 있는 눈빛, 너무나도 강렬하고 진솔한 눈빛으로 날 바라본다.

"그런 건 나도 원하지 않아." 내가 말한다. 딜런은 답변하지 않고, 그것은 내가 더 노력해야 한다는 뜻이다.

"네게 그 영화관 보여줬던 날 기억해?" 내가 묻는다.

"응."

"네가 그랬지, 나를 네 친구로 선택했다고."

"그랬지." 이제 딜런의 목소리는 반은 방어적이고, 반은 창피한 듯하다.

"있지, 이제 내 차례야. 나도 너를 선택할래."

"뭐?"

"너를 선택한다고. 이제 넌 내 친구야. 몰래 네 사물함까지 따라가야 한다거나, 학교 끝나고 간식 사 먹으러 가자고 애원해야 한다거나, 너희 집 뒷마당에 몰래 침입해야 한다면 그렇게 할게."

눈을 흘기던 딜런은 곧 미소를 짓고, 우리 사이의 딱딱했던 것들이 따뜻하게 풀어진다. "좋아."

"그러면 내일 같이 점심 먹는 거다. 화장실에서 말고 다른 곳에서. 그 화장실이 좋기는 하지만, 가끔은 다른 곳에 가야 기분 전환도 되지."

"잠깐." 딜런이 비꼬듯 말한다. "내 기억이 정확하다면, 학교 화장실은 내가 좋아하는 장소인데?"

"나중에 매디가 놀러 오면 얼마든지 화장실에서 키스해. 어쨌든 내일 점심은 축구장에서 먹어야겠으니까."

"그래, 그러지 뭐." 딜런이 끄덕인다.

"그리고 금요일에 연극 보러 가는 거야."

"알았어. 그런데 테일러에게도 물어봐. 나랑 매디는 연극 끝나면 같이 놀러 갈 거니까."

"아." 나는 다 안다는 듯 고개를 주억거린다. "*놀러 간다고.*"

"너도 놀아줄 사람을 찾아야 할 거다."

"좋아." 내가 말한다.

"좋아." 딜런이 끄덕인다. "잘됐어."

16

일요일 밤 저녁 식사 후, 전화벨이 울린다.

"여보세요, 케이틀린이니?" 여자 목소리가 묻는다.

"그런데요?"

"케이틀린, 나 비나야."

돌연 전화기가 무거워진다.

"비나 델라니."

"아." 나는 겨우 답한다. "안녕하세요."

"월요일에 나랑 이야기 좀 할 수 있을까. 수업 전도 좋고, 쉬는 시간도 좋고. 너랑 할 얘기가 있어서."

"사진실에 몰래 들어가서 죄송해요. 다시는 안 그러겠습니다."

"그것 때문에 보자는 거 아니야."

"아. 저기, 그런 식으로 저 자신을 보고 싶지 않아서요."

"무슨 말이니?" 선생님이 묻는다.

"그래서 자화상 과제를 못 냈어요."

"과제 아직 안 낸 건 알고 있어. 솔직히 말하면, 네게 이 수업이 어떤지 걱정이 돼서 말이야."

나는 무슨 말을 해야 할지 몰라서 아무 말도 하지 않는다.

"그러면 언제쯤 볼 수 있을까?"

"수업 전에도 가능할 것 같아요."

"그럼 7시 반?"

"네, 알겠습니다."

나는 전화를 끊는다. 방 안에 서서 나를 둘러싼 벽을, 벽에 붙은 저수지 옆의 잉그리드 사진과 이미지가 멋져서 잡지에서 잘라 붙였던 광고들을 멍하니 바라본다.

17

월요일 아침 일찍 사진 교실로 들어가자, 교탁에 앉아 있던 델라니 선생님이 고개를 들고 미소 짓는다. 진짜 미소다.

이렇게 말하고 싶다. *그냥 까놓고 말씀하세요. 해치워 버리자고요. 사진 수업은 낙제인 거죠.*

선생님은 교탁 맞은편에 있는 의자를 가리킨다. 나는 선생님이 하라는 대로 자리에 앉는다.

"케이틀린, 올해는 시작부터 조금 힘들었어, 그렇지?"

나는 어깨를 으쓱한다. 선생님은 계속 나를 바라보며 인내심을 발휘하고 있다. 나는 이 대화가 어디로 갈지 궁금해지기 시작한다.

"솔직히 말하면, 네가 내 수업을 듣지 않기를 바랐어." 선생님의 시선은 얇은 빨간색 안경테 뒤에서 진중하고, 선생님이 하는 말이 내 뇌리에 박힌다. 나는 온몸이 정지해버린 듯하다. 피 대신 얼음이 내 몸속을 흐른다. 할 말이 아무것도 없다. 그저 사라지고 싶다.

"교사가 되고 싶다는 생각, 해본 적 있니?" 선생님은 아무 일 없었다는 듯 묻는다. 그렇게 상처 주는 말을 해 놓고는.

나는 겨우 힘을 내 고개를 젓는다. 지금 기분으로서는 영영 목소리가 나오지 않을 것만 같다.

선생님은 의자 뒤로 기댄다. 그렇게 뻔히 바라보지 않았으면 좋겠다. 나는 바닥으로 가라앉고 싶고, 어딘가 어둡고 서늘한 곳으로 가서 평생 그곳에 숨어들고 싶다.

"교사들은 완벽한 학생을, 미래가 기대되는 학생을 만나고 싶어 해." 나는 바닥을 바라보며 고개를 주억거린다. "얼마간은 이기적인 마음이지. 우리는 자신이 학생들의 발달에 필수적인 역할을 하고 있다고 생각하고 싶거든. 학생들이 평생 기억하는 그런 선생이 되고 싶고, 학생들에게 영감을 줘서 대단한 걸 성취하도록 돕고 싶어 하지."

나는 계속 고개를 끄덕인다.

"나는 잉그리드 안에서 그런 학생을 발견했어."

나는 움직임을 멈춘다.

"그러고는 그 애를 잃었지."

쓰레기통에 처박힌 듯한 기분이다. 얼굴이 화끈거린다.

"원하시면 수강 철회할게요. 자습실에서 공부하면 돼요."

선생님은 고개를 젓고 말한다. "내 말 아직 안 끝났어. 나는 운이 좋았어. 그런 학생을 *둘이나* 만났으니까."

선생님은 교탁으로, 내 쪽으로 가까이 몸을 기울인다. "다른 한 명은 너야."

"거짓말. 제 사진은 다 구리다고 생각하시잖아요."

"왜 그런 말을 하지?"

"저기 한번 보세요. 제 사진을 구석에, 최대한 안 보이는 곳에 붙여놨잖아요."

"예술품을 감상할 때 사람들의 시선이 어떻게 움직이는지 수업에서 다뤘는데, 별로 기억에 남을 만한 내용이 아니었나 봐." 선생님이 말한다. "사람들이 무언가를 바라볼 때면, 시선은 즉시 왼쪽 맨 위 구석에 꽂혀. 잉그리드의 사진 세 장을 중앙에 둔 이유는 그 사진들이 가장 복잡하고, 다양한 감정을 환기하기 때문이야. 사람들의 시선이 잠시 중앙에서 머무르기를 바랐던 거지. 하지만 네 사진을 왼쪽 맨 위에 둔 이유는, 즉시 시선을 잡아끄는 사진이기 때문이야. 처음 교실에 들어오면 바로 네 사진부터 봤으면 좋겠다고 생각했어."

이 시선 이야기는 들어본 듯 가물가물하지만, 선생님이 하는 말을 믿어야 할지 아직 잘 모르겠다.

"잉그리드에게는 타고난 재능이 있었어. 내가 가르쳤던 그 어떤 학생보다 뛰어났지. 그 애는 항상 자기가 찍은 사진을 들고 와서 보여줬단다. 거의 매일, 과제가 아닌데도. 열정도 있고, 야망도 있었어. 나는 잉그리드가 예술 쪽에서 성공하겠다고 확신했지." *저도 그렇게 생각했어요*라고 말하고 싶지만, 델라니 선생님은 내가 끼어들기도 전에 다시 입을 연다.

"하지만 케이틀린 너는, 너는 정말 빠르게 성장하고 있어. 내게 그 성장을 보여주고 싶지는 않은 것 같지만. 지난 토요일에 다시 암실에 갔었어. 네가 떠난 후에. 네가 마르라고 걸어둔 사진을 봤거든. 정말 멋진 사진이더라, 케이틀린. 기술적으로도 인상 깊었어. 한밤중에 불 켜진 집을 찍으면서도 어둠과 세세한 부분을 모두 살렸잖아. 하지만, 그뿐만 아니라, 그 사진에는 이야기가 담겨 있었지. 다들 잠든 고요한 밤중인데, 집에는 전등 두 개가 켜져 있잖아. 창문에는 여자의 실루엣이 있고. 보고 있으니 궁금해지더라. 그 집에서 무슨 일이 일어나고 있는지, 그 여자는 왜 잠들지 않았는지, 이 사진을 찍는 건 누구인지, 사진 찍은 사람은 왜 집 밖에 있는 건지…….”

“여기 있어 보렴.” 선생님은 교무실로 들어간다. 나올 때는 손에 커다란 액자가 들려있다. 뒷면밖에 보이지 않는다.

“잉그리드가 네게 말했는지 모르겠는데, 내가 잉그리드한테 전국 청소년 사진전에 출품해 보라고 했거든. 자살하기 겨우 몇 주 전이었어.”

“아뇨, 저는 몰랐어요.” 그때 잉그리드가 내게 비밀로 했던 모든 것이 떠오르고, 씁쓸함이 파도처럼 밀려든다.

“잉그리드가 어디서 들었는데, 심사위원들이 인물 사진을 깔본다는 거야. 사람을 피사체로 찍는 건 덜 예술적이라고 생각한대. 그래서 처음에는 그 예쁜 언덕 사진을 제출했어. 그 사진도 좋지. 내 생각에는 그게 잉그리드의 사진 중 *가장 강렬하지*는 않은 것 같지만, 그래도 좋아. 어쨌든, 제출 마감일 아침이 됐는데, 잉그리드가 마음을 바꾸고 이 사진을 냈어.”

델라니 선생님이 액자를 들어 올려 내게 보여준다. 커다란 흑백 사진 속에는 내가 내 지저분한 방에 앉아 있다. 조명이 굉장히 극적이다. 주로 어둑어둑하고, 한쪽 구석에 있는 플로어 램프에서 뿜어져 나온 빛만 나를 환하게 비춘다. 내 주변의 벽에는 스크랩한 잡지 페이지가 붙어 있고, 바닥에는 책과 CD와 옷이 흩뿌려져 있다. 침대보는 헝클어져 있다. 수납장 위에는 종이와 옷이 잔뜩 쌓여있다. 카메라를 똑바로 응시하는 내 시선이 말하기를, *뭘 봐.*

나는 사진 속의 그 얼굴을 더 빤히 바라본다. 내가 이렇게 강렬해 보이다니, 가능한 일인가?

"들어봐." 델라니 선생님이 말하며 상장을 건네준다. "잉그리드가 상을 탔어."

상장에는 이렇게 적혀 있다. '대상: *자기 방에 있는 케이틀린,* 잉그리드 바우어 작.'

"내겐 너를 찍은 사진이 정말 많아. 절대 버리지 않을 거란다. 그 사진 중에는 이것과 비슷한 것도 있어. 이 사진 속의 너는 예민하게 자신을 의식하고 있고, 누군가가 너를 바라보고 있다는 것도 잘 알고 있지. 하지만 다른 사진에서는 안 그래. 잉그리드가 방 건너편이나 바깥에서 거리를 두고 찍은 사진들을 보면 너는 책상 위에 몸을 구부리고 앉아 무언가를 읽고 있거나, 잉그리드에게 등을 보이며 걸어가고 있거나, 누군가의 농담에 웃음을 터뜨리고 있지. 그냥 생각에 잠겨 있기도 하고. 심지어 자는 사진도 있단다. 네가 잉그리드에게 얼마나 큰 영감을 줬는지 아는지 모르겠다. 잉그리드가 찍은 네 사진이 얼마나 많은지…… 내 교무실 서랍을 *한가득* 채웠어."

나는 선생님이 하는 말을 소화하는 중이다. 잉그리드가 내 사진을 많이 찍었단 것은 알았지만, 그 애는 워낙 피사체를 가리지 않고 사진을 많이 찍었다. 항상 카메라를 들고 다녔고, 항상 무언가를 가리키며 저것 좀 보라고 했다.

선생님이 계속 말한다. "잉그리드의 자살은 정말 충격적이었어. 그 사건으로 나에 대한 관점도, 가르치는 일에 대한 관점도 많이 달라졌단다."

선생님은 한숨을 내쉰다. 그러고는 중얼거린다. "이걸 어떻게 설명하지?"

"너희 둘이 뭐라고 썼더라……." 선생님은 의자에 몸을 기대고 안경을 벗더니 탁자 위에 내려놓는다. "델라니 선생님이 상한 우유를 싱크대에 버리는 모습을 상상해봐. 건강검진을 받는 모습. 고양이 모래 상자를 청소하는 모습도."

나는 목구멍이 쪼그라드는 느낌인데 선생님은 웃고 있다.

"너희들이 주고받던 쪽지를 발견했거든. 항상 뭘 그렇게 쓰는 건지 궁금했는데."

"잘못했어요." 내가 말한다. "그냥 우리 둘이 하던 바보 같은 장난이에요. 선생님은 항상 완벽해 보였거든요."

선생님은 고개를 흔든다. "사실을 말해주자면, 그거, 전부 내가 실제로 하는 것들이야. 그 리스트에 있는 것들, 모두다. 너희들이 리스트를 몇 개나 만들었는지는 모르고, 그 리스트에 있는 걸 다 읽어본 건 아니지만, 너희가 생각했던 것들 전부, 내가 실제로 하는 것들이야."

"글쎄요. 우리, 이것저것 많이도 생각했는데."

"뭐, 전부는 아닐 수도 있겠지. 하지만 난 완벽하지 않아. 잉그리드가 죽었다는 사실만 봐도 명백하잖니. 부모님을 제외하면 잉그리드가 가장 가깝게 지내던 어른은 나야. 그런데 나는 잉그리드의 재능에 눈이 멀어서, 그 뒤에 얼마나 거대한 고통이 있는지도 몰랐어. 내게 사진을 수백 개는 줬는데, 잉그리드에게 문제가 있다는 걸 눈치챌 기회가 그렇게 많았는데. 그런데도 도와주지 못했어."

나는 선생님이 나 역시 돕지 못했다고 말하고 싶다. 새 학기 첫날이 떠오른다. 그때 나는 선생님 덕에 조금 나아질 거라고, 선생님이 전처럼 나를 대해줄 거라고 확신하고 있었다.

"나도 선생님이 필요했어요." 내 얼굴이 붉어진다.

"응, 나도 알아. 정말 미안하다."

나는 그것 말고는 아무 말도 할 수 없고, 선생님도 잠시 말이 없다.

마침내 말하기를 "난 알고 있었어. 네가 도움을 청하면, 너는 내 책임이 된다는 걸. 그래서 처음에 네가 내 수업을 듣지 않기를 바란 거야. 네겐 불공평한 일이지만, 너를 보면 잉그리드에 대한 기억이 떠올랐거든. 잉그리드가 죽었다는 소식을 듣고 그 애의 사진을 꺼내 봤는데, 내 눈에 보인 건 온통 네 모습이었으니까."

선생님은 잠시 멈추고 나의 반응을 기다리지만, 이 모든 것이 내게는 너무 감당하기 힘들다. 내가 할 수 있는 일이라고는 내 앞에 있는 사진을 빤히 바라보며 전에는 나를 이렇게 면밀히 살펴본 적이 없다고, 내 방에 있는 내 모습을 있는 그대로 바라보는 건 처음이라고 생각하는 것뿐이다.

"케이틀린, 너는 정말 다층적인 피사체였어. 너는 몰랐겠지만." 선생님이 말한다. "잉그리드가 찍은 네 사진을 보면, 혼란, 사랑, 분노, 기쁨…… 정말 풍부한 감정이 느껴져."

선생님은 내게 다른 사진을 한 장 내민다. 나는 그것을 받아든다.

"내가 가장 좋아하는 사진 중 하나야." 선생님이 말한다.

빗방울. 구름 사이로 어른거리는 빛. 그네에 탄 나는 하늘에 붕 뜬 채 웃고 있다. 웃고 있다니. 잉그리드가 이 사진을 현상했는지 몰랐다.

눈물이 핑 돈다. 나는 그네를 타고 있다. 처음으로 땡땡이를 쳤던 날 구름이 깨지고 모여드는 하늘로 솟아오른다. 바람 소리가 들린다. 내 웃음소리도 들린다.

잉그리드, 내가 소리친다. *나, 규칙을 어기는 건 이번이 처음이야!*

잉그리드의 목소리가 말하기를, *그래서 기분이 어때?*

하늘에서 비가 내리고. 선선한 공기가 나를 깨운다.

완벽해!

교실 밖이 소란스럽다. 같이 1교시 수업을 듣는 애들이 곧 들어올 텐데, 나는 아직 그 애들을 대할 준비가 되어있지 않다. 나는 내 앞에 있는 액자에서 시선을 옮겨, 찡그리고 있는 내 사진을 보다가 고개를 돌린다. 그네를 타는 내 모습에 집중한다. 그 미소에.

나는 그 사진을, 내게서 탄생한 작품을 조심스럽게 잡아 본다. 이 모든 것을 소화해낼 수 있을 때까지 시간이 더 필요하다.

델라니 선생님이 내 어깨 위에 손을 얹는다. "사진들을 보고 있으면 조금씩 잉그리드가 돌아와." 선생님이 말한다. "완전히 돌아올 수 있으면 얼마나 좋을까."

나는 눈을 꼭 감고 싶지만 그럴 수 없다. 이제 곧 문이 열릴 테니까.

같은 반 아이들이 물밀듯 들어오기 전, 선생님이 말한다. "이걸 보고 있으면, *너*도 조금씩 돌아온단다."

델라니 선생님은 내게 1교시 동안 혼자 교무실에 남아 선생님의 두터운 사진 관련 책들을 보면서 아이디어를 얻으라고 한다. 이 수업에서 낙제하지 않기 위해서는 만회해야 할 것이 아주 많다. 수업 중인 선생님의 목소리가 교실에서 흘러들어오고, 떠드는 아이들의 목소리도 들린다. 여기 혼자 있을 수 있어서, 그 모든 것에서 떨어져 있을 수 있어서 다행이다. 다른 생각은 하지 않는다. 그냥 책장을 넘기고, 이미지를 관찰하고, 나 자신을 다독이려 애쓸 뿐이다.

18

엄마가 일찍 퇴근했다. 침대에서 누워 수학 공부를 하고 있는데, 엄마가 노크하더니 문 사이로 얼굴을 빼꼼 내민다.

"안녕, 우리 딸. 볼일 좀 보러 나가려는데, 같이 갈래?"

나는 몸을 일으키고 침대 위에 앉아 스트레칭을 한다. "무슨 볼일인데?"

"세탁소, 철물점, 세이프웨이. 점심에 먹을 간식 직접 골라도 되고……."

트리하우스를 지으려면 이것저것 잔뜩 필요하다. 볼트, 사포, 클램프 같은 것들이. "그래, 가자."

철물점에 도착하자, 엄마는 바로 원예 코너로 향한다.

나는 바구니를 하나 집어 들고 필요한 것들로 채워나간다. 사려던 것을 몇 개 찾아냈더니 여섯 번째 지지대 문제가 떠오른다. 밧줄이 있는 쪽으로 향한다. 그곳에는 온갖 밧줄이 가득해 뭘 골라야 할지 막막해진다. 얇은 밧줄, 굵은 밧줄, 금속 밧줄, 직물로 된 밧줄.

가만히 서서 밧줄들을 바라보고 있는데, 카키색 철물점 유니폼을 입은 남자가 내 옆을 지나다가 멈춰 선다.

"도와줄까요?"

"어떤 밧줄을 사야 할지 모르겠어요."

"얼마나 두꺼운 걸 원하세요?"

"글쎄, 꽤 두꺼워야 할 것 같아요. 사람도 지탱할 수 있을 정도로요."

"얼마나 무거운 사람인데요?"

"저를 지탱할 수 있어야 해요."

그 남자는 진열된 밧줄을 죽 훑어본다. "이 정도면 되겠네요." 그는 중간 굵기의 노란색 밧줄 타래를 들어 올린다.

"제가 직접 잘라야 하나요?" 내가 그에게 묻지만, 그는 대답이 없다.

그는 내 뒤에 있는 무언가를 응시하고 있다. 뒤를 돌아보니 두 발자국 떨어진 곳에 엄마가 손으로 입을 막고 서있다. 핏기가 싹 가신 얼굴로.

"왜?" 내가 묻는다.

나를 도와주고 있던 남자는 잔뜩 긴장해서 뒷걸음질 친다.

"왜 그래?" 내가 다시 묻는다.

엄마의 시선을 따라가 보니 그 끝에 내 손이, 밧줄이 있다. 그리고 내 머리를 스쳐 지나는 것은 잉그리드의 소식을 들었던 날 아침의 기억. 잉그리드가 어떤 방식을 택했는지 엄마 아빠가 말해주기 전, 나는 잉그리드가 사용할 수 있었던 도구들을 생각해보았다. 잉그리드의 아빠가 금고에 넣어두었던 총, 부엌에 있는 칼, 잉그리드의 엄마가 찬장에 보관했던 약들. 그리고 밧줄.

"엄마, 설마 무슨 생각을……."

엄마의 손이 떨리고 있다.

"엄마, 지금 오해하고 있는 거야."

"너 요새 화도 많이 내고." 엄마의 목소리가 흔들린다. "심리치료도 안 받는다고 하고. 어떻게 지내는지 말해주지도 않고. 계속 대화하려고 해봐도 엄마를 밀어내기만 하고. 엄마는 네 걱정 안 할 때가 *한순간도 없어.*"

"엄마, 난 그런 짓 안 해."

그 후, 못과 볼트와 고리와 호스와 낚싯줄과 작은 전구와 밧줄과 꽃씨 수백만 개가 널려 있는 철물점의 좁은 복도에서, 나는 앞으로 걸어가 손을 뻗고, 몇 달 만에 처음으로 엄마를 끌어안는다. 엄마의 손이 내 등을 꽉 붙들고, 울지 않으려 애쓰는 엄마의 가슴이 급하게 오르내린다. 갑자기 엄마가 너무나도 작게, 너무나도 연약하게 느껴진다. 나는 나도 모르게 속삭인다. "난 괜찮아, 난 잘 지내고 있어, 난 괜찮아, 난 잘 지내고 있어." 계속 이 두 문장을 반복한다. 호흡이 정상으로 돌아온 엄마는 날 놔주고 몇 걸음 뒤로 물러서더니, 내 턱을 동그랗게 감싸 잡고 말한다. "약속해."

"알았어." 내가 답한다. "약속할게."

19

집에 도착한 후, 서재에 있는 아빠를 불러내서 엄마 아빠를 데리고 밖으로 간다. 우리는 내 처량한 자동차를 지나고 부모님의 채소밭도 지나 언덕 위를 오르고, 자그마한 나무를 끼고 돌아 내 참나무로 간다. 나무는 햇볕을 받아 아름답다.

"그동안 작업했던 거야." 내가 말한다.

나무 발치에 만들어둔 사다리는 곧고 안정적이다. 나무에 박아놓은 기둥은 단단한 지지대의 지지를 받으며 2미터 정도 쭉 뻗어 있다.

"저쪽에 기둥을 하나 더 붙일 거야. 그러면 바닥을 깔 수 있을 걸. 그동안 기둥을 어떻게 세울지 궁리했어." 나는 몸을 틀어 엄마를 본다. "그것 때문에 밧줄이 필요했던 거고." 나는 더 부드러운 목소리로 말한다.

엄마는 내 손을 꼭 잡는다.

아빠는 대견하다는 듯 숨을 들이켠다. "트리하우스라니! 굉장한데. 어렸을 때 트리하우스 갖고 싶었거든."

"트리하우스는 아이들만을 위한 게 아니야. 이 책을 봐봐." 나는 공구함을 열어 그 안에 있던 트리하우스 책을 꺼내 엄마 아빠에게 보여준다. "내 말이 맞지?"

아빠는 엄마와 함께 책장을 넘겨보며 정교한 트리하우스들을 살펴본다. 오븐과 식탁과 냄비와 팬이 그득한 부엌까지 갖춰져 있다. 그뿐만 아니라 밑에 갈고리 모양 받침이 달린 욕조와 개수대가 있는 욕실, 장작 난로와 소파와 러그가 있는 거실까지 갖춘 트리하우스도 있다.

아빠는 더 간단한 트리하우스가 나온 페이지에서 멈춘다. 꽤 크고 투박하며, 전기 같은 것은 들어오지 않는다. 그 트리하우스를 지은 형제는 가끔 그 위에 앉아 강을 바라보기를 즐긴다고 한다. "네 것은 이것과 비슷한데, 디자인만 좀 다르구나. 나무 몸통이 바닥 한가운데를 관통하게 했다니, 마음에 들어."

"그러면 멋지겠다, 싶었죠."

"정말 예쁘다." 엄마가 노래하듯 말한다.

"깜짝 놀랄 정도야." 아빠가 말한다.

엄마 아빠는 정말 자랑스러운 듯한 얼굴이다. 두 사람의 얼굴을 사진으로 남길 수 있다면.

봄

아침 날씨도 조금씩 풀리고 있다. 부모님이 심은 꽃이 피어나기 시작하고, 채소도 싹을 틔운다. 나는 깔끔하게 줄지어 심어놓은 식물들을 지나 언덕을 넘어 내 참나무를 향해 내려간다. 나뭇가지 위에 올라앉은 다음에는 어떻게 테일러에게 말을 걸어야 할지 고민한다. 영원히 숨어 다닐 수는 없으니까. 그러고 싶지도 않다.

더 높은 곳까지 올라가서, 엄마 아빠의 도움으로 두꺼운 나뭇가지에 매달아 만든 그네에 앉는다. 어제 딜런을 만나고 온 후 남은 목재를 전부 가져와서 미리 깔아두었던 바닥 위에 쌓아두었다. 이제는 목재를 가지러 왔다 갔다 반복하지 않고도 톱질과 망치질에만 집중할 수 있다.

세 시간 동안 아무런 잡생각 없이 작업에 열중하며 아침의 소리에 녹아든다. 새, 나뭇잎 사이를 통과하는 바람, 나무와 금속에 부딪히는 내 망치 소리가 나를 품어준다. 이제 바닥 작업을 마무리한다. 자리에서 일어나, 처음에는 조심스럽게 걸어 다니며 바닥이 견고한지 시험한다. 바닥이 나를 지탱할 정도로 튼튼하다는 확신이 든 다음에는 바닥 한쪽 끝에서 반대쪽까지 왕복해본다. 딱 내가 원하던 크기다. 가로질러 열두 걸음.

나는 바닥을 쿵쿵 찧는다. 펄쩍 뛰어본다.

내 밑의 나무는 끄떡도 하지 않는다.

2

1교시가 시작되기 전, 교정 반대편에서 테일러와 제이슨과 헨리가 내 쪽으로 걸어오는 모습을 본다. 내 속에는 콕콕 찌르는 듯한 통각이, 반은 기쁘고 반은 불편한 마음이 있다.

테일러와 제이슨이 나를 보고 미소 지으며 인사한다.

"안녕." 나는 테일러에게 답하고 제이슨에게도 웃어 보인 다음, 헨리를 바라본다. 그 애 집에도 갔었으니 이제는 아는 척을 할 수도 있겠다고 생각하지만, 헨리는 땅바닥만 노려보고 있다.

"잠깐만." 테일러는 제이슨과 헨리에게 말하고 내 쪽으로 다가 선다. 그러고는 일행에게서 조금 떨어진 곳으로 나를 데려간다.

"있잖아." 테일러가 말한다. "금요일에 만나서 놀까?"

"사실은, 나도 같은 질문을 하려던 참이었어."

테일러 뒤쪽에서 헨리의 짜증 섞인 목소리가 들린다. "테일러, 우리 가야 해."

테일러가 뒤돌아 헨리를 본다. "1초면 돼."라고 답하고는 다시 내게 말한다. "하고 싶은 거 있어?"

"응. 딜런 알지? 딜런의—."

"됐어." 헨리가 외친다. "난 간다. 알아서 따라와."

"간다니까, 조금만 있어 봐." 테일러가 눈을 굴린다. "가야겠다. 어쨌든 좋아, 네가 하고 싶은 건 뭐든. 4교시에 보자. 자세한 건 그때 알려줘."

3

연극 보러 갈 때는 뭘 입어야 하는 건지 몰라서, 후보군을 한가득 들고 딜런의 집으로 향한다. 딜런의 침대에 옷을 잔뜩 늘어놓자, 딜런은 골반을 앞으로 쭉 빼고 서서 손으로 턱을 감싼 채 고민에 빠진다.

"학교에서 하는 연극이니까, 너무 차려입은 느낌은 안 돼. 하지만 *시내*에서 하는 거고 공연 첫날이니까 너무 편하게 입어서도 안 되겠지. 게다가 데이트이기도 하잖아." 딜런이 말한다. "그렇지?"

"그런 셈이지. 적어도 나는 데이트라고 생각해."

딜런이 고개를 끄덕인다. "내가 보기에도 그래."

딜런은 평소와 다름없이 까맣게 입었지만, 더 차려입은 느낌이다. 바지는 꽉 끼고, 약간 반짝거린다. 탱크톱은 앞뒷면이 깊이 파여, 딜런이 내가 가져온 셔츠의 패턴을 자세히 관찰하려고 몸을 숙이자 날개뼈와 목덜미가 드러난다.

"이 치마." 딜런이 말한다. "그리고 이 스웨터." 그러고는 몸을 휙 돌려 옷장으로 간다. "내 벨트 중에 딱 맞는 게 있어."

나는 딜런이 고른 옷을 들고 화장실로 간다.

"아. 그리고 그 오렌지색 스카프도 해. 그거 아주 깜찍하다."

"알았어." 나는 문을 닫는다.

화장실 안에 들어온 나는 딜런의 거울을 바라본다. 나는 깜찍한 것과는 정반대인 사람으로 보이고 싶다. 오늘 밤 18번가를 걸어가는 내 모습이 옆에서 걷는 딜런에게 걸맞기를, 딜런처럼 도시를 속속들이 아는 사람처럼 보이기를 바란다. 그때 잉그리드가 찍었던 내 사진, 입상한 사진이 떠오른다. 델라니 선생님 말이 옳았다. 사진 속의 나는 흥미로워 보였다. 그저 나 자신의 모습으로 내 방에 앉아 있었을 뿐인데도.

나는 바지를 벗고, 딜런이 골라준 초록색 치마 안에 발을 넣는다. 전처럼 꼭 맞지 않는다. 약간 헐렁하다. 요즘에 너무 자주 식사 대신 아이스크림을 먹었나 보다. 다음에는 입고 있던 셔츠를 벗고, 엄마 옷장에서 가져온 진갈색 스웨터를 입는다. 아주 부드럽고 섬세한 섬유로 만든 스웨터다. 브래지어의 윤곽이 스웨터 위로 약하게 드러난다. 이제 마지막으로 딜런의 폭이 넓은 갈색 벨트를 치마 위에 맨다. 브론즈 스터드가 조르륵 박혀 있는 벨트를 맸더니, 스타일이 완성된 느낌이다. 조금 터프해 보이기도 한다, 딱 내가 원했던 것처럼.

"멋진데." 화장실에서 나오는 내 모습을 보고 딜런이 말한다. 딜런의 시선이 내 몸을 훑자, 나는 정말 내가 이 스웨터를 소화할 수 있을지 궁금해진다.

"정말 멋져."

"고마워." 나는 중얼거리지만, 눈은 맞추지 못한다. "그렇지만 별로인 것 같은데. 여기, 치마 우는 것 좀 봐."

"그래. 까다롭게 굴든지, 네 마음대로 해. 내 생각에는, 테일러가 도착해서 너를 보면 머릿속에 예쁘다는 생각뿐일 거야."

테일러는 약속 시간보다 5분 일찍 도착하고, 우리는 테일러의 노란색 닷선에 올라타 큰길로 나아간다. 딜런의 커피를 사기 위해 카페에 들렀다가 고속도로에 진입한 다음 다리를 건너 미션역에 주차한다. 그러고는 돌로레스 파크 카페에서 또 커피를 산다. 이번에는 테일러와 나도 음료를 주문하고, 테일러는 자기가 딜런과 내 것까지 사겠다고 한다.

"완전 신사시네." 딜런이 테일러를 보며 히죽거린다.

테일러는 나를 바라본다. "케이틀린, 들었어? 딜런이 나보고 신사래."

바리스타가 테일러의 이름을 부른다. 나는 커피를 가지고 가서 설탕을 넣으며 이 정도면 달겠지, 저번에 딜런과 매디와 앉아 마신 에스프레소 마키아토처럼 쓰지 않겠지, 생각한다.

"케이틀린?" 남자의 목소리인데, 테일러는 아니다. 나는 몸을 돌려 누구인지 확인한다.

데이비와 어맨다가 내 바로 옆에서 커피를 따르고 있다. 데이비는 전에는 없던 링컨 대통령 같은 턱수염을 길렀다. 콧수염은 없는, 그런 수염 말이다. 어맨다는 머리가 짧아졌다. 두 사람을 보자마자 나는 어지럼증이 생긴다. 머리가 핑 돈다.

"세상에." 어맨다가 헉, 하고 숨을 들이쉰다. "*케이틀린.*"

어맨다는 내 쪽으로 살짝 다가섰다가 그 자리에 멈춘다. 옛날에 두 사람은 나를 만나면 항상 안아줬다. 그래서 지금 우리 사이의 공간은 실제보다 수백만 배는 더 멀게 느껴진다.

"안녕하세요." 나는 겨우 목소리를 짜낸다.

둘은 나만큼이나 놀란 것 같다. 어맨다는 울지 않으려 애쓰는 얼굴이다. 데이비는 쇼크를 일으키는 것처럼 얼어붙었다.

"어디 좀 보자." 마침내 데이비가 입을 연다. "케이틀린, 너 꼭……." 그는 문장을 끝맺지 못한다.

"케이틀린 꼭 어른 같아." 어맨다가 말한다.

겨우 몸을 움직일 수 있게 된 데이비는 손을 뻗어 내 어깨를 톡톡 두드린다.

"미안해." 데이비가 말한다. "이런 건 불편하다, 그렇지 않아? 젠장, 그래도 만나서 정말 반가워. 쟤네들은 네 친구야?" 데이비는 창밖을, 전봇대에 기대고 이야기 중인 딜런과 테일러를 가리킨다.

뭐라고 해야 할지 모르겠다. 딜런과 테일러가 친구라고 인정하면서도 잉그리드를 완전히 잊어버린 것은 아니라고 알려줄 방법이 있을까? 하지만 할 수 있는 말은 결국 하나뿐이다.

"네."

두 사람 다 화난 기색은 없다.

"이 동네에는 웬일이야?" 어맨다가 묻는다.

"연극 보려고요."

"언제 한번 우리도 보러 와."

"그럴게요." 이렇게 대답은 해도, 정말 보러 올지는 모르겠다.

"그러면 정말 좋겠다." 데이비의 열띤 목소리.

"맞아요, 그러면 좋겠어요." 내가 대꾸한다. "올게요."

이 대화를 어떻게 끝내야 할지 모르겠고, 이건 저 두 사람도 마찬가지인 것 같다. 나는 한 발자국 뒤로, 문 쪽으로 물러난다.

"요즘에도 녹음해준 테이프 들어요. *매일같이.*"

"정말?" 데이비가 묻는다.

"네."

어맨다를 바라본다. "그리고 큐어 CD도 거의 매일 밤 들어요."

어맨다가 미소 짓는다.

"그러면." 내가 말한다. "음, 친구들이 기다리고 있어서요. 그래서 가야 할 것……."

두 사람은 고개를 끄덕이고, 그들의 머리는 같은 리듬으로 아래위로 움직인다.

"좋은 시간 보내렴." 데이비가 말하고, 나는 거리로 나선다.

4

딜런은 돌로레스 고등학교의 연극부가 샌프란시스코에서 상당히 유명하다고 설명한다. 몇 년 전에는 퍼시픽 하이츠에 사는 은퇴한 부자 여배우가 장학금을 기부했고, 학교에서는 그 돈을 가지고 오래된 체육관이 있던 자리에 새로 극장을 세웠다. 극장 안으로 들어가자, 오늘 볼 것이 평범한 고등학생들의 연극이 아니라는 점이 명확해진다. 말끔하게 차려입은 사람들이 가득하다. 문간에 선 여자는 프로그램 책자를 나눠주고 있다. 책자를 펴보니 진지하고 우아한 표정의 매디가 강렬한 시선으로 카메라를 응시하는 모습이 보인다.

테일러에게 그 사진을 보여준다.

딜런의 얼굴이 환해진다.

"진짜 귀여운데." 테일러가 딜런에게 말한다.

딜런의 얼굴은 더 환하게 웃고 싶지만 더 이상 웃는 것은 불가능하다고 말하는 것 같다.

"나도 알아." 꼭 노래하는 것 같은 딜런의 목소리.

우리는 세 번째 열에서 붙어 있는 좌석 세 개를 발견한다. 나는 딜런과 테일러 사이에 앉는다. 좌석이 거의 채워졌을 때쯤, 딜런의 친구들이 걸어오는 모습이 보인다. 그날 오후에 같이 공원에서 놀았던 애들이다.

"딜런, 저기 봐." 내가 말한다. 딜런은 친구들을 발견하고 손을 흔들지만, 일어서지는 않는다. 테일러, 그리고 나와 함께 계속 이곳에 앉을 작정인 것 같아 나는 행복해진다. 두 사람 사이에 앉아 조명이 어두워지고 커튼이 올라가기를 기다리는 지금 이 순간이 얼마나 감동적인지, 견디기 힘들 정도다.

나는 다시 책자를 읽다가 로미오 역의 배우를 알아본다.

"딜런." 나는 로미오의 사진을 가리킨다. "이거 네 친구 맞지? 웨이트리스에게 반했던?"

"맞아. 걔도 정말 연기 잘해."

그때 누군가가 종을 울리자 관객은 침묵하고 사위가 어두워진다. 커튼이 올라가며 부스럭거리는 소리가 나더니 곧 조명이 무대 위에 있는 세 사람을 비춘다.

그들은 입을 열고 함께 말한다. "이 연극의 배경인 아름다운 베로나에는 명망이 비슷한 두 가문이 있었다네……."

나는 의자에 등을 기댄다.

캐풀렛 가문 사람들과 몬터규 가문 사람들이 진검을 들고 싸움을 벌여, 칼이 부딪칠 때마다 챙챙거리는 소리가 난다. 그때 딜런의 친구가 입장한다.

"아직도 날이 밝구나?" 그가 벤볼리오에게 묻는다. 계속 말하기를, "이런, 슬픈 시간은 더디게 가는구나." 그는 로미오, 사랑 때문에 마음이 아프다. 모든 대사는 수심에 가득 차 있다. 로미오가 "아, 어찌해야 머릿속의 생각을 멈출 수 있는지 알려주시오!"라고 하자, 나는, 태어나서 처음으로, 셰익스피어가 왜 그렇게 대단한지 이해할 수 있을 것 같다.

매디가 무대에 등장하기까지 영원 같은 시간이 흐른다. 딜런은 인내력이 바닥나고 있는 것 같지만, 나는 로미오가 자신의 슬픔을 두고 하는 이야기들을 즐겁게 듣는다. 그 슬픔이란 건 고작 자기를 사랑해주지 않는 여자애 때문이지만. 그때 장면이 바뀌고, 캐풀렛 가문의 부인과 유모가 줄리엣을 부르자, 긴 흰색 원피스에 금색 벨트를 맨 매디가 자신감에 찬 걸음걸이로 무대에 나와 묻는다. "지금, 누가 날 부르는 걸까?"

딜런이 손을 뻗어 내 팔목을 꾹 쥐더니 테일러 쪽으로 고개를 까딱인다. 저 사람이 매디라는 걸, 세상에서 가장 멋지고 아름답고 재능 있는 매디가 우리 눈앞의 무대 위에 있다는 걸 테일러에게 *지금 당장* 알려줘야 한다는 듯한 몸짓이다. 그래서 나는 알려준다. 테일러의 귀 쪽으로 얼굴을 붙이자 그의 얼굴이 내 쪽으로 가까워지고, 나는 속삭인다. "저 애가 매디야."

테일러가 내 쪽으로 더 가까이 붙어 말한다. "응, 사진으로 봤잖아. 기억 안 나?" 테일러의 입술이 내 귓불을 스치고, 짜릿한 기쁨이 내 몸을 훑는다.

로미오와 줄리엣이 만나 사랑에 빠진다. 로미오가 원래 짝사랑하고 있었던 여자애는 그의 마음에서 온데간데없이 사라져 버린다. 배우들은 전부 연기력이 대단하다. 대사도 완벽하게 암기하고, 극 속의 인물이 느끼는 것을 온몸으로 함께 느끼고 있다. 뒤이어 줄리엣이 독을 마신다. 관객은 줄리엣이 연기하고 있다는 사실을 알지만, 유모는 모른다. 유모는 흐느낀다. "줄리엣이 죽었어, 저세상으로 갔다고. 죽고 말았어. 아, 애통한 날이구나!" 줄리엣의 어머니도 모른다. 유모와 함께 흐느끼는 어머니의 음성은 크고 날카롭다. "애통한 날이구나, 내 딸이 죽었어, 죽었어, 죽었다고!"

"너 괜찮아?" 딜런이 내게 속삭인다. 밑을 내려다보니 내 손이 덜덜 떨리고 있다.

손을 무릎 위에 올린다. 그러고는 고개를 주억거린다. 응. 난 괜찮아.

로미오가 자살을 감행하려 하자, 나는 그들이 배우라는 사실을 다시금 되새긴다. 로미오가 줄리엣의 몸을 내려다보고, 나는 고개를 들어 무대 조명만 멀거니 바라본다. 로미오가 말하기를, "여기, 나는 여기에 남아, 벌레를 가정부로 삼을 것이다. 아, 여기가 내 영원한 안식처가 될 것이다." 나는 그 대사를 들으며 생각한다. *저 애는 처치 스트리트에 있는 24시간 다이너의 웨이트리스와 사랑에 빠졌던 남자애일 뿐이야.* "눈이여, 마지막 장면을 보라. 팔이여, 마지막 포옹을! 그리고 입술, 호흡의 문이여, 온당한 입맞춤과 함께 닫히리라! 달콤한 죽음과의 흥정도 기약 없구나!" 나는 잉그리드를 생각하지 않으려 애쓴다. 잉그리드의 팔에서 피가 흘러 목욕물로 섞여드는 장면을, 그 애가 욕조 안에서 몸을 널브러뜨린 채 죽음을 받아들이는 장면을 애써 머릿속에서 지워낸다. 로미오는 독을 마시고, 나는 그 애가 무대용 의상이 아닌 티셔츠에 청바지를 입고 다이너에 앉아 있는 모습을 그려본다.

정신을 차린 줄리엣은 로미오가 죽었다는 사실을 알게 되고, 매디의 목소리는 감정으로 가득해 내가 할 수 있는 거라고는 대사를 듣지 않는 것뿐이다. 나는 앞으로 무슨 일이 벌어질지 이미 알고 있지만, 직접 보고 싶지 않다. 여자애가 자기 몸에 칼을, 심지어 가짜 칼이라도, 꽂는 것을 보고 싶지 않다. 나는 절박한 마음으로 딜런을 바라본다. 딜런의 시선은 무대에, 매디에게 고정되어 있다. 완전히 푹 빠진 얼굴이다.

테일러가 손을 뻗어 내 손을 잡는다. 나는 머릿속에서 아무 문장이나 되는 대로 끄집어내려 해본다. 예전에 외우던 생물학 정보를 되뇌려 하지만, 생각나지 않는다. 우성 유전자에 관한 이야기였던 것 같은데? 파란 눈과 갈색 눈에 관한? 기억을 더듬고 있는 내 쪽으로 테일러가 몸을 숙이고 속삭인다. "주위를 둘러봐. 사람들 좀 봐." 나는 고개를 돌린다. 어머니들은 티슈로 눈가를 찍어내고, 아버지들은 세게 눈을 깜박이고 있다. 내 또래 여자애들은 스웨터 소매로 볼을 닦아내고, 남자애들은 불편한 듯 꼼지락거리며 앉아 있다.

테일러가 소곤거린다. "저런 반응은 이 연극이 훌륭하다는 뜻이라고 생각해. 오린다에서 열리는 셰익스피어 페스티벌에 가 본

적 있어? 야외에서 하는데, 엄마가 데려갈 때마다 끝날 때쯤에는 얼어 죽을 정도로 추워. 한번은 헨리 5세를 웨스턴으로 각색한 연극을 봤어. 헨리 왕이 카우보이모자를 쓰고 있었지…… 케이틀린, 이제 봐도 돼. 다 끝났어."

연극이 끝난 뒤, 우리는 다른 사람들이 나가는 동안에도 극장에 남아 있다.

"케이틀린." 매디가 나를 부르며 이쪽으로 온다. 우리는 꼭 끌어안은 다음 포옹을 풀고, 매디가 말한다. "얼굴 보니까 너무 좋아! 와줘서 정말 고마워."

"매디, 정말 멋졌어. 오늘만큼 셰익스피어에게 감동한 적이 없었던 것 같아."

테일러가 매디와 악수하며 말한다. "사람들이 우는 걸 네가 봤어야 했는데. 너 정말 잘하더라."

우리는 다 함께 극장 밖으로 나가고, 매디와 딜런은 또 아는 사람을 만나 그들과 인사한다. 테일러와 나는 한발 물러서서 기다린다. 시간이 흘러 관객들이 사라지고 친구들도 자리를 뜨자, 매디와 딜런은 키스하기 시작한다. 낯선 남자 몇몇이 그 옆을 지나며 빤히 지켜본다. 테일러도 그쪽을 보고, *나도* 본다.

테일러가 내 쪽으로 얼굴을 돌리고는 한쪽 눈을 치켜뜬다.

"음." 나는 무슨 말이든 해본다. "걔네 평소에는 자주 못 보거든."

"아냐, 좋은 거지. 둘이 정말 좋아하는 것 같은데. 네 친구들, 전부 괜찮은 애들 같아."

"나도 네 친구들 괜찮다고 생각해." 조금 더 확실하게 해두기 위해, "글쎄, 적어도 제이슨은 좋아."

테일러가 웃는다. "응, 제이슨은 내 형제나 다름없어. 온 세상에서 제일 친해."

공기가 쌀쌀해지기 시작한다. 나는 입고 있는 엄마의 스웨터 소매를 내려 손등을 덮는다. 딜런과 매디 쪽을 흘끗 본다. 둘은 아직도 키스 중이다.

테일러와 나는 가만히 서서 어색하게 서로를 바라본다. 매디와 딜런이 뭐라고 중얼거리는 소리가 들린다. 바로 그때, 테일러와 나는 정확히 같은 순간에 서로에게 다가가 입을 맞춘다.

5

테일러가 지도를 챙기고, 나는 메모지와 아이팟 스피커를 챙긴다. 제임스 선생님이 처음으로 발표하고 싶은 사람이 있는지 묻고, 테일러와 나는 팔을 번쩍 든다. 우리는 둘 다 남 앞에서 발표하는 것을 싫어하기 때문에 빨리 해치우고 싶다.

"테일러, 케이틀린. 열의에 찬 모습이 보기 좋구나." 학생인 것처럼 앞줄에 자리를 잡아 앉은 선생님의 얼굴은 진심으로 즐거운 표정이다.

테일러와 나는 교실 앞으로 나아간다. 나를 죽일 듯 노려보는 치어리더들의 시선을 무시하려 노력한다.

테일러와 내가 극장에서 키스하고부터 일주일이 조금 넘게 지났다. 그때 이후로 우리는 통화를 여섯 번 했고, 점심시간에 만나 같이 논 것—물론 딜런과 제이슨도 같이—도 세 번이다. 1교시가 시작되기 전에 주차장에서 만나 키스한 적은 한 번, 미적분 입문 수업 후에는 세 번, 학교 끝나고는 매일 했다. 화요일에는, 영문학관 근처에서 나를 기다리고 있던 테일러가 헨리의 전 여자친구 베서니와 이야기하고 있기에 그쪽으로 갔다. 테일러는 나를 보고는, *베서니, 너 케이틀린 알지?* 라고 물었고, 그 애는 나를 보는 둥 마는 둥 하더니 고개를 저었다. 테일러가 답했다. *그러면 소개할게, 얘가 내 여자 친구 케이틀린이야.* 그러고는 내 팔을, 팔꿈치 바로 밑을 잡았다. 베서니는 안녕이라고 했지만 잘 들리지도 않았다.

이제 나는 칠판 밑에 있는 콘센트에 스피커 전원을 꼽고 아이팟을 연결한다. 그리고 프랑스 가수 에디트 피아프의 노래를 튼다. 엄마가 푹 빠져 있는 가수다. 음악에는 오래된 듯 잡음이 섞여 있는데, 그래서 완벽하다. 자크 드수아만큼 오래된 음악은 아니지만, 그래도 분위기 잡는 데는 그만이다.

테일러와 나는 준비한 커다란 유럽 지도를 칠판에 건다.

그는 나를 바라보며 시작 사인을 기다린다. 나는 고개를 끄덕인다. 테일러는 목청을 가다듬더니 메모지를 내려다본다.

"자크 드수아에게는." 테일러가 발표를 시작한다. "다양한 면이 있었습니다. 그는 수학자이자 프랑스 국민이었고, 달팽이 애호가였으며, 해적이기도 했죠."

잔잔한 웃음이 인다. 즐거운 웃음이다. 나는 내 메모지를 내려다보고 말한다. "항구도시인 니스에서 태어난 자크 드수아는 항상 물에 매료되었습니다. 사실, 그의 첫 번째 수학 프로젝트는 집 근처의 해변에서 파도 사이의 시간 간격을 재는 것이었습니다. 자크 드수아가 그 프로젝트에 너무 몰두한 나머지, 그의 어머니는 매일 해가 지면 해변으로 와서 아들을 데려가야 했습니다. 니스 사람들이 그에게 *가르송 드 로세앙*이라는, 번역하면 '대양의 소년'이라는 별명을 지어줄 정도였지요."

사람들을 흘긋 봤더니, 다들 꽤 재미있어하는 눈치다. 선생님은 씩 웃어 보이더니 엄지를 들어 올린다.

테일러가 말한다. "이것은 유럽 지도인데, 지도에 표시한 부분은 자크 드수아가 여행한 장소입니다. 그의 모험은 처음에는 단순했습니다. 낮에는 사람들이 타는 배, 주로 화물선을 수리하고,

밤에만 황당무계한 실험을 했지요."

"그러다가." 내가 이어받는다. "껄렁껄렁한 친구들과 어울리기 시작하고 말았습니다."

다들 웃음을 터뜨린다.

에디트 피아프의 프랑스어 노래가 잔잔하게 흐르는 가운데, 우리는 지도에 표시해 놓은 지점들 사이를 이동하며 자크 드수아에 얽힌 이야기를 풀어놓는다. 수학 이야기는 많이 나오지 않지만, 제임스 선생님은 개의치 않는 것 같다. 15분 정도 시간이 흐른 뒤 발표가 끝나고, 사람들은 박수를 친다. 나는 아이팟을 끄고 테일러는 지도를 뗀다. 우리는 자리로 돌아가 앉는다. 다른 아이들도 차례차례 앞으로 나가 발표를 시작하는데, 대부분은 급하게 만든 티가 역력한 포스터가 준비물의 전부다. 조악하게 파워포인트를 준비해 온 사람들도 두어 명 있다. 컴퓨터에 파워포인트를 준비하는 시간이, 준비한 수학자의 삶에 대한 지루한 이야기를 늘어놓는 시간보다도 더 길다. 발표가 다 끝날 때쯤, 나는 우리만큼 발표 준비에 시간을 들인 사람이 아무도 없다는 사실을 깨닫는다. 사실 나조차도 학교 숙제에 이번만큼 시간을 들였던 적이 한 번도 없다.

수업이 끝나자 테일러가 말한다. "이따가 만날까?"

테일러 옆에서 늘어져 있는 것도 정말 좋은 생각이지만 나의 답변은, "사실, 해야 할 일이 있어."

6

차량 관리국 건물은 땅딸막하고 밋밋하지만, 내 눈에는 어느 아득하고 이국적인 곳의 관광 안내 책자처럼 멋지다. *살짝만 들여다보세요. 그동안 놓치고 있었던 모든 행복을 경험하게 될 거예요,* 라고 말하는 것 같다.

몇 주 전에 주행시험을 예약해놨다. 그때는 정말 시험을 볼 수 있을지 확신하지 못했지만, 마침내 나는 이곳에 도착했다. 이제 유리 이중문을 통과해, 보안 요원과 미리 예약하지 않은 지원자들의 줄을 지나가고 있다. 주행시험 감독관의 이름은 버사, 버사의 머리카락은 오렌지-핑크-빨간색이다. 아무리 봐도 자연적으로는 존재하지 않는 색이다. 버사는 나를 제대로 쳐다보지도 않고 손에 든 서류에 시선을 고정한 채 내 이름을 부른 다음 작은 네모 상자에 체크 표시를 하기 시작한다. 그러고는 나를 데리고 뒷문으로 나가 작은 차 앞에 멈춰서더니 운전석을 가리킨다. 나는 차에 올라타고, 버사도 옆에 탄 후 문을 쾅, 닫는다.

그때 내 머릿속에 드는 생각은, 진작에 연습을 좀 해놓을 걸 그랬다.

테일러 차를 대신 운전했던 날을 제외하면 거의 몇 달이 넘도록 운전대를 잡지 않은 셈이고, 사실 그전에도 연습을 자주 하지는 않았다. 주말 아침 일찍 아빠가 나를 데리고 세이프웨이 주차장에 데려가서 연습시켰던 적이 몇 번 있고, 한번은 엄마가 고속도로에 데려가서 연신 "잘하고 있어!"라고 해줬다. 그렇지만 내가 운전대를 잡고 정확히 시속 100킬로미터를 유지하려고 애썼던 10분 내내, 엄마는 쿠션을 구명보트처럼 꼭 부여잡고 있었다. 그리고 내 운전 강사인 '살'이 있었다. 그는 사람들이 '과소성취자'[*]라고 부를만한 사람이었다. 어느 날 아침 살은 나를 데리고 나가 로스 세로스 여기저기로 차를 몰게 했고, 내가 대체로 차선도 넘지 않고 깜빡이도 잘 켜는 것을 확인하더니 이렇게 말했다. "운전 잘하는 것 같은데. 이걸로 15시간 다 채웠다고 치고 여기에 사인해주면 어떻겠니. 빨리 끝내고 가자."

그러니 지금 버사 옆에 앉아 있는 내가 3점 방향 전환은 어떻게 하는지, 빨간불이지만 회전해도 될 때가 언제인지, 무엇보다도 어느 쪽이 액셀이고 어느 쪽이 브레이크인지 고민하며 조금 긴장감을 느낀다고 해서 이상할 일은 아닌 것이다.

"저 앞까지 쭉 가다가." 버사가 들고 있던 서류로 앞에 있는 텅 빈 직선 도로를 가리킨다. "우회전하고, 그다음에 3점 방향 전환해서 이 길 따라 돌아올 거야."

"알겠습니다."라고 나는 대답하지만, 움직이지는 않는다. 고민하고 있다. *이게 액셀이야, 브레이크야? 액셀? 브레이크?* 주차장에서 아빠가 가르쳐줬던 것을 떠올리려 한다. 연습하러 나간 날들은 대부분 맑고 화창했다는 것, 아빠는 테니스 재킷을 입고 있었다는 것, 연습을 마친 후에는 세븐일레븐에서 핫초코를 마셨다는

[*] Underachiever. 자기 잠재력을 제대로 발휘하지 못하고, 능력 이하의 직업으로 살아가는 사람들. 일에 무심하거나 좌절감을 느끼는 경우가 많다.

것은 기억나지만, 어느 쪽이 브레이크인지는 기억나지 않는다.

"이제 시동 걸어." 버사가 말한다.

"아, 네."

나는 두 발을 내려다보고, 아빠가 했던 말을 떠올린다. 아빠는 운전할 때 하는 행동들을 전부 *설명하기는* 어렵지만, 일단 운전을 시작하고 나면 몸이 알아서 적응한다고, 그러면 더 깊이 생각할 것 없다고 했다. 조수석에 앉은 버사가 몸을 들썩이고 뭐라고 한마디 할 낌새를 보이자, 나는 그냥 해보기로 한다. 왼쪽 페달에 발을 올려놓고 그것이 브레이크이기를 빈다. 테일러를 태우고 달렸던 그날 모든 것이 순조로웠고 딱히 고민할 것도 없었다는 사실을 떠올린다. 열쇠를 꽂고 시동을 켜자 기적적으로, 엔진만 돌아가고 차는 움직이지 않는다. 기어를 드라이브로 바꾸고 오른쪽 페달을 밟자 차가 출발한다.

나는 버사가 하라는 대로 하고 있다. 조용한 거리를 따라가고, 실상은 간단하기만 하고 아무것도 아닌 3점 방향 전환을 한다. 그 다음에는 다시 차를 몰고 차량 관리국 뒷문으로 와서 주차한다.

시동을 끄고, 비상정지장치도 잊지 않고 해제한다.

버사는 서류에 체크 표시를 더 하고 뭐라고 코멘트를 끄적인다. 그러고는 나를 보며 말한다. "축하해."

버사는 자기를 따라서 안으로 들어오라고 하고, 우리는 내부를 가로질러 걷는다. 내 마음이 사랑으로 가득 찬다. 차량 관리국, 그리고 이곳의 낮은 천장과 더러운 바닥과 줄줄이 늘어선 참을성 없는 사람들, 특히 버사를 향한 사랑으로. 버사는 나 같은 사람들도 넓은 도로를 달릴 수 있도록 매일 위험을 감수하며 일하고 있으니까.

"앞으로 1년 동안은 다른 미성년자를 태우고 운전하면 안 된다는 것, 알지?" 버사가 묻는다.

버사의 눈이 찡긋 움직인다. 내게 윙크한 걸까? 그런 것 같다.

"그럼요." 나는 버사를 위해 대답한다.

버사는 들고 있던 서류를 내게 주더니 줄 서서 기다리라고 한다. 나는 기다리고 또 기다린 다음, 카메라 앞에 선다. 화면에 나온 내 사진을 흘긋 보니 눈을 감은 것 같지만, 그딴 게 무슨 상관이겠어?

다 끝나기 전에는 증서를 한 장 받는다. 우편으로 정식 운전면허증이 배송되기 전까지 쓸 수 있는 임시 면허증이다. 나는 밖으로 나가 갓돌 위에 앉아서 엄마에게 데리러 와달라고 전화한다.

엄마가 나타나자, 나는 운전석 쪽으로 성큼성큼 걸어간다.

창문이 내려간다.

"안녕, 우리 딸." 엄마는 의아한 표정으로 나를 바라본다.

"눈 감아 봐."

"왜?"

"눈 감아 봐!"

엄마가 눈을 감는다.

"이제 손 내밀어 봐."

엄마는 잠시 눈을 뜨고 기어를 파킹으로 바꾼 다음 다시 눈을 감는다. 그러고는 창문 밖으로 손을 내민다. 나는 임시 면허증을 엄마 손바닥 위에 놓는다.

"눈 떠!" 나는 소리를 꺅 지른다.

엄마는 손에 놓인 것을 빤히 보다가 눈을 한 번 깜빡이더니, 나를 보며 환히 웃는다.

"대체 언제……." 엄마는 입은 열었지만, 말을 끝맺지 못한다. 그 대신 벨트를 푸르고 차 문을 연 다음 밖으로 나온다. 열린 문 옆에 서서, 운전석에 타라고 화려한 몸짓을 한다.

"감사합니다." 나는 아주 정중한 어조로 답하고 운전석에 앉는다. 이제 그럴 자격이 있으니까.

집에 도착한 후에는 딜런에게 전화하지만, 답이 없다.

그다음에는 테일러에게 전화한다. 테일러가 전화를 받자 말한다. "나 면허 땄어!"

"원래 면허 없었어?" 테일러가 묻는다.

"없었는데. 말했잖아, 기억 안 나?"

"깜빡했나 봐. 그래도 정말 잘됐네. 조만간 나 한번 태워줘."

삑삑거리는 소리가 들려서 핸드폰을 확인하니 딜런이다.

"이제 끊어야겠어. 그 소식 전해주려고 전화한 거야."

"조만간 나 태워주는 거지?"

"글쎄."라고 말하고는 잠시 후 덧붙인다. "좋아."

나는 딜런의 전화를 받는다. "네가 자동차를 인류의 범죄라고 생각한다는 건 알지만, 나 오늘 면허 땄어."

"잘했어! 축하한다. 내일 학교까지 태워다 주는 거, 어때?"

"좋아." 하지만 곧 긴장감이 엄습한다. "그런데 내 차 스틱이야. 운전해본 적도 몇 번 없어. 시험은 오토로 봤거든."

딜런이 말한다. "난 스틱 운전할 수 있어. 내가 내일 아침에 너희 집으로 갈게. 같이 운전해보자. 네가 교차로 같은 데서 기어 때문에 헤매게 되면, 내가 운전하면 되잖아."

"잠깐. *너*, 스틱 운전할 수 있다고?"

"어, 응." 딜런은 당연하다는 듯 대꾸한다.

"너 면허 없잖아."

"아냐, 있어."

"석유 사용을 줄이면 전쟁도 막을 수 있다며!"

"그건 사실이야. 하지만 면허가 있으면 쓸 데가 많잖아. 가끔은 운전도 해야 하지 않겠어? 그러니까 내일 아침 7시 15분까지 너희 집으로 갈게. 알았지?"

7

아침 7시가 되자 딜런은 양손에 보온병을 들고 우리 집 문 앞에 나타난다.

문 반대편에 선 딜런은 "받아."라고 중얼거리며, 보온병 하나를 쑥 내민다. "우유랑 설탕은 아직 안 넣었어."

"좋은 아침이야." 내가 말한다.

딜런은 눈을 가늘게 뜨고 커피를 한 모금 마신다. 까만 커피 한 방울이 턱을 따라 흐르자 입고 있는 후드티 소매로 커피를 닦아 낸다. 그러고는 안으로 들어온다.

부엌에 서 있던 엄마 아빠는 딜런이 나를 뒤따라 들어오자 들뜬 모습이다. 아직 딜런이랑 이야기도 많이 못 해본 데다가, 뚱한 딸에게도 친구가 있다는 소식에 여전히 기뻐하는 것이다.

딜런은 인사 차원에서 반지와 가죽 팔찌를 한 손을 들어 보인다. 나는 냉장고를 열고 하프 앤 하프*를 집는다. 뒤로 돌아서자, 우리 넷은 작은 원을 그리고 서서 서로를 바라보고 있다. 엄마 아빠는 딜런을 보고 웃고, 딜런은 어리둥절한 눈빛으로 둘과 마주 보다가 흐릿한 미소를 지어보인다. 나는 다시 뒤돌아서서 찬장에 있는 설탕 단지를 내린다.

"그래, 연극은 어땠니?" 엄마가 묻는다.

"연극이요?" 딜런이 이마를 긁으며 되묻는다. "아, 연극 말이

* 우유와 크림을 섞은 제품. 커피나 홍차에 넣는다.

죠." 딜런은 부엌 조리대에 몸을 기대고 커피를 한 모금 마신 다음 대답한다. "정말 재미있었어요."

"어떤 연극이었어?" 아빠가 묻는다.

"《로미오와 줄리엣》, 맞지?" 엄마가 말한다.

나는 설탕을 한 숟갈 떠서 커피에 넣는다.

"네. 제가 전에 다니던 학교에서 했어요."

설탕을 또 한 숟갈 넣는다.

"딜런 친구들이 직접 참여했다지?"

"딜런 여자친구요." 내가 커피를 휘휘 저으며 대답한다.

"정말 멋지구나." 아빠가 말한다. "나도 연기하면 재미있겠다고 항상 생각했는데."

엄마 아빠는 조금 더 딜런을 바라보고, 딜런과 나도 엄마 아빠를 바라본다.

"토스트 먹을래?" 엄마가 묻는다.

"네." 딜런이 답한다.

딜런과 나는 토스트를 먹고, 다정하지만 어색한 부모님에게서 도망친다. 뒷문을 통과해, 벽돌 테라스와 부모님의 토마토밭을 지나 진입로로 향한다.

"안녕, 자동차야." 내가 말한다. "모험 한번 떠나볼까?"

딜런이 눈을 찌푸린다. "이 차, 마지막으로 운전했던 게 언제야?"

"모르겠네. 하지만 시동은 자주 켜봤으니까, 배터리는 괜찮을 거야."

나는 문 열고 운전석에 탄 뒤 조수석으로 손을 뻗어 그쪽 잠금 장치를 푼다. 차에 탄 딜런은 안전벨트를 맨다. 내가 열쇠를 꽂는 사이, 딜런은 내가 의자에서 뜯어낸 털 뭉치를 하나하나 모아 가방 주머니에 넣는다.

"자동차 관리 좀 잘해. 이게 다 뭐야?"

나는 대답하지 않기로 하고 눈만 굴린다.

"야." 딜런이 내 안전벨트를 가리킨다. "벨트 매야지?"

"분부대로 하겠습니다."

내가 시동을 켜자 자동차가 툴툴거리며 잠에서 깬다. 카세트에서 음악이 최대 볼륨으로 터져 나오는데, 딜런은 꿈쩍도 하지 않는다. 나는 클러치 위에 한쪽 발을, 액셀 위에 다른 발을 올려놓고 진입로 밖으로, 도로로 나아간다. 딜런이 주먹을 꼭 쥔다.

"좋아, 앞으로 가고 있어. 이제 망할 놈의 속도 좀 줄여보지 그래?" 음악 속에서 딜런의 목소리가 들린다.

나는 웃음을 터뜨린다. 내가 우리를 어딘가로 데려가고 있다는 사실에 행복하다. 나는 빨간불에 맞춰 속도를 줄이고, 볼륨도 줄인다.

신호등이 초록색으로 바뀐 다음 클러치에서 발을 뗐는데, 너무 빠르게 떼는 바람에 차가 멈추어 선다.

"썅!" 나는 열쇠를 돌리고, 내 뒤로 길게 늘어선 자동차 중 하나가 경적을 울린다.

딜런이 말한다. "괜찮아, 별일 아냐. 빨리 가고 싶으면 돌아 가라지, 뭐."

"썅 썅 썅." 나는 연거푸 열쇠를 돌리지만 계속 실패하고, 자동차는 요동치더니 완전히 죽어버린다.

"이런 썅!"

"겨우 몇 분 전에 시동 켰잖아. 또 할 수 있어." 딜런은 내 어깨 위에 손을 올리고 말한다. "숨 들이쉬고."

나는 심호흡한다. 다시 시동을 켜본다. 브레이크 페달 위에 있던 발을 액셀로 옮긴다. 천천히 클러치를 놔주고 액셀을 밟자, 자동차는 쿨럭쿨럭 요동치더니 부드럽게 앞으로 나아간다. 나는 기뻐서 꺅꺅거리고, 딜런은 의자 깊숙이 몸을 기댄다. 마침내 안도한 듯한 얼굴이다.

8

지금은 영어 수업 시간. 로버트슨 선생님의 지시에 따라 조별로 모여 앉아 《주홍 글씨》에 나오는 위선을 주제로 토론하고 있다. 연필심이 부러지는 바람에 연필을 깎으러 자리에서 일어선다.

"아니 요즘 세상에도 그런 연필 쓰는 사람이 있어?" 딜런이 나를 놀리고는 다시 책을 본다.

나는 딜런의 의자를 지나 책상이 다닥다닥 붙어 있는 사이를 비집고 걸어간다. 나와 연필깎이 사이에는 헨리 루카스와 얼리샤의 친구들이 있고, 나는 점점 그들에게 가까워진다. 그 애들은 항상 그러듯 헨리에게 끼 부리는 중이다. '부잣집 따님'이 손가락으로 헨리의 귀를 만지고, '엔젤'이 손가락을 잡아당긴다. 나는 누군가의 가방에 발이 걸려 넘어질 뻔하고, 딜런은 나를 보며 뒤에서 킥킥 웃는다. "미안!" 나는 사과하고 연필깎이쪽으로 향한다. '엔젤'의 손가락이 헨리의 팔을 더듬어 오르고 있다. 헨리는 짜증 난 얼굴이다.

"네 금요일 파티에 새 남자친구 데려가도 괜찮지?" '부잣집 따님'이 묻는다. "우리보다 나이가 많거든. 술 사 오라고 시키면 돼."

몇 초 동안 연필깎이 소리에 그들의 대화 소리가 묻힌다. 다시 그들의 책상 옆을 지나는데, 헨리가 말한다. "누가 그래? 내가 금요일에 파티 열 거라고?"

나는 딜런 옆, 내 자리에 앉는다.

"너 파티 좋아해?" 딜런에게 묻는다.

"쉿! 이 챕터에서 호손이 '불명예'라는 단어를 몇 번이나 썼는지 세는 중이라고."

"모범생 납셨네."

"챕터 별로 몇 번이나 쓰였는지 도표로 만들어서 수치심과 망신의 정도를 수치화해볼 생각이야."

"이 책을 수학 공식으로 만들 셈이야? 그건 불가능해."

"시도는 해볼 수 있지." 딜런이 펼쳐 든 책 너머에서 말한다.

"그건 그렇고, 파티 말이야. 어떻게 생각해?"

"뭐, 나쁘지 않지."

"비밀 하나 말해줄까?"

딜런이 책을 내려놓고 대답한다. "그래."

"나, 파티에 한 번도 안 가봤어."

딜런이 눈을 깜빡인다. "무슨 말이야?"

"그러니까, 학교 애들이 여는 파티에 한 번도 안 가봤다고."

"통에 든 맥주 안 마셔봤어?"

"응."

"꽐라 된 애들이랑 모여 앉아서 누가 누가 예쁜지, 그런 이야기도 안 해봤고?"

"응."

"그 집 안방에 들어가서 문 잠그고 키스한 적도 없고?"

나는 기억을 더듬는 것처럼 고개를 갸우뚱한다. "한 번도 없어."

"흠." 딜런은 노트를 펴고 단어 몇 개, 숫자 몇 개를 끄적인다. 그러더니 의자에 몸을 편히 기댄 후 나를 찬찬히 살펴본다.

"케이틀린." 딜런이 선언한다. "그건 불명예야."

9

그날 밤, 테일러가 전화를 건다. "지금 나올 수 있어?" 테일러의 목소리는 말도 안 될 정도로 다정하고 들떠있다.

"한번 물어보고 다시 전화할게."

부모님은 마당 정원에 있다.

"이것 좀 봐라!" 아빠가 내게 손짓한다. 양손에 하나씩, 트로피라도 되는 듯 푸릇푸릇한 아티초크를 들고 있다. "올해 처음 수확한 아티초크야."

"어때?" 엄마가 묻는다. "구워 먹을까? 올리브유랑 소금만 살짝 넣고 구우면, 채소 본연의 맛을 느낄 수 있을 거야……."

나는 한쪽 발에서 다른 쪽 발로 무게 중심을 옮긴다. 엄마 아빠에게 실망을 안기고 싶지는 않지만, 테일러에게 나쁜 소식을 전하는 것도 싫기는 마찬가지다.

"오늘 먹으려고?" 내가 묻는다.

"뭐하러 묵혀놔?" 아빠가 말한다.

"있잖아, 오늘 밤에 테일러랑 같이 밥 먹을까 싶어서……." 말끝을 흐리며 부모님의 반응을 살핀다. 아빠의 얼굴에 실망한 기색이 스친다. 엄마는 더 활짝 미소 짓지만, 나는 그것이 속내를 감추려는 엄마만의 방식이라는 것을 잘 알고 있다.

"그런데," 하고 내가 말한다. "*올해 처음 수확한 아티초크*를 놓칠 수는 없잖아."

아빠가 고개를 끄덕인다. "안타깝지."

"그리고 테일러도 아티초크 좋아할 것 같은데."

엄마 아빠의 얼굴이 밝아진다. 같은 날에 딜런*에다가* 테일러*까지* 만난다고? 문제아의 부모님으로서는, 천국이나 다름없을 것이다.

"저녁 식사는 8시 15분에 시작됩니다." 엄마가 교장 선생님 같은 말투로 말한다. "리처드, 바질 좀 뜯어줘. 난 옷 좀 갈아입어야겠어."

나는 위층으로 올라와 테일러에게 전화한다.

"있잖아." 테일러가 전화를 받자 말한다. "아티초크 좋아해?"

"아티초크?"

"응, 먹는 거."

"우리 엄마 아빠는 전통적인 채소를 더 좋아해서 말이야. 알지, 당근, 완두콩, 옥수수…… 그런 거 말이야. 아티초크는 한 번도 안 먹어본 것 같은데."

"그렇다면." 나는 긴장으로 얼굴을 잔뜩 찡그리며 말한다. "오늘 밤에는 네가 운이 좋네. 우리 집에서 아티초크 먹자."

나는 잠시 숨을 삼키고 테일러의 답변을 기다린다. 대답에서 머뭇거림이 묻어난다면 마음이 아플 것이다.

"네 부모님이 나보고 오라 하셨어?" 기쁘게도 그 애의 목소리는 들떠있다.

"응."

"잠깐, 혹시 네가 먼저 물어봐서 어쩔 수 없이 허락한 거 아냐? '그래, 계획에 없던 일이라 음식이 모자라겠지만 네가 정 그 애를 부르고 싶다면 가서 수저랑 그릇 놔두렴.' 이런 식으로? 아니면, '테일러에 대해 더 알고 싶으니 그 애가 저녁 식사에 와준다면 정말 기쁘겠구나.' 이런 거야?"

속사포 같은 테일러의 말이 끝나기도 전에 나는 웃음을 터뜨리고 만다.

"후자야." 나는 낄낄 웃으며 대답한다. "확실히 후자야."

"그래, 시간은?"

"8시."

"알았어." 움직이는 소리, 부스럭거리는 소리가 들린다. "제길, 벌써 7시도 넘었잖아! 금방 갈게." 전화가 끊긴다.

테일러는 몇 분 일찍, 지난번에 집에 왔을 때와 마찬가지로 갓 샤워한 후의 향기를 머금고 도착한다. 아빠는 손을 뻗어 테일러와 악수한다. 엄마는 살짝 안아준다. 왠지 엄마가 눈물을 참고 있는 것 같다는 생각이 들지만, 그저 내 상상이겠지.

"안녕." 테일러는 내게서 네 걸음 정도 떨어진 곳에서 손을 들고 뻣뻣한 인사를 한다.

"안녕." 나도 인사한다.

키스하고 싶다.

식사 준비가 끝나 테이블로 이동하고, 엄마 아빠와 나는 평소와 다른 자리에 앉는다. 우리는 항상 셋만 있다 버릇해서, 넷이 모이니 자리가 달라진 것이다. 나는 항상 아빠가 앉던 쪽에 자리 잡고, 엄마는 평소처럼 끝쪽이 아닌 내 반대편에, 아빠는 엄마 옆에, 테일러는 내 옆에 앉는다.

한동안 가벼운 대화가 이어진다. 어색하지는 않다.

"운동도 하나?" 아빠가 묻는다.

"아뇨." 테일러가 대답한다. "그래도 스케이트는 가끔 타요."

"스케이트보드 말하는 거야." 나는 급하게 설명을 곁들인다. 이러면 엄마 아빠가 스케이트라는 말을 하키나 인라인스케이트나 그만큼 창피한 무언가로 착각하고 바보 같은 질문을 할 일이 없겠지.

"얘, 우리도 알아." 엄마는 장난기 가득한 목소리로 대꾸한다.

테일러는 아티초크를 맛있게 먹고, 엄마 아빠의 텃밭에 관해 묻고, 채소 기르는 법을 배우고 싶다고 말한다.

"언제든 와서 봐라." 아빠가 말한다. "저녁이나 주말에는 대부분 마당에 나가 있으니까. 한번 들러." 아빠는 테일러의 완벽하지는 않았던 첫인상을 전부 잊어버린 듯한 눈치다.

테일러가 답하기를, "정말요? 좋아요." 나는 손을 뻗어 그 애를 만지는 일이 없도록 온 힘을 쏟고 있다. 우리는 정말 가까이 있다. 키스하고 싶다는 말, 이미 했지?

식사를 마친 다음, 나는 부엌으로 가서 냉동고를 연다.

"심각한 문제가 있는데." 내가 말한다. "디저트가 없어."

엄마 아빠는 눈빛을 교환한다.

"너희 둘이 가게 가서 아이스크림 좀 사 올래?"

"그래." 나는 애써 태연하게 말한다. "무슨 맛으로 사 올까?"

"네가 골라." 아빠가 답한다.

테일러와 내가 집을 나서는데, 엄마가 내 옆을 지나치며 속삭인다. "세이프웨이에 갔다가 바로 집에 오는 거야, 알았지?"

얼굴이 달아오른 나는 성난 목소리로 말한다. "당연한 말을."

함께 차에 올라타자마자 나는 테일러의 다리에 손을 얹고 그쪽으로 다가간다.

"기다려!" 테일러가 말한다. "보고 계실지도 몰라!"

테일러는 조심스럽게, 책임감 있게 차를 몰고 블록 끝까지 가서 회전한 다음 주차한다.

나는 안전벨트를 푸르고 테일러의 무릎 위로 올라간다. 테일러가 내 얼굴을 어루만지고, 우리는 영화의 한 장면처럼 진하게 키스한다. 평소라면 보고 있는 것도 불편해서 몸을 비비 꼬았을, 그런 장면처럼. 눈을 뜨자 옆 건물 유리창에 비친 후미등이 보인다.

"후미등 꺼."

테일러가 등을 끈다.

그 애의 손이 부드럽게 움직여 내 셔츠 위로, 등을 어루만진다. 테일러의 목에 키스하자 짭짤한 맛이 느껴지고, 나는 더 세게 입을 맞춘다. 감싸 안은 다리를 더 꼭 조여낸다.

"가게에 가야 하잖아." 테일러는 중얼거리며 내 머리카락을 훑는다.

운전대가 내 등을 누르고 있지만 거의 느껴지지 않는다. 그의 손이 내 허벅지를, 무릎의 곡선을 타고 내려간다.

"응, 그래야겠지."

우리의 입맞춤은 입이 얼얼해질 때까지 계속된다.

테일러의 무릎에서 내려와 내 자리에 앉자 밀려드는 피로와 행복감. 시계를 보니 9시 55분이다.

"집에서 몇 시에 나왔지?" 테일러가 묻는다.

"모르겠는데. 서둘러야겠다."

"더 가까운 곳에 세븐일레븐이 있어."

"응, 그리로 가자."

테일러는 다시 등을 켜고 시동을 건다. 나는 운전하는 그 애의 모습을 바라본다. 둥그런 귓바퀴를, 목선이 어깨와 만나는 지점을, 내 무릎 위에 놓인 팔을 만져본다.

주근깨가 콕콕 박힌, 예쁘고 완벽한 팔.

"테일러." 그 애의 이름을 수백만 번은 불러봤지만, 이번에는 다르다. 그 이름을 부른 첫 번째 사람이 나인 것 같은, 테일러라는 이름을 가진 사람이 여기 한 명뿐인 것 같은 느낌.

"응?"

나는 그 애의 손에 깍지를 낀다. 테일러는 차를 세운다. 나는 아무 말도 하지 않는다. 그저 그 애의 이름을 불러보고 싶었다.

"무슨 맛으로 살까?" 테일러가 묻는다.

"캐러멜 든 거면 뭐든 좋아."

테일러는 내 손을 한 번 꾹 쥐었다가 놔준다. 그리고 자동차 문을 열고 밖으로 나가 닫은 다음, 세븐일레븐의 형광 불빛을 향해 걸어간다.

10

"이런 식으로 계속해 나가는 거야, 그게 최선이라고 생각해." 델라니 선생님이 성적표를 보며 말한다.

지금은 수업이 다 끝난 시간, 나는 델라니 선생님과 선생님의 교무실에 있다. 책이 선반마다 가지런히 쌓여 있고, 찻잎 통이 책상 한쪽 구석에 놓여 있다. 벽에는 선생님이 찍은 모텔 사진이 붙어 있다.

"사진 정말 좋아요." 내가 말한다.

선생님은 내 시선 끝에 있는 자신의 사진을 확인한다. "고마워."

"그 사진들, 아직은 아무것도 아니야. 글쎄, 그건 아니고. 무언가의 *시작*이라고 해야겠지."

"시작이라니, 무슨 뜻이에요?" 나는 한 장의 사진이 다른 것의 시작이라는 생각은 해본 적 없다. 선생님의 설명이 듣고 싶다.

"내 작업은 자신을 이해하는 과정과 밀접하게 연결되어 있어. 가장 최근에 했던 작업, 네가 갤러리에서 봤던 작업은 분할과 통합을 주제로 했지."

선생님은 높고 커다란 수납장에서 사진을 몇 장 꺼내 내 앞에 늘어놓는다. "그 작업의 시작이 바로 이 사진들이었어."

사진마다 다른 공간이, 다른 여자가 등장한다. 그중에는 델라니 선생님도 있다. 사진 교실에서, 사진 관련 용어와 도표로 가득한 화이트보드에 기대고 서 있는 모습이다. 다음 사진은 작고 어지러운 부엌에서 찍은 것이다. 한 앳된 여자가 테이블에 앉아있고, 옆에 신문 더미가 있다. 낯익은 얼굴인데 누군지는 모르겠다.

"그건 우리 아버지네 부엌이야."

나는 여자를 더 자세히 들여다본다. 대학교 로고가 있는 헐렁한 맨투맨에, 머리는 높게 올려 묶었다. 테이블에 엎드려 팔꿈치를 괴고 있다.

"이 사람이 *선생님*이라고요."

"응."

"대학생일 때 찍은 거예요?"

"아니. 2년 전. 그때 우리는 이미 아는 사이였어."

"정말이에요?"

놀라움을 숨기지 못하는 나를 보며 선생님이 웃음을 터뜨린다. 선생님이 이런 식으로 웃는 것은 처음이다. 웃음소리가 앳되다. 이렇게 웃는 사람이라면 식당 옆자리에 앉아 있다고 해도, 영화관 매표소에서 내 뒤에 서 있다고 해도 이상하지 않다. 데이비와 어맨다의 친구라고 해도 어울린다. 나는 다음 사진으로 넘어간다. 그 사진에 찍힌 선생님의 얼굴 역시 알아보기 힘들다. 내려뜨린 머리카락은 아래로 쭉 뻗어 어깨 위를 스친다. 선생님은 침대 위에 무릎을 꿇고 앉아 똑바로 카메라를 응시한다. 침대 양쪽에 있는 작은 탁자 위에서는 초가 타고 있다. 자그마한 새틴 캐미솔 차림이다. 처음에는 학교 선생님이 그렇게 헐벗고 있는 모습을 마주하게 되어 부끄러웠지만, 지난 3년 동안 델라니 선생님의 사진 수업에서 봤던 수많은 누드 이미지들을 떠올리고 나니 그렇게 이상해 보이지 않는다.

"신디 셔먼*에게서 영감받은 거야." 델라니 선생님이 말한다. "그 작가에 대해 배웠던 것 기억하지?"

나는 고개를 끄덕인다. "다양한 인물로 분장한 자신의 모습을

* 1970년대부터 활동한 미국의 사진작가. 미디어에 자주 등장하는 여성상을 재현하거나 극적으로 편집한 자화상 작업이 잘 알려져 있다.

자화상으로 촬영했어요."

"맞아. 다만, 나는 다른 사람이 되려고 했다기보다는, 나의 다양한 자아를 화해시키려고 했어. 선생님이자 예술가, 연인, 딸, 친구 등등."

"이 사진들 정말 멋져요."

"이 사진들은 시작점이었어. 저기, 모텔 사진과 마찬가지로. 사실 자화상은 너무 직설적이었어. 그래서 집에 있는 사물을 찍었는데 그런 건 너무 정적이었지. 결국에는 인형에 안착했어. 사물인 건 매한가지지만, 본질적으로 인형은 여성의 몸을 재현하는 물체니까. 인형을 절단해서 절단한 조각을 나머지 부분과 떨어뜨려 살펴보고 다시 합쳐내니, 그동안 떠안고 있던 문제들을 본격적으로 고민할 수 있었어."

"지금은 무슨 문제를 고민하고 있어요?"

선생님은 사진을 모아서 다시 수납장에 넣는다. 내 질문이 너무 사적인 것은 아니었는지 걱정된다.

선생님이 한숨을 쉰다. "글쎄, 케이틀린, 우리 둘 다 고민 중인 문제일 것 같아. 무언가를 잃어버렸다는, 도저히 떨쳐낼 수 없는 느낌. 어두움. 공허감." 벽에 붙은 선생님의 사진이 선생님의 이야기와 상응한다. 열 개 남짓의 사진에는 "빈방 있음" 사인이 어둠 속에서 빛나고 있다.

"난 *항상* 그래. 처음에는 너무 직설이야." 선생님이 말한다. "하지만 전에도 말했던 것처럼 이건 이 프로젝트의 시작일 뿐이야."

선생님은 사진 보기를 멈추고 몸을 돌려 나를 본다.

"자, 이제 네 이야기로 돌아가자. 거의 1년이 다 되도록 이상한 사진만 찍은 데다가 밀린 과제도 수두룩한데, 어떤 사진을 찍어서 그걸 만회할 셈이니?" 선생님이 하는 말은 가혹하지만, 얼굴에는 내내 미소가 걸려 있다.

"선생님이 추가 숙제 내주시려는 것 아니었어요?"

"아닌데. 네가 직접 생각한 과제를 제출하는 편이 훨씬 재미있을 것 같아."

선생님은 선생님의 책들을 가리킨다. "저 책들 살펴보면서 아이디어 얻고 싶으면 그렇게 해. 과제 채점 다 하려면 몇 시간은 걸릴 거야."

나는 일어나서 손가락으로 책등을 훑어본다. 세라 문*, 워커 에번스*, 모나 쿤*. 전부 내가 좋아하는 사진작가들이다.

"있잖아요." 내가 말한다. "괜찮다면, 저번에 선생님이 말씀하셨던 사진 서랍을 보고 싶어요. 잉그리드의 사진으로 꽉 찼다는 서랍 말이에요."

"그래." 선생님은 수납장을 가리킨다. "맨 밑에 있어. 나는 교실에 있을 테니까 마음껏 보렴."

* 1970년대부터 활동한 프랑스 패션 사진작가. 모델 출신이다.
* 1930년대에서 1970년대까지 활동한 미국의 사진작가. 대공황을 주제로 한 작업으로 유명하다.
* 1990년대부터 활동한 브라질 사진작가. 주로 대형 인물 사진 작업을 한다.

델라니 선생님이 교실에 있는 전화기를 내어주어, 나는 부모님에게 전화해 저녁 시간이 지나서야 집에 갈 거라고 알린다. 그러고는 교무실 바닥에 앉아 서랍을 열어본다. 선생님이 말했던 대로, 나를 찍은 사진이 수백 장쯤 있다. 알아볼 수 있는 사진도, 존재를 몰랐던 것도 있다. 나는 내 사진들을 옆으로 치워놓고 계속 안을 뒤져본다.

잉그리드의 방을 찍은 사진을 한 장 발견한다. 여기저기에 높이를 달리해 걸어 놓은 종이 등불에서 부드러운 빛이 뿜어져 나와 잉그리드의 잡지와 흩어진 옷가지를 조명한다. 그 사진을 내 앞에 놓는다. 잉그리드의 엄마 아빠가 집 뒷마당의 수영장에 앉아 있는 사진도 집어 그 옆에 놓는다. 사진 더미 밑쪽에는 잉그리드의 책상 사진도 있다. 색연필과 탄산음료와 잉그리드의 일기장, 이제는 내 일기장인 그것이 앞부분에서 펼쳐져 있다. 화장품과 스프레이와 머리핀으로 너저분한 화장실 세면대 사진도 있다. 자화상 사진이 하나 더 나온다. 거울 앞에 서서 사진기를 들고 있는 자기 모습을 클로즈업한 사진이다. 잉그리드의 얼굴 대부분은 카메라에 가려져 있다. 나는 그 애의 턱 끝을 건드려본다. 그리고 그 사진을 다른 사진 옆에 둔다.

델라니 선생님이 열려있는 문틈으로 나타난다. "차를 좀 끓일 생각인데, 너도 마실래?"

나는 고개를 끄덕이고 탐색을 계속한다.

잉그리드의 레코드플레이어. 보들보들한 풀잎사이로 보이는 분홍색 발가락. 데이비네 집 거실의 한구석. 창문 너머로 보이는 전화선, 그 끝에 맺힌 빗방울.

델라니 선생님은 사진 주변을 빙 돌아서 내 옆쪽 창틀 위에 김이 솟아오르는 머그잔을 놓는다. 그러고는 조용히 자리를 비킨다.

한쪽 무릎 밑에 상처가 있는 잉그리드의 다리. 소파에서 자고 있는 잉그리드의 아빠. 나는 사진을 파헤치고 분류하고 응시한다. 완전히 몰두하는 바람에 날이 저물었는지도 모르고 있는데, 델라니 선생님이 불을 켠다. 나는 눈을 깜빡이다가 자리에서 일어선다. 잉그리드가 살았던 삶의 조각들로 가득한 교무실 바닥을 바라본다.

골라놓은 사진을 전부 모아서 교실로 간다. 델라니 선생님은 차를 홀짝이며 소설을 읽고 있다. 시계를 보니 거의 9시다.

"이런, 죄송해요. 시간 가는 줄도 몰랐어요."

선생님이 책에서 흘낏 눈을 뗀다. "괜찮아. 마음에 드는 아이디어 찾았어?"

나는 고개를 젓는다. "아직이요."

선생님은 책을 덮고 마지막 한 모금의 차를 마신다. "영감이 번쩍 떠오를 때도 있지만, 찾아 헤매야 할 때도 있는 법이야."

"이 사진들, 빌려도 될까요?"

선생님은 내가 들고 있던 사진 뭉치들을 받아 들더니 몇 장 넘겨본다.

"넣어갈 파일철 하나 줄게."

그 후 나는 선생님이 교실 문을 잠그는 것을 돕는다. 우리는 함께 주차장으로 가서 각자의 자동차에 올라타고, 좋은 밤을 빌어준다.

11

아빠가 데워준 저녁을 다 먹은 다음 트리하우스로 올라가 한쪽 벽면에 기대고 앉는다. 이제까지 세워놓은 벽은 등을 대고 있는 이것 하나뿐이다. 여기에 앉아 있으면 언덕의 흐릿한 윤곽, 그리고 저 멀리 주택가에서 흘러나오는 빛이 보인다. 나는 등을 대고 누워 하늘의 별을 응시한다. 헤드폰을 귀에 대니 슬프고 음울한 음악이 나온다. 공기가 너무 싸늘해질 때쯤, 백팩에서 잉그리드의 일기장을 꺼내 다음 장을 읽는다. 마지막으로 일기를 읽고 오랜 시간이 흘렀다. 그동안은 그저 일기장을 가지고만 다녀도 충분했던 날들이었다. 나는 손전등을 켜고 바닥 가장자리에 앉아, 까만 허공 속으로 발을 달랑거린다.

제이슨에게,

오늘 난 죽을 것 같았어. 잠에서 깼는데 눈을 뜨기 싫더라. 똑같은 자세로 누워서 다시 잠들어 보려고 했어. 실패했지만.

케이틀린이 전화해서 놀자고 했는데, 난 딱딱거리면서 못되게 굴었어. 할 일이 많다고 말하고 전화를 끊은 다음 피곤하고 무거운 팔다리를 끌고 침대로 다시 기어 올라갔지. 그런데 잠은 계속 안 오고, 미친 사람 같은 생각만 하나 떠올랐어. 그래서 케이틀린과 함께 몇 번 만났던 찌질한 애들한테 전화해서 완전 유혹적인 목소리를 냈지. 개울에 있는 공원에서 만나자고 했고, 혹시나 마지막 순간에 내가 겁을 내서 마음을 돌릴까 봐 콘돔을 가져오라고 했어.

아무것도 못 느꼈어. 그때 내가 느낀 것은, 죽음 이상의 무언가, 죽음 그 자체.

도착해보니 나를 기다리고 있더라고. 바위에 앉아서 더러운 물에 자갈을 던지고 있었어. 그중 하나가 나를 보고 히죽 웃었지. 좋은 의미인지 아닌지 알 수가 없었어. 다른 애는 자기 손만 물끄러미 바라보고 있었고.

이제는 기억도 잘 안 나.

그다지 집중도 안 했거든.

혹시라도 어른이 되어 딸을 낳는다면, 그래서 그 딸이 내 첫 경험에 관해 묻는다면 뭐라고 해야 할까. 이런 말은 절대 하지 않을 거야. 사실 엄마는 두 남자랑

동시에 했어. 잘 모르는 애들이었고, 별로 잘생긴 애들도 아니었지. 더러운 개울 옆에 있는 후진 공원 안의 바위 위에서 했어. 또, 옷을 벗지 않았다는 이야기도, 속옷은 뭉쳐서 가방에 넣고 치마만 올리고 했다는 이야기도 하지 않을 거야. 내가 원하는 만큼 아프지 않았다는 이야기도. 꽤 아프기는 했지만 충분하지는 않았다는 말도, 첫 번째가 끝내고 다음 애가 내 안으로 집어넣었을 때는 그냥 쓰라리기만 하고 하나도 아프지 않았다는 말도, 그런 건 고통이라고 할 수 없다는 말도 하지 않을 거야.

하지만 제이슨, 내가 모든 걸 망쳐버려서 미안하다고 말하고 싶었어. 혹시 널 만질 수 있는 날이 온다 해도 옛날에 생각했던 거 같지는 않겠지만, 그래도 그런 날이 오기를.

그러니까 우리는 몇 년 후에 다시 만날 거야. 나는 그사이에 내 문제를 전부 해결하고 약도 끊고 상담도 끊을 거야. 너는 국가대표로 올림픽에 출전하겠지. 달리기 속도가 너무나 빨라서, 달리는 네 모습은 흐릿하게만 보일 거야. 나도 그 자리에서 뉴욕 타임스 같은 곳에 실릴 사진을 찍고 있겠지. 다들 한참 뒤처진 가운데 네가 결승선을 지나는 모습을 포착한 끝내주는 사진이 될 거야. 그날 밤에는 네 5성 호텔로 가서 같이 자게 될 거야. 우리는 그걸 '사랑을 나눴다'라고 표현할 거고. 네가 옷을 벗고 나도 옷을 벗을 거야. 너는 느긋하게 내게 키스할 테고, 그때쯤 나는 상태가 괜찮아졌을 테니 고통 같은 건 더 이상 원하지 않겠지. 나는 정상적인 사람이 되어있을 거야. 네가 나를 부드럽게 어루만지면 나는 그 감촉이 기분 좋다고 생각하겠지. 그리고 혹시 내게 딸이 생긴다면, 처음 이야기 말고 이 이야기를 해줄 거야. 호텔 창문 너머의 풍경, 그리고 키스하기 전 내 입술을 더듬던 네 손길 이야기를.

사랑을 담아,

잉그리드

나는 새까만 하늘을 바라보며 어떻게 잉그리드가 이런 짓을 할 수 있었는지 이해해보려 한다. 그 남자애들을 기억해내려고, 더 선명하게 떠올려보려고 애쓴다. 둘 중 하나는 이름이 케빈이었던 것 같다. 케빈과 루이스, 아마도. 리로이였나? 케빈과 리로이? 이런 일이 정확히 언제 일어났던 걸까? 나는 뭘 하고 있었을까? 그날 밤이나 그다음 날에 잉그리드를 만나고도 아무것도 눈치채지 못했다니, 믿을 수 없다. 하지만 분명 그런 일이 일어난 것이다. 어쩌면 잉그리드는 자기가 아무것도 달라진 건 없다는 듯이 행동할 수 있다는 사실을 알았을 것이다. 어쩌면 거짓 연기에 그만큼 능숙해졌을 수도 있다. 어쩌면 내가 눈치챌 줄 알았는데 그러지 못해서 실망했을 수도 있겠지.

나뭇가지 사이로 집 안의 조명이 꺼지는 모습이 보인다. 안방 조명이다. 나는 두 사람이 침대로 들어가는 모습을, 내가 혼자 밖에 있다고 걱정하는 모습을 상상한다. 엄마 아빠가 편히 잘 수 있도록 나도 집에 들어가야 한다는 것을 알고 있음에도 지금은 그럴 수 없다. 내려가서 추위를 떨쳐버리고 잠시 모든 것을 잊어버리자고 생각하면 마음이 편안해지는데도. 그 대신, 나는 계속 읽어 나간다. 이제는 짧은 편지가 연달아 이어진다.

오늘에게,

난 괜찮은 척하면서 너를 허송세월했구나, 사실은 괜찮지 않은데도. 행복하지 않은데도 행복한 척하면서, 모든 사람 앞에서 모든 걸 연기하면서.

사랑을 담아,

잉그리드

엄마에게,

엄마가 미워.

사랑을 담아,

잉그리드

아빠에게,

미안해.

사랑을 담아,

잉그리드

제이슨에게,

왜 아직 나를 사랑하지 않는 거야?

엄마에게,

취소할게.

계속 페이지를 넘기다가 더 긴 편지를 발견한다. *케이틀린에게, 이건 진짜 편지야.* 심장이 멎어버린 것만 같다. 일기장을 덮어버린다.

유서는 없었다. 이건 확실하다. 수잔 아줌마가 부모님에게 전화해 말했다. 작별인사도, 유서도 없었다고.

하지만 이제 와서 작별인사라니. 몇 달이나 지났는데.

밤공기가 차갑다. 엄마 아빠는 뒤척이고 있겠지. 어쩌면 빨리 잠들었을 것이다. 나는 일기장을 열고 남은 페이지들을 훑어본다.

이 페이지 뒤로는 아무것도 없다.

이런 날이 올 거라는 사실을 알고 있었지만, 그래도 받아들이기 힘들다. 이 마지막 장을 읽고 나면, 잉그리드에 대해 새로 알아낼 것이 동나게 된다. 손전등을 끄자 남아 있는 빛은 달빛과 거실의 전등에서 흘러나온 것뿐이다. 바람이 분다. 사위의 나뭇잎들이 바스락거린다. 무언가 사라지는, 혹은 다시 시작되는 소리다. 둘 중 어느 쪽인지 갈팡질팡한다.

손전등을 켠다. 그리고 읽는다.

케이틀린에게,

이건 진짜 편지야. 여기까지 다 읽어주었기를 바라지만, 한 장도 읽고 싶지 않다고 해도 화내지 않을게. 이게 내가 원하는 거니까 슬퍼하지는 마. 이유가 뭔지 궁금할 수도 있겠지만, 이유 같은 건 없어. 밝은 햇살이 내 머리 위만 비껴가게 된 것일 뿐이야. 내 이야기는 간단해. 난 슬퍼. 매 순간이 슬퍼. 그리고 이 슬픔은 너무나 무거워서 빠져나올 수가 없어. 죽기 전까지는. 이 정도면 괜찮다고 생각했던 날들, 혹은 괜찮아질 수도 있겠다고 생각했던 날들이 있었지. 너랑 같이 여기저기 쏘다니며 놀다 보면 모든 게 딱 들어맞는 느낌이었고, '계속 오늘처럼 살 수 있다면 내 삶도 괜찮을 거야'라고 생각할 수도 있었어. 그리고 당연한 말이지만, 계속 그날처럼 살 수 있을 리는 없잖아.

너에게도, 그 누구에게도 상처 주고 싶지 않아. 그러니까 제발 나를 잊어줘. 노력이라도 해봐. 더 좋은 친구를 찾아. 너랑 있을 때 웃었던 것처럼 웃어본 적이 없어, 하지만 이제는 웃음조차도 즐겁지가 않아.

사랑을 담아,

잉그리드

딱딱하고 차가운 트리하우스 바닥에 등을 대고 눕는다. 그렇게 수백만 년은 흐른 것 같다. 그렇게 있다가 어떻게든 몸을 일으켜 사다리를 타고 내려가 더듬더듬 뒷마당의 어둠을 통과해 안으로 들어간다. 집 안에 켜둔 불을 다 끄고 방으로 들어간다.

내게는 잉그리드의 일기장이 있다. 사진도 있다. 그래도 여전히, 찾아내지 못한 것이 너무나도 많다. 나는 담요 속으로 들어가 있는 힘껏 몸을 동그랗게 만다. 몸이 덜덜 떨린다. 두 발을 서로 비벼본다. 냉기를 쫓아내려고 애쓴다.

12

다음 날 아침 계단을 내려가자 부엌에 엄마 아빠가 있다.

"오늘은 학교 못 갈 것 같아." 내가 말한다. 엄마 아빠는 시선을 주고받는다. 나는 손가락으로 문손잡이의 곡면을 만져본다. "집에서 트리하우스나 만들면 안 될까."

부엌 바닥을 내려다보며 파란 양말을 신은 발로 회색 타일 위를 더듬는다. 부모님은 분명 침묵의 메시지를 교환 중일 것이다.

"숙제 놓치면 어떻게 해?" 마침내 아빠가 묻는다.

"딜런에게 숙제 알려달라고 할 수 있니?" 엄마가 말한다.

나는 고개를 끄덕인다.

"그래, 그렇다면야." 아빠가 말한다.

"오늘만이다." 엄마가 덧붙인다.

"고마워요." 나는 다시 터덜터덜 위층으로 올라간다.

시간이 지나고 부모님이 출근한 다음, 나는 부엌으로 내려가 그릇에 시리얼을 붓고 테이블에 앉는다. 옆에는 아빠가 쌓아둔 신문이 있다. 《샌프란시스코 크로니클》 1면에는 전쟁 사진이 있다. 로스 세로스에서 멀리 떨어진, 어느 폭격당한 도시에서 소리 지르고 있는 여자의 사진. 나는 더 온화한 1면을 기대하면서 신문 더미 속에서 《로스 세로스 트리뷴》을 찾아본다.

신문을 골라내고, 콘플레이크를 한 숟가락 떠먹고, 헤드라인을 훑는다. '신축 골프장 건설 승인, 지역 반려견 전국 경연대회에서 수상, 철거 일자 확정.' 신문을 옆으로 치우고 커피를 한 잔 따른다. 일반적으로 커피는 내 입에 맞지 않는다는 사실을 알고 있지만, 무엇을 철거한다는 것인지 알 것 같아서 마음을 다잡으려는 것이다.

나는 딱 한 모금만 마시고 나머지는 따라 버린다.

테이블로 돌아와, 용기를 낸 다음, 읽어나간다.

로스 세로스 서부의 체리 에비뉴와 매그놀리아 에비뉴 사이에 있는 파크사이드 영화관은 오랫동안 영업을 중단한 상태다. 몇 달 동안 계속된 토론 끝에, 토지 소유주는 민간 개발업자와 함께

올해 6월 25일에 영화관 건물을 철거하기로 계획했다…….

13

열 시에 트리하우스 작업을 시작한다. 팔다리가 무겁고 지쳐있지만, 애써 몸을 움직인다. 네 번째 벽까지 세우고 나니 벌써 두 시지만, 그다음부터는 속도가 붙는다. 나무를 들어 올리고 망치질을 하며 머릿속을 텅 비우려 해본다. 그러나 잉그리드 생각이 매 순간 물처럼 차올라 넘실거린다.

그때 나는 장례식에서 낭독하기 위한 글을 하나 썼다. 슬프고 마음이 아파 좋은 글을 쓰지는 못했지만, 만약 죽은 사람이 나였다면 나 역시 장례식에서 잉그리드가 직접 쓴 글을 읽어주기를 바랐을 것이었다. 그래서 나는 자리에서 일어나 연단에 섰다. 읽으려고 써 놓은 글을 앞에 내려놓았는데, 갑자기 글자들이 의미를 잃었다. 문장을 따라가려 해도 논리가 보이지 않았다. 몇몇 단어에 집중해볼 수는 있었다, *친구*와 *재능*과 *기억* 같은 단어에. 하지만 그 외에는 전부 흐릿했다. 데이비가 앞으로 나와 내 팔을 잡기까지, 얼마나 오랫동안 그 자리에 서 있었는지 모르겠다. *내려가자.* 그가 말했다. *꼭 해야 하는 거 아냐.* 나는 데이비를 따라 연단에서 내려와 부모님 옆자리로 갔다. 혼자 앞에 서 있는 것보다 그쪽이 더 쉬웠다.

트리하우스의 모든 벽면 중앙에 커다란 창을 뚫었다. 뷰를 즐길 수 없다면 뭐하러 트리하우스를 짓겠는가? 창 위에는 길고 도톰한 캔버스 커튼을 달고 창 밑에는 고리를 설치했다. 비가 오거나 바람이 심할 때면 고정해 막을 수 있을 것이다.

그날 장례식이 끝난 후에는 묘지에 갔다. 잉그리드의 관을 땅속으로 내리기 시작하자 나는 눈을 감았다. 그러면 더 나을 줄 알았지만, 실제로는 그 반대였다. 잉그리드의 엄마가 끔찍한 소리를 냈기 때문이다. 그것은 비명도 아니었고 신음도 아니었다. 나로서는 절대 묘사하지 못할 무언가였고, 가족과 숲에서 보냈던 몇 달 내내 귓 속에서 사라지지 않았다.

나는 퇴근하고 집에 돌아온 아빠에게 도움을 청한다. 아빠는 운동복으로 갈아입은 다음 나를 돕기 위해 트리하우스로 온다.

"굉장한 발전인데!" 아빠가 손뼉을 친다.

박수 소리는 허공을 맴돈다. 사위가 온통 침묵에 잠겨 있다. 아빠는 뭘 해야 할지 내가 말해주기를 기다리고 있지만, 나는 그저 팔을 축 늘어뜨린 채 멀거니 서 있을 뿐이다.

"딸, 왜 그래."

아빠는 내 얼굴에 묻은 눈물을, 그다음에는 콧물을 닦아낸다. 손으로. 그만큼이나 날 사랑하는 것이다.

"지붕."

"뭐라고?" 아빠는 내 얼굴을 살피며, 내 눈물과 지붕에 무슨 연관이 있는지 알아내려 한다.

"지붕 덮는 것 좀 도와달라고."

아빠는 뒷마당을 쭉 훑어보고는 기다란 목재가 기다리고 있는 것을 발견한다. 그러고는 목재 더미로 가서 하나를 들어 올린다. "네가 먼저 올라가면 내가 뒤따라가서 넘겨 주마, 어떠니?"

묘지에서 다시 눈을 떴을 때 미치 아저씨는 수잔 아줌마를 꼭 부여잡고 있었는데, 아줌마가 내던 끔찍한 소리는 그때쯤 평범한 울음소리로 변해 있었다. 반면 아저씨는 아무런 소리도 내지 않았지만, 온몸을 덜덜 떨고 있었다. 사람에게 지진이 일어나면 그런 모습일 것 같았다.

운동복과 스니커즈를 신은 아빠는 멍하니 대답을 기다리고 있다.

"응." 내가 답한다. "내가 먼저 올라갈게." 그러고는 사다리를 오른다.

14

저녁 식사를 마친 다음에는 잠옷으로 갈아입고 침대에 들어가 가만히 누워 있다. 여덟 시, 딜런에게서 전화가 온다.

"영어 숙제 알려줄까?"

"그래야겠지."

"《프랑켄슈타인》을 처음부터 세 챕터 읽은 다음, 메리 셸리의 아버지를 향한 헌신과 이 책에 나온 부모 역할을 비교해 한 페이지짜리 글을 쓰는 거야."

"알았어."

"받아 적어야지?"

"아니."

딜런은 잠시 조용하다. "내가 그쪽으로 갈까? 이야기하고 싶어?"

"그냥 피곤해."

"피곤한 것 이상인 것 같은데."

나는 벽에 붙은 잉그리드의 사진을 바라본다. "미안해." 목소리가 겨우겨우 나온다. 느리고 맥없는 목소리. "화내지 마. 그냥 지금은 이야기하기가 힘들어."

이불을 머리 위로 덮는다. 그 안에서 눈을 뜨자, 시트의 작은 별 무늬가 잘 보이지 않는다.

"케이틀린." 딜런의 목소리는 부드럽다. "언젠가는 그 이야기를 해야 할 거야."

"알아." 나는 고개를 끄덕인다. 딜런은 나를 볼 수 없음에도.

15

차고는 엄마 아빠가 차마 버리지 못한 쓰레기로 가득한 난장판이라 비좁고 끔찍하다. 하지만 쓰레기를 쑤시고 있는 지금의 나는 상금을 쓸어 담는 경마 우승자가 된 느낌이다. 이 모든 것들—소련이 몰락하기 전에 만들어진 지구본, 엄마가 경매에 맛 들였던 시절에 산 페르시아 러그 다섯 개, 아빠가 70년대부터 모셔놓은 수많은 촛대와 작은 인형들—을 가질 수 있다니, 믿을 수 없을 정도로 짜릿하다.

나는 트리하우스를 꾸미는 중이다. 먼지가 앉은 레코드 상자 밑에서, 초록색과 파란색 무늬가 있고 가장자리는 호박색인 러그를 발견한다. 선반 위의 상자를 몇 개 더 뒤지고 나니 아빠의 옛날 물건들이 나오기 시작한다. 음담패설이 적힌 학창 시절 졸업

앨범, 11학년 때 찍은 사진. 귀 주위의 머리카락이 덥수룩하고, 가죽끈으로 된 목걸이를 하고 있다. 놀랍게도 꽤 멋진 모습이다. 또, 나무와 유리를 세공해 만든 벌새 모이통을 발견한다. 모이통을 천장에 달린 전구 가까이 가져가 더 자세히 관찰한다. 누가 만들었는지는 모르겠지만, 그 사람은 나무를 새 모양으로 깎은 뒤 부리는 노란색, 눈은 파란색으로 칠했다. 날개 끝부분은 빨간색이다. 나는 모이통을 러그 옆에 둔다.

곧 공기가 탁해져 숨쉬기가 힘들다. 사방팔방이 먼지다. 나는 건전지식 카세트 플레이어와 빈 포도주 상자 두어 개를 들고 맑은 공기로 도망친다. 차고를 닫기 전에는 오래된 박스를 하나 꺼내 작게 한 조각 찢어낸다. 집에서 매직과 테이프를 가지고 나와 박스 조각을 막대기에 붙인다. 그리고 꼬마애가 쓸 만한 문구를 쓴다. '출입금지.'

온갖 잡동사니를 짊어진 채 트리하우스 사다리를 오르고 나니, 힘이 다 빠져 다른 건 하나도 못 하겠다. 그래서 러그를 깔아놓고 그 위에 눕는다. 먼지가 날리기는 하지만, 이쯤 되자 그런 건 눈에 들어오지도 않는다. 나는 가만히 누워 창밖의 우거진 나무를 바라본다. 이 높이, 이 각도에서는 마치 숲속 한가운데에 있는 것 같다. 눈을 감지 않는다. 잠들지도 않는다. 창 너머를 바라보며, 집 앞 도로를 지나는 아득한 자동차 소리를 듣는다.

그렇게 시간이 흐르고, 누군가 내 쪽으로 걸어오는 소리가 들린다. 부모님일까 봐 무섭다. 오늘도 학교에 가지 않고 집에 있는 나를 달가워하지 않을 테니까. 발소리는 나무 밑에서 멈춘다. 팻말이 효력을 발휘하기를 바란다.

딜런의 목소리가 들린다. "이거 진심이야?"

나는 몸을 일으키지 않는다. 내 모습을 보여주기 싫다. "농담이야."라고 아래쪽으로 소리친다.

"그러면 올라가도 되는 거지?"

"아니."

딜런의 목소리를 기다리지만 잠시 침묵만 흐르고, 곧 점점 멀어지는 딜런의 발소리가 들린다.

"잠깐만!" 내가 외치고, 딜런의 발걸음이 멈춰 선다. 나는 아래로 내려간다.

"다른 데로 가자." 내가 말한다.

16

우리는 수프 가게로, 항상 앉던 자리로 가서 마주 보고 앉는다. 나는 딜런을 앞에 두고 고백한다.

"나한테 잉그리드의 일기장이 있어."

딜런은 커피잔을 입가로 가져가다가 동작을 멈춘다.

"죽기 전에 내 침대 밑에 일기장을 넣어놨더라고. 적어도 내 추측은 그래."

딜런은 커피잔을 다시 테이블 위에 올려놓고, 오직 그 애만 내뿜을 수 있는 시선으로 나를 똑바로 바라본다. 평소라면 그 눈빛에 압박감을 느끼고 시선을 피했겠지만, 이번에는 나도 똑바로 눈을 맞춘다.

나는 했던 말을 반복한다. "나한테 잉그리드의 일기장이 있어."

딜런이 커피를 홀짝인다.

입에 커피를 머금는다.

천천히 삼킨다.

낮게 내뱉는 말, *"세상에."*

그러고는 중얼거리기를, "왜 지금까지 이야기 안 한 거야?"

손을 뻗어 내 팔을 잡는다.

딜런이 계속 내 팔 위에 손을 얹고 있는데, 종업원이 우리가 주문한 수프를 들고 와 어디에다 그 커다란 그릇을 두어야 할지 고민하며 테이블을 살피고, 결국 딜런은 손을 거둬들인다. 나는 백팩을 열고 일기장을 꺼낸다. 까만 표지, 그리고 수정액으로 그린, 칠이 반쯤 벗겨진 새. 수프에서 솟아오르는 김 위로 손을 뻗어 일기장을 건넨다. 받아든 딜런은 표지를 내려다본다. 그 애의 손이 덜덜 떨리고 있지만, 딜런은 항상 손을 떠니까. 커피 때문일 수도 있겠지. 하지만 내 생각은 다르다.

딜런은 책장을 넘겨 첫 번째 페이지를 본다. 나는 이제 그 일기장이 너무나 익숙하다. 모든 페이지를 외우고 있을지도 모른다. 딜런은 잉그리드의 자화상을 자세히 살펴보고, 그 위에 써놓은 문구를 읽는다. *일요일 아침의 나.* 나는 알고 싶다, 그 *일요일은 언제였을까? 잉그리드가 그걸 그리고 있을 때 난 뭐 하고 있었지? 그 애가 수정액이 마르는 걸 지켜보고 있었을 때 나는 어디에 있었지?*

내가 묻는다. "너는?"

일기를 보다가 고개를 든 딜런은 혼란스러워 보인다.

"너한테 무슨 일이 있었는지 알고 싶어. 무언가 사건이 있었단 건 알아."

딜런은 다시 고개를 떨구고 일기장을 한 페이지 넘긴다.

"다음에 말해줄게."

"언제?"

"나중에."

"나중이라면, 오늘 밤?"

아무런 대답도 없다. 딜런은 책장을 넘겨 마지막 장을 본다. 딜런이 일기를 읽는 동안, 나는 냅킨을 조심스럽게 긴 조각들로 찢는다.

17

지금이 바로 그때다. 우리는 내 방에 있다.

딜런은 바닥에 양반다리를 하고 앉아, 손등을 무릎 위에 올린다.

"나한테는 남동생이 있었어." 딜런이 이야기를 시작한다. "이름은 대니. 내 방에서 봤던 사진 기억나? 네가 귀엽다고 했던 꼬마 애? 그게 대니야."

기억난다. 하지만 고개만 끄덕이고 아무 말도 하지 않는다.

"내가 열한 살이었을 때 대니는 세 살이었는데, 병에 걸렸어."

딜런은 잠시 입을 다물고 자신의 텅 빈 두 손을 바라본다. 호흡이 안정을 되찾을 때까지 침묵한다. 탱크톱을 입고 있는 그 애의 가느다란 팔 윤곽이 보인다. 커다란 눈, 내 기억보다 더 진한 초록색이다.

다시 딜런이 입을 열었을 때, 그 목소리는 겨우 들릴 정도로 작다. "다 해봤어. 할 수 있는 건 정말 다 해봤지. 마지막에는 몸이 많이 약해졌어."

나는 더 이상 딜런을 바라볼 수 없어서 카펫에 시선을 고정한다. 딜런의 책상 위에서 대니의 사진을 발견하고 그 애에 관해 물어봤던 기억은 나는데, 정확히 어떤 단어를 썼는지는 기억나지 않는다. 딜런과 대니의 닮은 생김새를 알아보지 못했다니, 딜런의 침묵을 의아해하지 않았다니, 왜 그랬는지 이해할 수 없다.

"딜런." 내가 입을 연다. 준비해둔 말은 없지만, 무슨 말이든 해야 한다는 것은 안다. "그런 일이 있었다니, 정말—." 그런데 딜런이 머리를 내저으며 내 말을 막는다.

"그 일이 있고 난 다음, 우리는 다 외로워졌어. 나는 내가 느끼던 것들을 엄마 아빠가 절대 이해할 수 없으리라고 생각했고, 엄마는 자기가 얼마나 슬픈지 아빠가 전혀 모른다고 생각했어. 아빠는 일을 그만두지 않았거든. 아빠는 아들을 잃은 아버지의 아픔을 엄마가 결코 이해할 수 없다고 생각했고. 엄마 아빠는 1년 동안 별거한 후에야 각자 자기만의 방식으로 아파하고 있다는 걸 깨달았어."

침대 가장자리에 누워 딜런을 바라본다. 딜런이 아까 그랬던 것처럼 나도 그 애의 손을 잡아주고 싶다. 나는 손을 뻗지만, 딜런은 뒤로 물러선다. 아주 작은 움직임으로 지금 자신이 위로를 바라는 게 아니라는 것을 알리고 있다.

나는 바로 앉는다. "대니에 대한 이야기를 해줘. 세 개만."

딜런은 놀란 얼굴로 나를 바라보지만, 무슨 이야기를 해야 할지는 정확히 알고 있다.

"비둘기를 쫓아다니는 걸 좋아했어. 알파벳을 외울 때는 항상

B랑 D를 헷갈렸지. 'A-D-C-B-E-F-G,' 이런 식으로."

나는 미소 지으며 다음 이야기를 기다린다. 그렇게 일 분쯤 지나고, 내가 말한다. "하나 남았어."

"그 작은 팔이 어찌나 힘이 세던지. 내 목을 꽉 안으면 아릿아릿 아플 정도였어."

금세 날이 어두워진다. 딜런이 천장 쪽으로 고개를 들고, 얼굴이 푸르게 빛난다.

"네 기분이 어떨지 알아." 딜런이 말한다. "내 말을 믿어. 그렇지만 잉그리드 때문에 가슴 아픈 건 너뿐만이 아니야."

가만히 앉아 움직이지 않는 딜런은 더 할 말이 있는 듯한 기색이지만 아무 말도 하지 않는다. 딜런은 무슨 말을 하는 대신 내 침대로 올라와 나를 꽉, 조금은 어색하게 안아준다. 내 팔까지 다 끌어안는 바람에 나는 딜런을 마주 안아줄 수 없다. 뜻밖의 포옹이다. 그 힘에 숨을 쉴 수가 없다. 잠시 후 나를 놔준 딜런은 계단을 내려가 현관문을 통해 사라진다.

나는 오랫동안 그대로 앉아 있는다. 내 몸을 두르던 팔의 압력이 아직도 남아 있다. 복도 저편에서, 엄마 아빠는 대화를 주고받고 양치하고 서랍을 연다. 나는 가방을 열고 잉그리드의 일기장을 꺼낸 다음 책상 위에 활짝 펼쳐둔다. 부모님이 잠든 것이 확실해지자 창가로 걸어간다. 내 자동차를 내려다본다. 그리고 하늘을 쳐다본다.

아이디어가 하나 떠오른다. 아침이 오기를 기다린다.

18

다시 희망이 시작된다. 오전 8시, 나는 투명한 미닫이문을 열고 테라스로 간다. 엄마 아빠에게는 지금부터의 내 계획을 설명하는 쪽지를 써서 커피 머신 옆에 두었고, 짊어진 가방은 오늘 필요할 것들로 묵직하다. 나는 마지막 남은 목재 더미와 노란 꽃이 핀 화분, 줄기에 매달려 빨갛게 익고 있는 부모님의 토마토를 지난다.

차 운전석에 타자, 털이 보송보송한 좌석 커버가 무릎에 닿아 부드럽다. 지난 1년 동안 한 번도 입지 않았던 치마를 입고 있다. 초록색과 노란색이 섞인 체크 무늬에 길이가 짧아 내 창백하고 툭 불거진 무릎이 드러난다. 나는 시동을 켜고, 테일러의 손가락이 내 허벅지 위를 스치던 감각을 기억한다. 뱃속 깊은 곳에서 무언가 조여온다. 기분 좋은 방식으로.

1단 기어로 바꾼 후 조용히 진입로 밖으로 운전한다. 엄마 아빠는 늦잠 잘 수 있는 날이 일주일 중 오늘밖에 없으니까, 소란을 피워서 깨우고 싶지 않다.

물론 나는 데이비의 테이프를 아주 좋아하지만, 오늘은 새로운 노래를 듣고 싶다. 그래서 고속도로로 가는 길에 빨간불이 들어올 때마다 라디오 채널을 돌리며 좋은 노래를 찾는다. 스피커에서 지직거리는 소리가 나오고, 그다음에는 토크쇼, 끈끈한 사랑 노래, 목소리가 걸걸한 전도사의 설교가 이어지다가 내가 너무나도 좋아하는, 아침에 딱 맞는 노래가 흘러나온다. 나는 창문을 내리고 볼륨을 높인 다음 목이 터지라고 노래를 따라부르며 졸음의 기운이 내려앉은 거리를 지난다.

좌회전해서 고속도로 진입로를 통과한 후 속도를 높이고 5단 기어로 바꾼다. 처음 고속도로에 들어섰을 때는 거의 텅 빈 것이나 다름없었지만, 교외에서 멀리 벗어날수록 차가 많아진다. 창문 너머를 살피며 다들 어디로 가는 것일지 추측해본다.

렉서스에 탄 아시아계 남자. 토요일에도 출근하는 걸까? 그 남자의 딸이 *아빠, 아빠는 일을 너무 많이 해*라고 말하는 모습을 그려본다. 다시 한번 몰래 얼굴을 봤더니 꽤 즐거운 표정인 것을 보아, 일이 꽤 재미있나 보다. 한 할머니는 운전대 위로 등을 구부리고 있다. 같이 뜨개질 모임을 하는 친구들과 아침을 먹으러 가는 걸까? 머릿속으로는 이렇게 생각 중이겠지, 오늘은 *우리 남편 줄 스웨터에 첫 번째 소매를 달 거야.*

통행료 요금소에 가까워지자, 나는 운전대를 더 세게 붙들고 내 안에 남아 있는 두려움을 떨쳐내려 애쓴다. 이제 태어나서 처음으로 운전해서 다리를 건널 것이고, 지금 심정을 말하자면 절벽을 향해 달려가는 것만 같다. 요금소에 있는 남자는 헤드폰으로 음악을 들으며 춤을 추고 있다. 그에게 10달러짜리 지폐를 건네자 그는 거스름돈을 주고, 이제는 다리를 건널 일만 남았다. 나는 양쪽에서 몰려드는 차 수백만 대와 함께 좁아지는 차선으로 진입해야 하고, 두려움에 사로잡힌 나머지 소리를 빽 내지른다. 그렇지만, 기적적으로, 그 두려움을 삼켜낸다. 다음에 벌어질 일은 분명 두렵지만, 내 인생에서 가장 짜릿한 순간으로 남을 테니까.

이 다리에는 몇 번이나 와봤지만, 이런 기분은 처음이다. 내 앞에 펼쳐져 있던 땅이 순간 푹, 꺼진다. 양쪽으로 물, 그리고 배 몇 척이 보이지만, 그것들은 너무나 멀리 떨어져 있다. 마치 만의 표면을 따라 작은 장난감들이 둥둥 떠 있는 것 같다. 내 위로는 굵고 강한 기둥들이 솟아 다리를 지탱하고 있다. 다리 위로는 하늘이 보인다. 나는 밀려드는 바람에 날아가지 않기 위해 운전대를 꼭 잡는다. 트레저 아일랜드가 나타나고, 다시 자동차 앞으로 땅이 솟아나고, 곧 트레저 아일랜드는 백미러 속의 작은 점으로 사라진다. 나는 바다를 건너 내 앞에 모습을 드러낸 도시로, 수많은 가능성이 있는 그곳으로 진입한다.

출구를 통해 더보스 스트리트로 빠져나와 좌회전한 다음, 아침에 인쇄해놨던 약도를 꺼낸다. 나는 낯선 거리를 탐험하는 중이다. 약도에 나온 길은 몇 달 전 어느 오후에 딜런과 함께 걸었던 경로와는 다르다. 하지만 약도대로 잘 따라가다가 주변에 주차할 곳을 찾아 차를 세운 후 시동을 끈다.

미터기에 동전을 몇 개 넣고 카피캣의 문을 열고 들어간다.

매디가 계산대 뒤에서 먼저 나를 발견하고 소리친다. 나는 마음이 놓여 씩 웃어 보인다. 사실은 매디가 오늘도 일하고 있을지 몰랐다. 매디는 하던 손님 응대를 계속하고, 나는 일하는 중인데 말을 걸어도 되는지 잘 몰라서 가게 구석에서 기다리고 있다. 매디가 사장에게 혼나는 건 싫다. 그렇지만 매디는 하던 일을 마치자마자 앞치마를 두른 채 내 쪽으로 달려와 나를 꽉 안아준다.

"무슨 일이야?" 궁금한 매디는 고개를 갸우뚱한다.

"복사하려고 왔지." 나는 당연하다는 듯 말한다.

매디가 웃는다. "로스 세로스에는 복사집이 없어?"

나는 가방에 손을 뻗어 잉그리드의 일기장을 꺼낸다.

"이걸 복사해야 해서."

매디는 일기장을 받아든다. 딜런이 일기장 이야기를 했는지, 매디가 그것을 알아볼지 모르겠다. 하지만 매디는 한 손으로 일기장을 들고 다른 손을 내 팔에 얹고는 말한다. "아, 그랬구나."

매디는 잠시 생각에 빠진 듯한 얼굴이다. "매니저님에게 안쪽에서 해도 되는지 물어볼게. 수량이 많을 때 작업하는 곳인데, 혼자 있을 수 있어."

주변을 둘러본다. 빛이 창문을 통과해 퍼져나가는 가운데 희미한 음악 소리가 들린다. 양팔이 타투로 덮인 여자가 복사기 하나를 쓰고 있고, 다섯 손가락에 전부 반지를 낀 회색 머리 남자는 작업대에 종이를 한껏 늘어놓았다. 두 사람 사이, 창문이 쭉 이어진 벽 앞으로 아무도 쓰지 않는 복사기와 작업대가 놓여 있다.

"고마워. 하지만 여기도 괜찮아."

"그래." 매디가 명랑한 목소리로 말한다. "준비하는 것 도와줄게."

그러고는 진열된 종이를 보여준다.

"이걸 쓰면 어때?" 맨 위쪽에 있는 종이 더미에 손을 뻗으며 말한다. "질이 정말 좋아. 여기, 만져봐."

평범한 종이보다 더 강한 질감에, 두께도 더 두껍다.

"조금 비싸기는 한데." 매디가 속삭인다. "직원 할인으로 줄게."

나는 주위를 흘긋거리며 매니저라고 할 만한 사람을 찾아보지만, 직원들은 전부 젊고 상냥해 보인다.

"그래, 좋아."

나는 복사기 앞에 서서 잉크와 종이 냄새를 들이마신다.

매디는 복사기 세팅하는 법을 알려준 다음 내가 방법을 익히자 다시 계산대로 돌아간다.

창밖 너머의 사람들은 거리를 걷고 유아차를 밀고 강아지를 산

책시키고 커피를 홀짝인다. 식당 앞에서 편안한 모습으로 대기 중인 커플들도 보인다. 나는 잉그리드의 일기장 첫 번째 페이지를 편다. 그동안 해답 혹은 위안을 찾아 홀로 이 페이지를 바라보면서 얼마나 많은 시간을 보냈던지.

그 페이지를 빛이 뿜어져 나오는 판에 대고 뚜껑을 닫은 뒤 '시작' 버튼을 누른다.

잠시 후, 복사기에서 완벽한 사본 한 장이 튀어나온다. 나는 그것을 들어 바라본다. 잉그리드의 삐뚜름한 미소, 노란 머리카락이 있다.

한 번 더, 시작 버튼을 누른다.

19

한 시간 후, 복사를 마무리한다. 두툼한 종이 뭉치를 들고 계산대로 가자 매디가 계산기를 두드린다.

그러고는 계산대 밑으로 손을 뻗어 두꺼운 갈색 종이를 꺼낸 후 내 종이 뭉치를 넣을 봉투를 접는다. "딜런이 대니 이야기했다며. 엄청난 일이야. 걔, 대니 이야기는 *절대* 안 하거든."

매디는 잠시 이야기를 멈추지만, 생각에 잠긴 듯한 표정이다. 나는 다음 이야기를 기다린다.

"딜런은 사람들이랑 너무 가까워지지 않으려고 애쓰는 애야. 자기 보호가 강해. 하지만 너를 정말 좋아해. 그리고, 사랑하는 사람을 잃는 게 어떤 기분인지 잘 아는 애야."

매디는 봉투 접기를 마치고 내 복사물을 안에 넣는다.

나는 봉투를 받아들고 싶지 않다. 가게를 떠나고 싶지 않다. 지금, 모든 것이 완벽하다. 햇볕, 음악, 도저히 끝날 기미가 없는 프로젝트에 매달려 있는 타투 한 여자, 계산대 너머에서 다정하게 웃고 있는 매디. 그때, 내 머릿속에 쿵, 하고 내려앉는 생각.

친구가 있다는 건 이런 느낌이구나.

이 느낌은 순식간에 증발해버릴 만한 것이 아니다. 내가 이 가게 문을 나선다고 해서 사라지지 않을 것이다.

나는 봉투를 건네받고, 그 안에서 잉그리드의 그림 하나를 찾아낸다. 치마를 입은 여자아이의 다리를 그린 그림. 맨 밑에 쓰여 있는 단어는, *용기.*

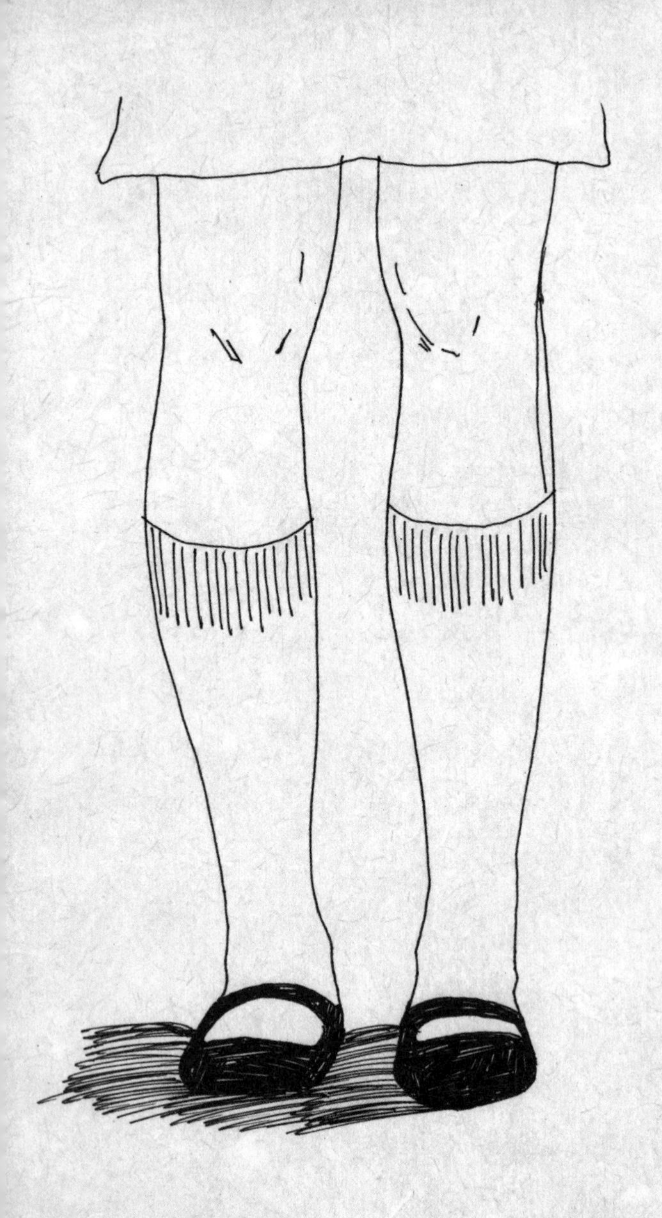

용기

"이거 가져."

매디는 그림 양쪽을 양손으로 살짝 쥐고 눈높이로 들어올린다.

"무슨 그림인지 알려줘." 그림에 시선을 고정한 채 내게 묻는다.

나는 계산대에 몸을 기대고 더 가까이서 바라본다. "잉그리드의 일기장 중간에 있는 그림이야. 일기 대부분은 읽다 보면 잉그리드가 정말 혼란 속에서 살았다는 생각이 들어. 하지만 이때는 희망을 품었던 모양이야." 나는 어깨를 으쓱한다. "사실, 이 그림에 대해 알고 있는 건 없다고 봐야지."

나는 아까 운전할 때 봤던 사람들, 출근 중인 남자와 스웨터를 짜는 할머니를 생각한다. "우리가 상상해보면 어떨까." 나의 제안이다.

"좋아, 그래 볼까." 매디가 말한다. "잉그리드는 너희 동네 어딘가에 앉아 있었던 거야."

"스타벅스 옆에 있는 계단으로 하자."

"널 기다리고 있었어."

"나는 잉그리드를 만나러 가는 중이었어. 엄마가 데려다 주기로 했지."

"그래서 잉그리드는 네가 오기를 기다리면서 사람들을 구경하고 있던 거야."

"그러다가 웬 여자아이를 보게 되었어."

"열한 살짜리 여자아이."

"잉그리드는 그 애가 귀엽다고 생각했지."

"하지만 빤히 쳐다보다가 들키기는 싫었어."

"그래서 다리 부분만 스케치했던 거야."

"그러다가……." 매디가 말한다. "네 엄마 자동차가 도착했고, 네가 차에서 내렸지."

"그래서 일기장을 닫았어. 항상 일기장을 꼭꼭 숨겼거든."

"그런데 그날 밤에 다시 일기장을 폈더니, 그 그림에 뭔가 빠진 것 같다는 생각이 들었어."

"고민에 빠졌지." 이야기의 다음을 궁리하는 내 눈앞에, 색연필과 수채화물감이 가득한 책상에 앉아 있는 잉그리드가 선연히 보인다. "그러다가 열한 살짜리 여자아이의 삶이 어땠는지 기억났어. 앙상한 몸에 가슴은 납작하든가……."

"아니면 통통한 데다가 수줍기까지 해서 엄마에게 더 큰 스포츠 브래지어를 사달라고 당당하게 말하지도 못하지."

"그런 건 참 힘들다, 싶었어."

"정말 *힘들지*……."

"열한 살짜리 여자아이로 산다는 것."

"그래서 까만 펜을 꺼냈고……."

"*용기*라는 단어를 썼던 거야."

매디는 그림을 든 손을 아래로 내리고 미소 짓는다. 나도 미소로 답한다.

"또 보자?" 매디가 묻는다.

"그래." 내가 답한다. "조만간 또 만나."

20

차에 탄 나는 노트를 꺼내 두 번째 약도를 확인한다. 카피캣에서 헤이스 밸리에 있는 데이비와 어맨다의 아파트까지 가는 길을 인쇄한 것이다. 이제 도로에는 차가 훨씬 많아져서, 나는 도시의 꽉 막힌 도로를 20분 동안 기어간 끝에 두 사람이 사는 곳에 도착한다. 이번에는 주차할 자리를 찾는 것도 훨씬 힘들고, 드디어 떠나려는 차를 발견한 다음에는 길을 막고 깜빡이를 켠 채 기다려야 한다. "미안해요 미안해요 미안해요." 내 옆을 돌아가는 모든 사람에게 말한다. 평행주차에 성공하기까지 적어도 열 번의 시도가 이어지고, 마침내 성공한 후 차에서 내릴 때쯤에는 도로가 전보다 약간 한산하다. 나는 몇 블록 걷는다. 스타일리시한 사람들이 앉아 있는 카페를 지나고, 담배를 피우는 깡마른 남자 옆을 지나서, 양옆으로 솟아있는 빅토리아식 아파트 수백만 개를 지난다. 낡고 해진 회색 스웨터를 입은 노숙자가 동전 하나만 달라고 구걸하고, 나는 가방에 손을 넣어 1달러를 꺼낸다.

"신의 축복이 있기를." 그가 내게서 멀어지며 말한다. 그렇게 몇 걸음 걷더니 덧붙인다. "정말 다정한 아이구나." 그러고는 블록의 끝에 다다르자 소리치기 시작한다. "착하게 살아라! 부모님 말씀 잘 듣고! 학교 잘 다녀!"

데이비와 어맨다가 사는 아파트가 보인다. 가장자리를 금색으로 두른, 하늘색 빅토리아식 아파트다. 고개를 들어 꼭대기 층을 보아도 창 너머 내부는 보이지 않는다. 아직 초인종을 누르지 않는다. 그 대신, 모든 사람이 돌아다니면서 자신의 후회를 조언처럼 외치고 다니면 어떨지 상상해본다. 교차로에서 신호가 바뀌면, 횡단보도 양쪽에 있는 사람들이 갓돌에서 내려와 서로에게 외칠 것이다. *대학은 꼭 마쳐요! 일주일에 세 번은 꼭 운동하시고! 절대로 담배에 손대지 마쇼! 어머니에게 사랑한다고 말해요! 콘돔은 꼭 쓰시기를! 형제와 사이좋게 지내세요! 변호사와 상담하기 전에는 절대 사인하지 말고! 강아지 데리고 공원에도 가고 그래요! 친구들에게 연락하며 사는 게 좋습니다!*

나는 아파트 초인종을 누르고, 안에서 발소리가 들리기를, 자물쇠가 열리기를 기다린다.

아무 반응도 없다.

한 번 더 누른다, 혹시 모르니까.

잠시 후, 나는 현관에 앉아 두 사람에게 주고 싶은 페이지를 골라낸다. 맨 첫 페이지와 복도 감독관에게 보내는 편지는 잉그리드가 얼마나 에너지 넘치는 사람이었는지 알려주기 위해서, 제이슨에 대한 말랑말랑한 몽상이 담긴 페이지 몇 장은 두 사람이 몰랐던 잉그리드의 새로운 면을 알려주기 위해서 넣는다. 그리고 맨 마지막 페이지 중 하나도 넣는다. 내가 너무 가혹한 건 아닐지, 그들이 간직하던 좋은 기억에 폭탄을 떨어트리는 건 아닐지 두렵기는 하다. 하지만 그와 동시에, 나는 잉그리드를, 그러니까 잉그리드의 모든 것을 나누고 싶다. 활기와 희망이 넘치는 잉그리드, 슬픈 잉그리드, 폭력적인 잉그리드, 가끔은 나를 미워했던 잉그리드까지.

데이비와 어맨다에게 줄 페이지를 모은 다음 내 노트를 한 장 찢어 메모를 남긴다. 그다음에는 클립으로 묶어 우편함에 넣는다.

데이비와 어맨다에게,

전에 들른다고 했었죠. 너무 늦게 온 것 같아 미안해요. 이걸 두 사람에게 주고 싶었어요. 슬플 때는 그 슬픔을 꼭 누군가에게 말해야 해요!

사랑을 담아,
케이틀린

벌써 정오라 배가 고파진 나는 아까 지나쳐왔던 카페로 들어가 샌드위치와 라떼를 시켜 테이블에 앉는다. 주변에는 까맣게 차려입은 어른들이 모여 앉아 중요한 이야기를 하고 있다.

빈티지 칵테일 드레스를 입은 여자가 계산대 뒤에서 나를 부르고, 나는 테이블 사이를 요리조리 지나가 주문한 샌드위치와 커피를 받아온다. 입에 음식을 넣고 복사했던 페이지들을 뒤적이면서 엄마 아빠에게는 무엇을 줄지 고른다. 라떼를 한 모금 마시고, 전부 한 장씩 주기로 결정한다. 라떼를 한 모금 더 마신다. 그리고 한 모금 더. 거품이 사라진 후에도 우유 맛이 풍부하고, 너무 진하지 않아 변함없이 맛있다. 유난 떠는 것일지도 모르겠지만, 지금 나는 너무 행복하다. 지난 1년 동안 내 입에 딱 맞는 커피 메뉴를 찾아다녔는데, 이제야 발견한 것이다.

21

지금은 오후 2시. 다시 로스 세로스로 돌아왔다.

제이슨네 초인종을 누르자, 운동복 바지에 오클랜드 애슬레틱스* 티셔츠를 입은 남자가 문을 열어준다. 제이슨처럼 키가 크지만 그만큼 운동선수 느낌이 강하지는 않는다. 뒤로는 생활감이 느껴지는 소파와 리클라이너가 있는 작은 거실이 보인다. TV에

* 미국 프로야구팀. 캘리포니아 주 오클랜드를 연고지로 한다.

서 광고가 흘러나온다.

"제이슨네 집인가요?"

"맞는데."

"저는 케이틀린, 제이슨 학교 친구예요……."

그는 문을 활짝 열어 보인다. "들어와라. 제이슨은 나랑 경기 보고 있다."

"제이-슨!" 제이슨의 아버지는 내가 안으로 들어서자 집 안을 향해 소리친다.

제이슨은 부엌으로 보이는 곳에서 나타난다. 팝콘이 담긴 커다란 그릇을 들고 있고, 오클랜드 애슬레틱스 모자를 뒤로 돌려쓴 모습이다. 웃음이 나온다.

"둘 다 열렬한 팬인가 봐요?"라고 내가 묻고, 두 사람은 웃음을 터뜨리며 딱 걸렸다는 듯 고개를 주억거린다.

나는 팝콘을 나눠 먹고, 제이슨의 아버지는 내게 리클라이너를 양보한다. 그러면서 말하기를, 리클라이너는 아주 특별한 손님들에게만 제공하는 영예로운 자리라고 한다. 제이슨은 눈을 굴린다.

3회가 반쯤 지나자, 나는 초조해지기 시작한다. 오늘 할 일이 너무나도 많은데, 어떻게 해야 제이슨의 아빠가 보는 앞에서 조용히 잉그리드의 일기를 건네줄 수 있을지 모르겠다. 제이슨과 눈을 마주치려 애쓰고, 마침내 시선이 엮이자 머리를 까닥여서 문 쪽을 가리킨다. 나는 아주 살짝만 머리를 움직이는데, *너무* 살짝 움직였던 것인지 제이슨은 어리둥절한 얼굴로 묻는다. "팝콘 더 먹고 싶어?"

"응." 나는 자포자기한 심정으로 대답하고, 제이슨은 그릇을 건네준다.

한 회가 또 지난다. 이제 나는 지푸라기라도 잡는 심정으로 집에 가겠다고 한다. 손님이 떠날 때는 문 앞까지 배웅하는 거라고 제이슨이 배웠기를 바라며.

"같이 나가자."라고 제이슨이 말하고, 나는 안아주고 싶을 정도로 고맙다.

문밖으로 나가자 제이슨이 말한다. "안으로 들어가면 아빠가 날 달달 볶을 텐데."

"미안." 갑자기 나타나서 야구 경기를 반이나 같이 봤다는 건 확실히 이상한 일이다.

"아냐, 괜찮아." 제이슨이 설명한다. "친구인데, 언제든 와도 상관없어. 그런데 우리 아빠는 네가 나랑 데이트하러 왔다고 생각할 거란 말이야. 그런 사이 아니라고 말하면 실망하실 거다, 그런 뜻이지. 전에도 여자애들이 여럿 놀러 오긴 했는데, 리클라이너를 양보하신 적은 없었거든."

"잘도 그렇겠다."

"아냐, 진짜라니까. 널 정말 좋아하셔."

"저런!" 나는 웃음을 터뜨린다. "너희 아빠 실망하시면 어쩌냐. 잘해주셨는데."

내가 자동차 문을 열고 무거운 가방을 좌석 위에 내려놓는 동안 제이슨은 가만히 기다린다.

"뭘 그렇게 가지고 다녀?"

"든 게 너무 많아. 그런데 너한테 줄 것도 있어."

"그래?"

나는 제이슨을 위해 골라둔 페이지들을 꺼내 건네준다.

"잉그리드의 일기장에서 골라낸 페이지들이야. 널 주려고."

제이슨은 차에 올라타서 조명을 켠다. 나는 트렁크 위에 앉아 제이슨에게 읽을 시간을 주기로 한다.

사람들에게 최대한 진실에 가까운 페이지들을 주려고 했지만, 오래 고민한 끝에 제이슨에게는 좋은 부분만 보여주기로 했다. 제이슨은 그 나머지 페이지들에 대해 알고 싶지 않을 것이고, 분명 잉그리드도 제이슨이 알기를 바라지 않을 것이다.

그렇게 한 시간쯤 흘렀을까, 나는 제이슨이 있는 곳으로 가 본다.

제이슨은 운전대 위로 몸을 구부린 채 머리를 손에 묻고 있다.

"제이슨."

그 애는 움직이지 않는다.

급작스럽게 후회가 밀려든다. 이건 최악의 결정이었던 것 같다.

"제이슨?"

제이슨의 어깨 위에 손을 올리고 상황을 수습할 방법을 궁리한다. 일기장을 보여주는 게 좋은 생각인 줄 알았다. 잉그리드의 생일에 제이슨이 했던 말이 계속 떠오른다. *내게는 더 충격적인 일이라고 말하고 싶었는데, 곧 멍청한 생각이란 걸 깨달았지. 나는 그럴 자격이 없었어. 전혀 없었지.* 좋은 생각인 줄 알았는데, 내가 틀렸다는 것을 깨닫는다. 이건 제이슨이 감당하기에는 버겁다. 사실, 제이슨은 잉그리드를 잘 몰랐으니까. 그 둘은 생물 시간에 같이 앉았고, 한 번 제이슨이 잉그리드에게 모자가 예쁘다고 말했을 뿐이다. 정말 그게 다다. 그런데 내가 이런 폭탄을 떨어트린 것이다.

"제이슨."

나는 그 애의 어깨를 꾹 쥔다.

"제이슨." 나의 애원하는 목소리.

제이슨은 갑자기 정신을 차리더니 고개를 들고 차에서 내린다.

얼굴이 눈물로 젖었다. "이 일기들 때문에 지금 내 마음이 어떤지, 넌 전혀 모르겠지."

나는 미안하다고 말하려고 입을 연다. 하지만 제이슨이 먼저 말한다.

"고마워."

22

그다음에 갈 곳은 내가 너무나도 잘 아는 곳, 내 집처럼 잘 아는 곳이다. 나는 나무가 죽 늘어선 그늘진 길가에 차를 세우고 잠시 가만히 앉아 있는다.

아침에 데이비의 집 초인종을 누르는 것도 힘겨웠는데, 이건 힘겨운 것 이상이다. 도저히 못하겠다. 나는 치마에 손을 닦고 진입로 쪽을 흘끗거린다. 잉그리드네 엄마 자동차가 보인다. 아빠 자동차도 있다. 공기가 희박하고 차가워 숨쉬기가 고통스러운 고지대에 있는 느낌이다.

조수석에서 가방을 꺼낸다.

앞마당에서 현관문까지 이어진 길로 걸어가는데, 두 사람에게 미리 예고라도 해야 했다는 생각이 든다. 적어도 한 시간쯤 전에 전화라도 해서 지금 가도 괜찮을지 물어봐야 했다. 그렇지만 지금 떠나면, 용기를 내서 다시 돌아오기까지 과연 얼마나 걸릴까. 나는 현관에 서서 망설이다가, 잉그리드의 여자아이 그림을 떠올린다. *용기.*

문을 두드린다, 빠르게 세 번, 그리고 천천히 두 번. 시간만 나면 놀러 오고는 했던 옛날의 노크 방식 그대로. 그때는 누가 문을 열어줄 때까지 기다리지도 않았고, 그냥 내가 왔다는 것만 알린 다음 문을 열고 안으로 들어갔다. 잉그리드네 강아지가 문간에서 짖기 시작하고, 수잔 아줌마가 강아지를 달래는 소리도 들린다. 완전히 변해버린 아줌마의 모습에 단단히 대비하면서, 아줌마가 해골이나 껍데기만 남은 채 나를 맞이한다 해도 절대 놀란 티를 내지 않겠다고 나를 다잡는다.

천천히 문이 열린다.

아줌마의 머리카락은 더 하얗고 더 길다. 약간 살이 찐 것도 같지만 대체로 예전과 다르지 않다.

나는 입을 열었지만, 뭐라고 해야 할지 모르겠다. 마지막으로 여기에 왔을 때는 분명 아줌마를 제대로 보지도 않고 바람처럼 옆을 스쳐 잉그리드의 방으로 직행했을 것이다.

"이런." 아줌마는 손으로 입을 가리지만, 눈을 보면 분명 웃고 있는 것 같다.

"안녕하세요."

아줌마가 내 어깨를 만진다.

"들어오렴." 아줌마는 마음을 가라앉히고 말한다. "깜짝 놀랐어. 정말 놀랍고 반갑네."

나는 아줌마를 따라 거실로 들어간다. 하지만 안에 들어간 후에는 얼어붙고 만다.

벽의 정 중앙 벽난로 위에 잉그리드가 출품해 상을 받았던 그 인물 사진이 있다.

수잔 아줌마는 사진을 흘긋 보더니 나를 바라본다. 그러고는 부드럽게 미소 짓는다. “우리 집 벽난로 위에 네 얼굴이 걸려 있으니 이상하니?”

“조금요.” 나는 겨우 목소리를 낸다.

“비나 선생님이 사진을 가져오셨더라고.”

나는 고개를 끄덕인다.

“너한테 사진 보여준 그날 저녁에.”

아줌마가 델라니 선생님을 언급하는 것을 들으니 기분이 이상하다. 아줌마가 나에 대한 사소한 정보를 알고 있다는 것이, 이를테면 내가 언제 그 사진을 보았는지 알고 있다는 것이 묘하게 느껴진다. 그동안 나는 잉그리드의 엄마 아빠에 관해 생각하지 않으려고 부단히 노력해서, 한참 동안 두 사람은 존재하지 않는 것 같았다.

“참 예쁘네.” 아줌마가 말한다.

사진 속의 나는 아무 무늬 없는 탱크톱에 낡은 청바지를 입고 있다. 머리카락은 헝클어져 있고 얼굴은 피곤해 보인다. 잉그리드가 언제 이 사진을 찍었든, 나는 상태가 아주 좋지는 않았다.

"아니, 지금 말이야. 키가 더 자란 것 같아."

아줌마는 그런 의도로 한 말이 아니었겠지만, 내 머릿속에는 이런 생각이 불쑥 든다. *하지만 잉그리드는 영영 자라지 못하겠죠.* 눈물이 차오른다. 이런 것에 흔들리지 않을 정도로 충분한 시간이 흘렀다고 생각했다. 이제 1년인데, 그 정도면 충분한 시간 아닌가.

"미치는 낮잠 자는 중이야. 일주일 내내 바빴거든. 여기 앉아 있어. 내가 가서 데려올게. 널 보면 아주 좋아할 거야."

나는 가죽 소파에 앉아 신발을 벗고 다리를 포개고 앉는다. 두 사람에게 줄 일기장 페이지는 다 준비해놨지만, 지금 훑어보니 그걸로는 충분하지 않다는 생각이 든다. 파일에 넣거나 작은 책자로 제본했으면 좋았을 텐데.

복도에서 발걸음 소리가 울리고, 잉그리드의 아빠가 내 앞에 나타난다. 아저씨는 나를 안고 번쩍 들어 올린다. 어떻게 반응해야 할지 모르겠다. 아저씨는 한 번도 이러지 않았는데. 항상 다정하기는 했지만 잘 안아주는 타입은 아니었다. 아저씨는 별말 없이 그저 나를 꽉, 절박하게 끌어안고 있고, 아저씨의 어깨 너머 수잔 아줌마의 눈가에 마스카라가 번지며 눈물이 흘러내린다. 내 예상보다 훨씬 더 끔찍하다. 이런 나 자신이 너무 싫지만, 이런 생각은 나쁘다는 걸 알지만, 제발 아저씨가 나를 놔줬으면 좋겠다.

아저씨의 팔이 나를 더 단단히 조이고, 나는 입안을 깨물며 목구멍에 고이는 외침을 눌러낸다. *난 잉그리드가 아니에요, 당신의 딸이 아니라고요, 내가 당신의 딸인 척 기만하지 말아요.* 그렇지만 아저씨는 나를 놔주지 않는다. 숨쉬기가 고통스럽다. 나는 여기, 이 집 한가운데에 서서, 아줌마와 아저씨가 봤을 장면을 그려본다. 복도 끝쪽의 화장실에서 들리는 물소리에 잠에서 깨, 잉그리드가 벌써 샤워를 한다고 생각하며 다시 잠 속으로 젖어 든다. 알람 소리에 다시 잠에서 깼을 때, 미치 아저씨가 묻는다. *수지, 저 소리 들려?* 수잔 아줌마가 답한다. *응.* 복도를 걸어가는 슬리퍼 두 쌍. *미치, 여기 있어 봐, 샤워하는 건지 볼게.* 화장실 문을 두드리는 노크 소리. *잉그리드?* 다시 한번 노크 소리, 이번에는 조금 더 크다. *잉그리드!* 끼익, 하는 문의 신음, 물, 그리고 냄새. 오줌, 슬픔, 쇠 냄새. *세상에.* 온통 붉은색. *수지, 왜 그래? 수지, 나도 들어간다.* 그들의 벌거벗은 딸. 가슴과 음모, 골반, 그리고 상처, 그리고 피, 그리고 피부, 그리고 반쯤 감긴, 움직임 없는 눈. 내 다리는 떨리기 시작하고, 아저씨의 팔은 구속복이 되고, 아줌마는 복도에서 눈물을 흘린다. 나는 입안에 고인 피를 삼키고, 목소리가 떨리지 않게 애쓰며 속삭인다. "안녕하세요." 아저씨가 안고 있는 사람이 그 누구도 아닌 바로 나라는 사실을 알려주려고.

23

나는 다시 소파로 가서 어색하게 다리를 포개고 앉는다. 이제는 치마, 특히 짧은 치마 입는 것이 익숙하지 않다.

건너편 소파에 앉아 있는 아저씨는 어쩔 줄을 모르는 듯한 모습이다. 가끔 내 쪽을 흘긋거리며 긴장 섞인 미소를 짓는다. 부엌에 다녀온 아줌마는 레모네이드와 잔 세 개를 들고 온다.

그러고는 내 잔에 가득 음료를 따라 커피 테이블에 올려놓는다. "너희 엄마가 준 레몬으로 만든 거야. 지난주에 한 봉지 가득 주셨거든."

"두 분이 지난주에 만나셨는지 몰랐어요." 나는 놀라서 말한다.

아줌마는 자기 잔과 아저씨 잔에도 레모네이드를 따르며 거의 매주 엄마와 점심을 먹는다고 말한다. 내가 모르는 사이 이렇게 많은 일이 일어날 수 있다니, 나는 다시금 기분이 묘해진다.

레모네이드를 반쯤 마시고 우리의 대화가 잠시 잦아들자, 나는 두 사람을 위해 골라두었던 일기들을 꺼낸다.

어디부터 설명해야 할지 모르겠다. 그래서 전부 이야기하기로 한다. 침대 밑에서 잉그리드의 일기장을 발견한 것, 한 번에 조금씩만 읽었던 것, 마지막에 유서를 발견했던 것까지. 아줌마와 아저씨는 내가 이 모든 것을 설명하는 동안 내 얼굴에 시선을 단단히 고정하고 있다. 아줌마가 손을 뻗어 아저씨의 손을 쥐었던 순간도 있다.

"이 일기들은." 나는 커피 테이블 위에 복사해뒀던 페이지를 올려놓는다. "두 분께 드리고 싶어요."

두 사람은 서로를 부드러운 눈빛으로 바라보고 내게 고맙다는 시선을 보낸 다음 일기를 집어 든다. 나는 안다, 이제 그들은 더 이상 아무것도 바라지 않는다는 것을. 두 사람은 *일요일 아침의 나*에서 시작한 다음 페이지를 넘긴다. *엄마에게, 취소할게*가 나오자 아줌마의 턱이 떨린다. 아저씨가 아줌마의 손을 꼭 잡는다. 그다음에는 *아빠에게, 미안해.* 그러고는 유서를 읽는다. 나는 가만히 앉아 두 사람이 다 읽을 때까지 기다린다. 분명 그 일기들은 그들에게 깊은 의미가 있겠지만, 왠지 그것으로는 충분하지 않다는 생각이 든다. 내 말은, 이 사람들은 잉그리드의 *부모님* 아닌가. 그것은 그들이 가장 많이 잃었다는, 나보다 더 많이 잃었다는 뜻이다. 두 사람이 모든 걸 다 가져야 한다는 생각이 든다. 나는 일기장을 통째로 내주겠다는 결심으로 가방에 손을 뻗는다.

이제 표지에 있는 새는 칠이 다 벗겨졌다. 일기장을 커피 테이블에 올려놓자, 내 결정은 놀라울 만큼 당연하게 느껴지고, 심지어 홀가분한 느낌마저 든다.

"이것도 받아주세요."

그런데.

그 안에 쓰인 모든 내용이 한꺼번에 떠오르기 시작한다. 제이슨이 자신을 아프게 했으면 좋겠다는 이야기, 엄마를 향한 잉그리드의 분노, 개울, 그 남자애들. 잉그리드는 부모님이 그런 것에 대해 알게 되는 건 바라지 않았다. 내 얼굴에서 핏기가 전부 빨려 나간 듯, 속이 메슥거린다. 다시 일기장을 가져올 수 있을까.

아저씨가 내 얼굴을 살펴보더니 목을 가다듬는다. "우리에겐 잉그리드의 일기장이 정말 많다. 한번 보여줘야겠구나. 그 애는 아주 어렸을 때부터 일기를 썼거든. 일기로 가득 찬 상자가 차고에 몇 개나 있단다."

아줌마는 표지만 만지작거릴 뿐 넘겨보지 않는다. "최근에는 잉그리드가 어렸을 때, 우울증이 생기기 전에 썼던 일기를 읽고 있어. 그런 식으로, 삶에 기대하는 것이 많은 아이의 모습으로 잉그리드를 기억하고 있으면 위로가 되더구나." 아줌마는 고개를 젓더니, 일기장을 집어 들고 내게 돌려준다.

"잉그리드가 이걸 네게 주고 갔다면, 네가 가져야 해." 아줌마는 이렇게 말하고 내 손에 일기장을 쥐여준다. 나는 항상 넣던 곳에 일기장을 넣는다. 다행이라고 생각하지만, 잠시 후 현관을 나서는 내 어깨 위의 가방이 그 어느 때보다 더 무겁게 느껴진다.

24

이제 밤이 되어 깜깜하다. 나는 한창 기말고사 공부 중인 딜런을 찾아가서 밖으로 불러낸다. 딜런네 집의 하얀 울타리 앞에 차를 세워두고, 우리는 영화관으로 향한다. 이렇게 밤공기가 따뜻한 것은 올해 들어 처음이다. 수많은 별이 반짝인다.

아직 영화관 창문이 판자로 막혀 있지 않아 다행이다. 나는 커튼을 옆으로 밀고, 우리는 안으로 들어간다.

"아무것도 안 보여." 딜런이 말한다.

나는 가방 지퍼를 열고 손전등을 꺼낸다.

내가 손전등을 켜자, 딜런이 말한다. "이것도 오늘 하려고 계획한 굉장한 일 중 하나야?"

나는 고개를 끄덕인다. 손전등이 있음에도, 영화관 복도를 따라 죽 늘어선 좌석으로 갈 때는 조심조심 앞을 더듬어야 한다. 우리는 정중앙에 있는 좌석 두 개에 나란히 앉고, 나는 딜런에게 오늘 있었던 일들을 전부 말해준다. 잠에서 깬 순간부터 지금까지.

"나는?" 내가 이야기를 마치자, 딜런이 손을 내밀며 말한다. 나는 가방에서 파일을 두 개 꺼내서 하나를 딜런의 손 위에 얹는다.

딜런은 열어보지 않는다. "나중에 봐도 돼?"

나는 고개를 끄덕인다. "쉽지 않을 거야. 언제든 마음이 내킬 때 읽어."

딜런이 자기 메신저 백에 파일을 넣는다. 나는 두 번째 파일도 딜런에게 넘긴다. 그러고는 파일 위로 손전등을 비추고, 딜런은 내가 델라니 선생님에게서 빌려온 사진을 넘겨본다.

"이 사진을 저 위에서 보고 싶어." 나는 사진을 비추던 손전등을 돌려 흰 스크린을 비춘다. "할 수 있을 것 같아?"

딜런이 실눈을 뜬다.

"아니, 안 될 것 같다고 생각은 했지만 네가 워낙 영리하잖아?"

지금 딜런의 눈 뒤에서는 분명 온갖 기발한 아이디어가 샘솟고 있을 것이다. 마침내 딜런이 묻는다. "이걸 슬라이드로 만들 수 있어?"

"응."

"작은 건전지식 발전기가 필요할 것 같은데, 그건 구하기 쉽고……."

딜런은 조금 더 생각하더니 말한다. "그래. 할 수 있겠다."

그러고는 내게서 손전등을 받아 들고 좌석 사이를 저벅저벅 지나 복도 위로 올라간다. 곧 딜런이 삐걱거리는 계단을 올라가 영사실로 들어가는 소리가 들린다. 내 머리 위 영사실 창문 너머로 작은 빛줄기 하나가 나타난다. 그곳에서 딜런은 이것저것 옮기고 코드를 풀어내며, 아무것도 없는 곳에서 무언가를 만들어내고 있다.

다시, 여름

/

개학 첫날에 그랬던 것처럼 델라니 선생님은 앉은 순서대로 우리를 부르고 있고, 그 말은 나를 마지막으로 부른다는 뜻이지만, 그래도 괜찮다. 선생님은 교실 벽에 붙어 있던 사진을 다 떼어내어 우리가 새로 찍은 사진을 위한 공간을 마련해두었다. 나는 기다리는 동안 훑어보려고 책 한 권을 집어 든다. 책 속에는 사진작가인 저자가 자기 어머니를 찍은 사진이 가득하다.

내 차례는 수업 시간이 몇 분 남지 않았을 때 돌아온다. 델라니 선생님은 앞으로 나와 모든 사람에게 한 해 동안 열심히 해줘서 고맙다고 인사하고, 수업은 끝이라고 알려준다. 그리고 덧붙이기를, "케이틀린, 네 차례야."

나는 사진을 정리해놓은 파일을 품속에 꼭 끌어안고 선생님을 따라 교무실로 들어간다. 선생님은 생활기록부를 덮는다. 내 이름 옆에는 D 세 개와 기다란 0의 행렬이 있다는 것을 우리 둘 다 알고 있다. 하지만 내 손에는 새로운 사진 열두 장이 있다.

선생님은 걱정 가득한 눈초리로 안경 너머 나를 바라본다.

"좋은 걸 준비해왔다고 말해줘."

나는 타조처럼 한 발에만 체중을 싣고 선다. "연작이에요."

선생님이 숨을 내쉰다. "정말 다행이다. 테이블 위에 쭉 늘어놔 보렴. 준비가 다 되면 불러라."

나는 다시 교실로 돌아가 창문 옆에 있는 커다란 테이블에 사진을 내려놓는다. 이곳은 밝기가 딱 좋아서 세세한 디테일들이 잘 보인다. 그다음에는 델라니 선생님에게 준비됐다고 알린다.

나는 내 사진을 평가하는 선생님의 얼굴을 바라보지 않는다. 그 대신 선생님과 함께 내 사진에 담긴 이미지를 살펴본다.

나는 잉그리드의 사진들을 슬라이드로 만들었고, 모아둔 돈으로 작은 발전기를 샀다. 딜런은 하나의 이미지가 스크린 전체를 덮을 수 있도록 조정했다. 스크린 위의 이미지가 어찌나 선명하고 밝고 거대한지, 정말 굉장한 장면이었다. 딜런은 위쪽 영사실에 앉아 있었고, 나는 아래에서 삼각대와 사진기를 가지고 작업했다. 스크린을 제외하면 영화관은 아주 어두웠기 때문에 사진을 찍을 때마다 노출 시간을 길게 잡아야 했다.

"이건……." 델라니 선생님은 문장을 끝맺지 못한다.

"처음에는 될지 안 될지 몰랐어요. 사진을 사진으로 찍는 것, 말이에요."

"하지만 이건 그 이상이야. 이미지를 확대하는 행위 그 자체로, 넌 잉그리드의 사진에 배가된 중요성을 부여한 거야. 이 사진들은 관객의 집중을 요구하고 있어."

"감사합니다. 그리고 영화관이라는 장소도 중요해요. 잉그리드는 이 영화관을 아주 좋아했는데, 안에 들어가 보지는 못했거든요. 이 작업을 통해 마침내 잉그리드를 영화관 안으로 데려가게 되는 거예요."

선생님은 고개를 끄덕인다. "그래. 물러서서 이 사진들 전체를 보자면, 가장 먼저 시선에 들어오는 건 빛이 밝혀진 이미지야." 이제 선생님은 사진을 하나씩 짚어보며 말한다. "레코드플레이어가 보이고. 그다음에는 침실. 빗물이 튄 창문. 맨발. 하지만 차츰 차츰 영화관의 존재감이 떠오르면서, 스크린에 떠오른 이미지 이상의 무언가가 있다는 걸 알게 돼. 죽 늘어선 빈 좌석도 의미심장하지. 그 이미지들이 거대하고 무게감 있기는 하지만, 보이지 않는 것들이 있어. 여기에는 비밀이 있는 거야. 사진을 찍는 사람과 이미지 사이에 무언가 사적인 교환이 이뤄지고 있어."

"커튼도 중요해요. 여기 보이죠?" 나는 카메라를 들고 있는 잉그리드의 자화상 사진을 가리킨다. 이 사진을 찍었을 때, 나는 양쪽의 무거운 벨벳 커튼을 살짝 쳐서 스크린 위의 이미지를 가려 조금씩 잘라냈다. "잉그리드를 숨겨놓은 것처럼 연출하고 싶었거든요."

"응." 델라니 선생님이 끄덕인다. "빛이 커튼 위까지 닿았지만, 커튼 주름 때문에 이미지가 가려져 있네. 마치 영화가 끝났을 때 같구나."

"아직 끝날 시간이 아니라면 더 보여줄 것이 있다는 듯한 느낌이에요."

우리는 잠시 침묵 속에서 내 사진들을 살펴본다.

"제목은 생각해 봤니?"

"네. <유령>이요."

"케이틀린. 정말 훌륭한 작업이구나."

기분이 어찌나 좋은지 마음이 저릿하다. 단순히 선생님이 칭찬해줘서 기쁜 것이 아니고, 그 칭찬이 사실이라는 걸 알기 때문에.

"기다려봐." 선생님은 교무실로 사라진다. 문득 선생님을 주려고 가방에 넣어놨던 잉그리드의 일기가 떠오른다. 델라니 선생님이 얼마나 자신에게 많은 영감을 주는지 썼던 그 일기. 오늘 그 일기를 주려고 했는데 지금은 왠지 그러고 싶지 않다. 이기적이라는 건 알지만, 오늘 오후는 온전히 내 것이었으면 좋겠다. 그래서 나는 일기를 가방에서 꺼내 책상 위에 엎어놓는다.

압정 상자를 들고 돌아오는 델라니 선생님을 보고 내가 말한다. "이건 선생님 거예요. 하지만 나중에 보셔야 하니까 이렇게 책상 위에 올려놓고 갈게요."

선생님은 고개를 끄덕이더니, 내 사진을 그러모아 손에 쥔 채 의자를 질질 끌며 교실 앞쪽으로 간다. 그곳에 차례차례 사진을 걸자 내 작품은 중앙 벽에 일렬로 늘어선다.

새 학년이 시작되면 처음 보게 될 사진들이다.

2

나는 헨리네 수영장 다이빙대에 걸터앉아 양팔을 허공으로 쭉 뻗는다.

"다이빙해!" 딜런이 외친다.

"아냐, 그대로 있어." 테일러가 뒤따라 소리 지른다. "그렇게 있으니까 멋있는데. 팔 좀 봐!"

"케이틀린 재 목수잖아." 딜런이 말한다.

"뭐?"

"몰랐어?"

나는 뛰어내린다. 수영장 물은 따스해서 공기에서 물로 전환되는 것이 잘 느껴지지 않지만, 나는 물속에 있다. 눈을 떠보니 투명하고 파랗다. 수영복 바지를 입은 남자애들의 다리, 비키니 하의, 빨간 발톱, 청록색 타일 벽. 수면 위로 올라가자, 헨리의 목소리가 들린다. "그래, 네 여자친구 말이야. 예뻐?" 딜런이 답하기를, "눈부셔."

기말고사가 끝났다. 지금 이곳에서는 한 학년의 마지막 날을 기념하는 파티가 진행 중이다. 항상 와보고 싶었지만 그럴 용기가 없었던 파티. "기억해." 한 시간 전, 헨리네 집 앞에 도착했을 때 딜런이 말했다. "맥주 마시고, 누가 예쁜지 이야기하고, 테일러랑 안방으로 가서 오붓한 시간을 보내는 거야."

"진심이야?" 내가 물었다.

딜런이 어깨를 으쓱했다. "뭐, 그냥 수영이나 하든가."

나는 수영한다. 천천히, 매끄러운 흰색 바닥이 손가락에 닿을 정도로 깊은 곳에서. 누군가가 내 등에 스친다. 테일러다. 우리는 물속에서 키스한다. 수면으로 올라오자, 물방울이 테일러의 속눈썹 끝에 조그맣게 매달려있다.

"그대로, 가만히 있어 봐." 내가 말한다. 테일러는 눈을 감고, 나는 혀끝으로 물방울들을 핥아본다. 소독약 맛, 여름의 맛이 난다.

"너 목수야?"

"응."

"딜런이 그러던데. 게다가 사진작가라고?"

"응."

머릿속으로 생각한다. *그리고 누군가의 딸이기도, 친구이기도 하지.* 나는 눈을 감고, 나의 이런 모든 자아를 떠올려보려 한다. 눈에 보일 것만 같다. 이제 감았던 눈을 뜨고 테일러를 본다, 커다란 미소를 머금고.

"넌 참 예뻐." 테일러가 말한다.

"난 *네가* 예쁜데."

우리는 반대쪽까지 함께 헤엄친다. 내게 수중 카메라가 있으면 좋겠다. 그러면 테일러의 귀 주변으로 머리카락이 일렁이는 모습을, 물을 차내는 발목의 움직임을 포착할 수 있을 텐데.

몇 시간이 흐르고, 테일러와 제이슨은 야외용 의자를 펴놓고 앉아 초능력에 관한 시시껄렁한 이야기를 하고 있다. "넌 *지금도* 달리기는 빠르니까." 테일러가 말한다. "여기서부터 샌프란시스코까지 1밀리세컨드 만에 갈 수 있는 능력, 그런 건 어떨까."

"젭토세컨드*가 더 빠른데." 딜런이 말한다. 딜런과 나는 뒷마당 건너편의 잔디밭 위에 널브러져 있다.

"매디랑 키스하면 어떤 기분이야?" 내가 묻는다.

* 0.000000000000000000001초.

딜런이 눈썹을 치켜뜬다. "예상하지 못한 질문인데."

"예상했어야지. 우리는 못 하는 이야기가 없는 사이잖아. 이런 이야기는 하면 안 돼?"

딜런이 어깨를 으쓱한다.

"다른 사람들은 친구랑 주로 이런 이야기를 한다고. 우리도 시도해보자."

딜런은 등을 대고 누워 하늘을 바라본다. 해가 지고 있다. 황금색, 분홍색으로 물든 하늘을 배경으로 언덕의 윤곽이 선명하다.

"매디 이야기로 시작하자. 매디가 키스하는 방식을 두 가지 형용사로 설명해봐."

딜런은 손으로 얼굴을 가리고 살짝 웃는다. 나는 딜런에게 가까이 다가간다.

"자신감 있고, 우아해." 딜런은 손가락 사이로 나를 힐끗힐끗 본다.

"너 얼굴 빨개졌어!" 내가 소리 지른다. "너 얼굴 빨개진 적 태어나서 처음이지."

"아냐." 딜런이 웃음을 터뜨린다.

"왜 딜런 얼굴이 빨개졌어?" 테일러가 마당 건너편에서 외쳐 묻는다.

"그러면, 테일러는?" 딜런이 속삭인다.

"기적 같고, 다정해."

또 몇 시간이 흐르고, 사람들이 떠나기 시작한다. 집 안의 소음이 잦아든다. 테일러와 제이슨과 헨리와 딜런과 나는 밖에서 헨리가 배달시킨 피자를 먹는다. 다들 떠들고 웃느라 바쁘지만, 헨리는 그저 먹기만 하다가 밤하늘을 멍하니 바라본다. 곧 피자가 동난다. 밤공기가 더 서늘해진다. 나는 집 안으로 들어간다. 헨리는 현관에, 가족사진 밑에 있는 분수 가장자리에 앉아 있다. 내내 말 한마디 하지 않았던 탓에 자리를 비운 것도 모르고 있었다. 나는 가방 깊은 곳에 똘똘 뭉쳐 두었던 노란색 스웨터를 꺼낸다. 그길로 바로 밖에 나가는 대신, 헨리 옆에 앉는다.

우리는 아무 말도 하지 않는다. 헨리는 멀거니 자기 손을 바라보고, 나는 스웨터에 달린 끈을 잡아당긴다. 갑자기 헨리가 분수에 손을 담그더니 가족사진에 물을 튀긴다.

"인생 엿같아." 헨리가 말한다.

나는 고개를 끄덕거린다. "아마도."

헨리의 얼굴이 분노, 아니면 당황으로 벌겋다. 둘 중 어느 쪽인지 모르겠다. 나는 가족사진을 흘긋 보고, 나를 보는 시선이 느껴지자 그 시선을 맞받는다.

"하지만 항상 그런 건 아냐. 항상 그렇지는 않다고 생각해."

3

나의 트리하우스가 완성되었다. 사실 *완성*이라는 말은 무리일 수도 있다. 차라리 트리하우스의 얼개가 완성되었다고 해야겠다.

트리하우스로 올라가는 사다리는 널찍하고 탄탄하며, 땅에서부터 3미터 높이다. 벽은 여섯 개고 대문 대신 한쪽 벽을 뻥 뚫어 놓았다. 나머지 벽에도 창을 뚫어 빛과 공기를 통하게 했다. 넓은 바닥 한가운데에는 나무 기둥이, 그 두껍고 거칠고 단단한 껍질이 자리 잡고 있다. 천장은 약 2미터 높이에 올렸는데, 천장 공사는 발판 사다리 위에 올라가서 해야 했다. 손에 닿지 않는 곳은 아빠가 도와줬다. 내가 망치질하는 동안 기둥을 꼭 붙들어줬고, 너무 무거운 것은 대신 옮겨 주었다.

엄마가 나를 위해 페르시안 러그를 세탁해 주어 이제 러그는 처음 발견했을 때보다 더 알록달록하다. 창문 너머로 손을 뻗으면 잡히는 작은 나뭇가지에 나무와 유리로 된 벌새 모이통을 걸어두었다. 길가 중고시장에서 산 아주 편안하고 푹신한 의자는 한구석에 놓았다. 차고에서 찾아낸 포도주 상자들은 테이블로 삼았고, 그 위에 꽃병을 두고 꽃을 꽂아두었다. 꽃병 옆에는 잉그리드의 자화상을 액자에 끼워 놓고, 아빠의 오래된 히피 스타일 촛대에서 떼어낸 초도 몇 개 놓았다. 그리고 깔끔한 검은 액자 열여섯 개를 사다가 나의 〈유령〉 연작을 넣었다. 액자들을 세 개 벽에 걸쳐 걸어놓고, 마지막 액자는 문 위에 걸었다. 엄마 아빠를 데려와 보여줬더니, 아빠는 실제로 눈물을 흘렸고 엄마는 사진들을 바라보며 자랑스러운 표정을 지었다. 내가 〈모나리자〉라도 그린 것처럼!

내일은 철거가 있는 날이고, 엄마 아빠가 굳이 쓰는 표현대로 *나무집들이 파티*가 있는 날이기도 하다. 매디가 샌프란시스코에서 오기로 했고, 딜런은 요리사 어머니가 만든 맛있는 음식을 가져올 예정이다. 그리고 테일러와 제이슨, 당연한 말이지만 엄마 아빠도 온다. 부모님은 직접 기른 루바브로 만든 디저트에 대해 쉴 새 없이 떠드는 중이다. 델라니 선생님에게도 전화해 초대 메시지를 남겼고, 선생님은 기꺼이 오겠다는 답신을 남겼다.

이미 음악을 골라놨고 접시와 식기까지 내놨으니, 이제는 기다릴 일밖에 없다. 나는 낮은 볼륨으로 음악을 틀어놓고 러그 위에 널브러져 잠들었다가 깨기를 한참 동안 반복한다. 눈을 뜰 때마다 하늘을 보며 구름의 움직임을 쫓는다.

4

새벽 두 시, 철거 시작까지 다섯 시간밖에 남지 않은 시점에 잠에서 깬다. 나는 알고 있다, 다시 한번 영화관에 가야 한다는 것을. 엄마 아빠에게 메모를 써서 침대 위에 남겨 놓고, 청바지와 후드티를 입고 초록색 컨버스를 신은 다음 가방을 들고 살금살금 밖으로 나간다.

영화관에 도착한 후에도 여전히 사위는 칠흑처럼 어둡다. 항상 트렁크에 손전등을 들고 다니라고 했던 아빠에게 마음속으로 고마움을 전하며 도서관 앞에 주차한 다음, 손전등을 들고 깨진 창문 쪽으로 간다. 영화관 안에 가방을 던져 놓고 나도 뒤따라 안으로 들어간다.

가방에서 잉그리드의 일기장을 꺼내 첫 페이지를 찢어낸다. 깨끗하게 뜯어내려 조심조심한다. *일요일 아침의 나*를 가방에 있던 파일에 넣는다. 그러고는 영화관 안내판에 붙일 글자를 가지러 영사실로 간다. 잉그리드에게 메시지를 보내고 싶다.

지난 한 해를 나뭇가지에 대롱대롱 매달려 보내지 않았더라면, 지금 나는 무서워서 벌벌 떨고 있을 것이다. 몇 년이고 휴게실 벽에 세워져 있었을, 곧 부서질 듯한 사다리 위에 올라가 있으니까. 그것도 한쪽 겨드랑이에는 손전등, 다른 쪽에는 글자 상자를 끼고. 다행스럽게도 안내판 밑에 선반이 있어 손전등과 글자 상자를 내려놓을 수 있게 되었다. 이 밤은 고요하고 따듯하다. 잉그리드에게 하고 싶은 그 많은 말들을 어떻게 이 작은 공간에 욱여넣을 수 있을지 모르겠다. 지금까지 붙어 있던 '안 ㅕㅇ히 가세요, 감 ㅏ합니다.'를 떼어내고 무엇을 써넣을지 생각해본다.

모든 기억이 떠오른다. 단추처럼 생긴 빨간 귀걸이. 잉그리드의 어깨너머로 일기장에 적힌 단어 몇 개와 구절 몇 개와 그림들의 한 귀퉁이를 훔쳐보던 것. 연필을 너무 세게 쥐어서 생긴 잉그리드 손가락의 굴곡. 잉그리드가 카메라 렌즈를 통해 나를 바라보고 있을 때 느꼈던, 어색하고, 아름답고, 필요한 존재가 된 느낌. 땡땡이치고 하릴없이 시간을 보내던 것. 파란 혈관과 창백한 피부. *하여간 별난 애야.* 집중한 잉그리드의 얼굴 위에 드리우던 영사실의 빨간 조명. 조용한 언덕, 맨발 밑에서 촉촉한 풀. *못생겼어*라고 말하는 흉터. 맑고 파란 눈. *네가 가는 곳으로 갈래.* 기다란 샴페인 잔. *그대로, 가만히 있어. 지금 우리 진짜 예쁘다니까.* 노란 원피스를 입고 춤추는 모습. 개울. *이유가 뭔지 궁금할 수도 있겠지만, 이유 같은 건 없어.* 주머니 속에 몰래 네일 폴리쉬를 넣던 것. *너에게도, 그 누구에게도 상처 주고 싶지 않아. 그러니까 제발 나를 잊어줘.*

글자를 뒤적이며 첫 문장에 쓸 것들을 빼낸다. 글자들은 안내판에 붙이니 쉽게 떨어지지 않는다. 상자 안에 있는 모든 글자를 다 쓰게 될 줄 알았는데, 첫 문장을 완성하고 나니 할 말은 그것뿐이라는 사실을 깨닫는다.

'네가 그리워.'

조심조심 아래로 내려온다. 글자 상자를 다시 영사실에 가져다 놓고, 나를 기다리고 있는 내 가방을 집어 든다. 잉그리드의 일기장을 또 꺼내 본다. 이제 수정액으로 그린 새는 칠이 완전히 벗겨졌다. 나는 선반 위에 놓인 책 몇 권과 오래된 영화 필름 사이에 일기장을 놓는다. 그리고 일어나서 문 쪽으로 걸어가다가, 까만 표지 위에 마지막으로 빛을 비춰본다. 여기서 보니 일기장은 여느 책과 다를 것 없다.

5

청바지와 스웨터를 입은 채 잠에서 깬다. 지난밤의 기억은 저 먼 곳에 있는 듯 흐리다.

혹시나 해서 가방을 뒤져본다. 지퍼 달린 주머니는 텅 비어 있다.

아침을 먹으러 내려가 보니 엄마 아빠가 내 자리에 시리얼 그릇을 놔두었다. 둘은 나란히 앉아서 같은 신문의 다른 기사를 읽고 있다.

"점심 싸뒀어." 아빠가 말한다. 엄마는 갈색 종이봉투를 내민다. 안을 살펴본다. 피넛버터 앤드 젤리*, 사과, 그래놀라 바.

"어머, 초등학생 시절 같네."

엄마가 눈을 흡뜬다. 아빠는 내 머리를 헝클어 놓는다.

출발해야 할 시간까지 몇 분밖에 남지 않았다. 나는 빨리 시리얼을 먹고 양치한 후 다녀오겠다는 인사를 남기고 걷기 시작한다. 영화관에 가는 것도 오늘로 마지막이다.

스트립 몰 건너편 거리의 모퉁이에 도달하자, 도로에서 낮게 중얼거리는 소리가 들려온다. 트럭 여러 대가 내 쪽으로 잇따라 달려오고 있다. 나는 트럭이 한 대씩 느릿느릿, 마치 장례 행렬처럼 대로를 지나가는 모습을 지켜본다. 빨간 모자를 쓴 운전사 하나가 손을 흔든다. 나도 손을 들어 올린다.

7시가 조금 넘었을 뿐인데 벌써 햇볕이 뜨겁다. 내 앞쪽 저 멀리서 트럭들이 속도를 줄이다가 우회전해 영화관 쪽으로 간다. 나도 그 뒤를 따른다.

도착해보니 이미 블록 여기저기에 사람들이 퍼져있고 트럭도 짐을 내린 상태다. 거대한 주황색 기계가 이 모든 것 위로 불쑥 솟아 있는데, 꼭 금속으로 된 공룡 같다. 고층 빌딩이나 높은 산 같은 것도 잠시 잊게 하는 광경이다. 공룡 기계는 분명 지구에 있는 그 어떤 것보다 커다랄 것이다.

노인과 정원용 의자에 앉은 남자들과 아이를 데려온 여자들

* 한쪽에는 땅콩버터, 다른 한쪽에는 과일잼을 발라 만든 샌드위치. 미국에서 특히 아이들이 즐겨 먹는 점심 도시락 메뉴이다.

사이로 조심조심 비집고 들어가 접근금지 테이프 바로 앞까지 나아간다. 항상 나만의 비밀이라고 생각했던 이곳에 이렇게 많은 사람이 모여든 것을 보니 기분이 이상하다. 오늘 이전에도 여기에 와본 사람이 과연 몇이나 될까. 그들에게 오늘의 철거는 어떤 의미일까.

나는 인파 한가운데에서 양반다리를 하고 도로에 앉는다.

곧 주황색 기계가 잠에서 깬다.

그리고 덜컹거리며 움직이기 시작해 조금씩 앞으로 나아간다. 기계의 목이 하늘로 솟구치며 내 위로 족히 9미터 위까지 뻗어나더니, 영화관 옆쪽을 내리쳐 무너뜨린다.

그다음에는 모든 것이 순식간에 진행된다. 기계의 목 끝에 달린 강력한 턱이 단 몇 분 만에 벽을 집어삼키고, 이제는 영화관으로 직행해 안에서부터 건물을 부수고 뒷벽을 허문다. 내 밑으로 땅이 흔들린다. 한 남자가 소방 호스로 물을 뿌려 먼지가 사람들 쪽으로 가지 않도록 한다. 공기에서 자극적이고 유독한 냄새가 나고, 나는 얼굴을 가리려고 손을 들어 올린다. 그때, 오랫동안 생각한 적 없었던 잉그리드에 관한 기억이 떠오른다.

어느 날, 엄마가 우리를 어딘가로 데려가던 중이었다. 기름을 채워야 해서 주유소로 진입하던 중에 잉그리드가 창문을 내렸다. 그러고는 머리를 내밀고 깊이 숨을 들이쉬었다.

너 뭐해? 내가 물었다.

기름 냄새 너무 좋아. 잉그리드가 숨을 내쉬며 말했다.

나는 얼굴을 찌푸렸다. 내가 기름에 대해 아는 거라고는, 너무 비싸서 엄마 아빠가 불평한다는 것뿐이었다. 그리고 엄마는 기름이 손에 닿는 걸 싫어한다는 것도.

잉그리드는 창밖으로 몸을 뺐다. *너도 맡아 봐, 좋을걸.*

나는 그러지 않았다. *너 진짜 문제 있다*라고 말했고, 잉그리드는 웃으면서 또 한 번 숨을 들이쉬었다.

지금 코끝에서 기름 냄새가 느껴진다. 익숙한 곰팡내도 섞여 있다. 기계가 영화관을 집어삼키고 귀가 먹을 것 같은 굉음과 함께 벽이 무너지는 동안, 나는 변화의 냄새를 호흡한다. 이 광경은 내가 생각했던 것만큼 끔찍하지 않다. 아니면 너무나도 끔찍해 그 끔찍함에 중독되어 버린 것일지도. 둘 중 어느 쪽일까. 내 뒤에서 아기가 울음을 터뜨리지만, 소음이 심해 울음소리가 먹혀버린다.

마음의 준비를 끝내기도 전에 기계가 영화관에 정면으로 접근한다. 안내판 바로 옆에 멈추더니 목을 쳐들고 턱을 벌린다. 내 심장은 부풀어 올라 가슴을 뚫고 나올 것 같다. 눈앞이 흐려진다. 영화관이 무너진다. 천장이 부스러진다. 잉그리드의 일기장이 선반에서 굴러떨어져, 책장을 날개처럼 퍼덕거리다가 활짝 펴진 채

곤두박질치는 모습을 그려본다. 소방 호스에서 나온 물이 책장을 적시면 잉크가 번지고 섞여들어 그림은 형체를 잃고 단어는 의미를 잃을 것이다.

누군가가 내 어깨를 잡는다. 고개를 들어보니 제이슨이다.

제이슨은 내 옆에 쭈그리고 앉아 주머니에서 티슈를 꺼낸다.

아직은 말이 나오지 않는다. 미소라도 지어보려 애쓰고, 생각보다 쉽게 성공한다. 웃고 나니 마음이 조금 가벼워진다. 제이슨도 미소 짓는다. 마지막 벽이 무너질 때도 나는 여전히 미소를 띤 채 제이슨이 준 티슈로 흘러내리는 눈물을 닦는다. 거대한 기계 밑에서 부러지는 목재를, 조금씩 조금씩 과거의 형체를 잃어가는 영화관을 바라본다.

모든 것이 끝나고 땅의 흔들림도 멈추자, 열 명 남짓한 인부들이 그 속으로 밀려들어 잔해를 트럭에 싣는다. 사람들은 슬슬 자리를 정리하고 떠나기 시작한다.

"처음부터 봤어?" 제이슨이 묻는다.

나는 고개를 끄덕인다. "너도?"

"초반부터."

곧 사람들이 모두 떠나고, 제이슨과 나만 남는다.

"난 이제 달리기하러 간다." 제이슨이 말하며 일어선다.

나는 텅 빈 블록을 바라본다. 한때 그 자리에 영화관이 있었다는 사실이 벌써 믿기 힘들다.

"나는 조금 더 있을게."

제이슨이 "너희 집에서 보자."라고 말하고, 저 멀리 뛰어간다. 나는 작업 중인 인부들을 바라본다. 그들은 한 트럭에 목재를 싣고, 또 다른 트럭에 구리 파이프를 싣는다. 토대를 이루는 콘크리트는 잘게 부숴서 수레에 싣고 옮긴다. 그들이 바쁘게 일하는 사이 나는 점심 도시락을 꺼내 먹는다. 아침 먹고 난 지 몇 시간이나 지났지만, 조금 전에야 허기를 느꼈다. 조금씩 공터가 확장되고, 인부들도 트럭을 타고 사라진다. 오후 네 시쯤 되자 한 남자가 와서 접근금지 테이프를 치운다.

"쇼는 끝났어." 그는 웃으며 말한다. "오늘은 재미있는 것 다 끝났단다."

그는 손으로 테이프를 구긴다. 눈이 다정하다.

"철거 구경 온 건 오늘이 처음이니?"

"네."

"그래서……." 그는 팔을 뒤로 쓱 빼며 탁 트인 공간을 가리킨다. "어땠니?"

어땠을까, 정말 모르겠다. 그래서 그렇게 말하자고 생각하며 입을 연다. 하지만 내 입에서 나온 말은, "진짜 대단했어요."

그리고 이 말은 진심이다.

"정말 그랬지? 20년도 넘게 이 일을 했는데, 아직도 보고 있으면 짜릿해."

그는 나를 내려다보며 머리를 긁적인다. 그의 눈에 내가 어떻게 비칠지 정확히 알고 있다. 아무 이유도 없이 철거지를 어슬렁거리는 정신 나간 십 대 청소년.

나는 무릎을 굽혀 가슴에 끌어안은 다음 눈을 찌푸리며 그를 쳐다본다. 손을 들어 햇볕을 가린다.

"옛날 생각을 좀 하고 있어요."

그 설명 덕에 상황 정리가 된 것 같다. 그는 고개를 끄덕이고 공터 쪽으로 간다. 내 머릿속에 있는 생각들이 하늘에 재생되는 중인 것처럼 허공을 바라보고 있다.

6

잉그리드가 자살하기 전날 밤, 우리는 내 방 바닥에 앉아 건성으로 생물 기말시험 공부를 하고 있었다. 계속 딴짓을 했다. 라디오에서 괜찮은 노래가 나올 때마다 *이 노래 너무 좋아*라면서 볼륨을 높였고, 우리 앞에 펼쳐져 있는 읽지 않은 교과서는 깡그리 잊어버렸다.

잉그리드가 말했다. "생물 따위, 엿 먹으라고 해. 우리, 미래 이야기하자." 목소리에 어떤 급박함과 꾸며낸 듯한 쾌활함이 있었는데, 나는 그런 것을 부분적으로밖에 감지하지 못했다.

나는 책을 덮고 말했다. "그래. 너부터 말해봐."

"*너부터* 말해봐."

나는 등을 대고 누워서 천장을 바라보았다. 그리고 입을 열었다. "대학은 멀리 떨어진 곳에 가고 싶어."

"동부 쪽으로?"

"오리건이나 몬태나로."

"눈이 좋아, 바다가 좋아?"

"몬태나에는 빙하가 있잖아. 어디서 들었는데, 미국에 있는 빙하가 전부 녹고 있대. 우리가 나이 들기 전에 다 사라질 거야."

"그러면 눈이 좋은 거야?"

"모르겠네." 내가 말했다. "오리건 해변이 그렇게 멋지다던데."

"그러면 바다?"

"모르겠어. 결정을 못 하겠다."

"전공은 뭘로 할 건데?"

내가 답했다. "모르겠어."

"너 영문학 좋아하잖아, 맞지?"

"응. 하지만 재미로 읽는 걸 좋아하는 거지."

잉그리드가 말했다. "너 미술도 좋아하잖아."

"응. 미술 좋아하지."

"그러면 미술로 하자."

"좋아."

"나중에 갤러리에서 개인전을 하게 될지도 몰라."

"갤러리에는 구경만 많이 다니게 될 것 같은데."

"네가 얼마나 똑똑한데." 잉그리드가 말했다. "넌 교수 같은 직업을 갖게 될지도 몰라. 학생들이 전부 너한테 홀딱 반하겠지."

나는 웃으며 잉그리드 쪽으로 돌아누웠다.

그리고 물었다. "너는?"

잉그리드는 어깨를 으쓱했다. "너도 알잖아. 사진 찍고, 여행하겠지."

"대학교는?"

나는 대답을 기다리며 잉그리드의 얼굴을 바라보았다. 그 애의 얼굴이 조금이라도 회의감을 내비쳤다면, 내가 보지 못한 것이다.

마침내, 잉그리드가 답했다. "네가 가는 곳으로 갈래."

나는 잉그리드의 무릎에 있던 생물 교과서를 툭 쳤다. "대학에 *들어갈 수나* 있을까 몰라."

잉그리드가 웃음을 터뜨리자 나도 웃음을 터뜨렸고, 그 웃음소리에 귀 기울일 생각은 하지 못했다. *잉그리드의 웃음소리*를 듣

는 건 이번이 마지막이야, 같은 생각도, 결코.

"우린 갈 수 있어." 잉그리드가 말했다. "대학 생활은 정말 대단할 거야. 너도 대단할 거고."

어느 순간에, 어쩌면 잉그리드가 집에 가려고 일어났을 때, 분명 나는 다른 곳을 보고 있었을 것이고 잉그리드는 일기장을 몰래 침대 밑에 넣어놨을 것이다. 나는 앞으로 무슨 일이 벌어질지 아무것도 모른 채 중요하지도 않은 생각에 잠겨 있었을 것이다.

7

나는 오랫동안 철거 현장에 앉아 있다. 접근금지 테이프를 뜯어냈던 남자가 떠나고, 다른 인부들도 거대한 기계의 조각들과 영화관의 잔해를 싣고 떠난다. 이제 남은 건 햇볕과 먼지, 그리고 평평하고 텅 빈 거리뿐이다.

이건 잉그리드와 내가 꿈꾸던 해피엔딩은 아니지만 내가 살아내고 있는 인생의 일부다. 삶은 변화한다. 사람들은, 모든 것은 사라진다. 그리고 전혀 예상하지 못할 때 다시 나타나 우리를 꼭 안아준다.

나는 일어나서 가방의 지퍼를 연다. 삼각대를 꺼내 사진기를 조절한다. 새로 탄생한 공터를 렌즈에 담는다. 저 멀리 아직 개발

되지 않은 로스 세로스의 언덕이 보인다. 한때 무언가가 있었던 곳에서 날아온 먼지가 땅으로 내려앉으며 반짝거린다. 나는 내가 서 있는 곳에서 몇 발자국 떨어진 지점에 사진 초점을 맞춘다.

타이머를 맞추고, 이제 카메라 앞으로 걸어간다.

나는 렌즈를 마주 보고 뒤로 걸어 초점을 맞춰둔 곳까지 간다. 그곳은 내 모습이 프레임 대부분을 채울 정도로 가깝지만, 내 몸 전체를 담을 수 있을 정도로 멀다. 타이머가 빨리, 더 빨리 돌아가며 사진을 찍을 채비를 한다. 나는 똑바로 서서 깊게 숨을 들이쉬었다가 다시 내쉬고, 그때 타이머가 멈춘다. 나는 그대로, 가만히 있다. 느껴질 것만 같다, 셔터가 열리고, 필름에 밀도가 생기고, 빛을 흡수하고, 나를 포착하고.

이것이 내 모습이다. 이제 곧 열일곱 살이 될 나, 똑바로 서서 팔을 옆으로 내리고, 자갈 위를 발로 디딘 채 공터 한가운데에 서 있다. 1년 동안 자르지 않고 놔둔 쭉 뻗은 적갈색 머리카락의 갈라진 끝이 내 등을 스친다. 콧등에 있는 열 개 남짓한 작은 주근깨는 어린 시절의 흔적. 툭 불거진 팔꿈치와 무릎, 목재를 두드리고 운반하느라 강해진 팔. 흰 브래지어 끈이 하얀 탱크톱 밑으로 비치고, 청바지는 종일 흙먼지에 굴러 더럽다. 작은 입, 립글로스도 바르지 않은, 미소 없는 입술. 무방비 상태의 갈색 눈은 동그랗고, 잠들지 못했던 지난 며칠 밤에도 불구하고 또렷하다. 뭐라고 정의하기 힘든 표정. 그리워하는 듯한, 슬픈 듯한, 희망을 꿈꾸는 듯한.

감사의 말

내 삶에는 멋진 사람들이 너무나 많아서 여기에 이름을 다 나열할 수 없을 정도니, 나는 참 운이 좋은 사람이다. 여러분 모두에게, 내 삶을 따뜻함과 사랑으로 채워주어 진심으로 감사하다는 말을 전한다.

나의 어머니 데버러 호비-라쿠르와 아버지 자크 라쿠르(해적도 수학자도 아니다)에게 고마운 것들을 읊자면 목록이 끝도 없을 것이다. 간단하게, 항상 나를 믿어줘서 고맙다는 말을 하고 싶다. 남동생 줄스 라쿠르, 그렇게 멋진 사람이 되어줘서, 항상 큰 웃음을 줘서 고맙다. 할아버지와 할머니, 조지프와 엘리자베스 라쿠르에게, 굽힘 없는 사랑을 보여주고 상대성 이론을 가르쳐주어 감사하다는 말을 전한다.

셰리와 할 스트로블에게, 두 사람의 사랑과 친절에 고마움을 느낀다. 내가 두 사람의 며느리라는 것은, 정말 많은 이유로, 행운이다.

나의 편집자 줄리 스트로스-게이블. 내 소설의 가장 좋은 점을 끌어 내준 것, 그리고 그 과정에서 내게 글쓰기에 관해 참으로 많이 가르쳐준 것에 고맙다. 더튼 출판사에 있는 모든 분, 이 책을 세심히 살펴주셔서 감사한 마음이다. 그리고 나의 사랑스러운 에이전트, 사라 크로 덕에 모든 것이 순조로울 수 있었다.

이 책의 첫 독자 중 한 명인 제시카 제이콥스. 내 두서없고 단절된 글 조각들이 언젠가 소설로 거듭날 수 있다고 굳게 믿어줘서 고맙고, 작업의 모든 단계에서 충실한 조언과 격려를 해주어 고맙다. 버네사 미칼리, 레이철 무라스키, 에번 프리코, 엘리 해리스, 여러분의 통찰력과 지지와 우정에 고마움을 표한다. 에릭 레비, 당신이 없었다면 제안서도 쓰지 못했을 것이다. 샬럿 리바와 소피 스마이어, 두 사람의 의견이 얼마나 큰 즐거움과 도움을 주었는지 상상하지 못할 것이다. 맨디 해리스, 내 원고를 세상에 내보낼 수 있도록 준비해주어 고맙다. 미아 놀팅, 정식으로 고용되기도 전에 이 책에 많은 에너지를 할애해줘서 정말 고맙다. 내 제일 친한 친구 어맨다 크램프, 고등학교 시절 내 공범자가 되어주어 고맙다. 우리가 그 버스 정류장에서 만났다는 것이 정말 기쁘다.

초등학교부터 대학원을 마칠 때까지 나를 가르쳐줬던 모든 선생님에게 감사하다. 모두 열과 성을 다하는, 멋진 선생님이었다. 특히 조지 헤가티, 루스 색스턴 박사, 이윤 리에게 감사한다. 그리고 캐서린 라이스, 아동문학에 대해 알려주어서 감사하고, 이 책에 값진 의견과 격려를 보내주어 감사하다. 그리고 이사벨, 첫 번째 팬레터를 써줘서 고맙다.

마지막으로, 크리스틴 스트로블에게. 모든 초고의 모든 단어를 샅샅이 읽어주고 울어야 할 곳에서 울어주어 고맙다. 무엇보다도, 나를 이렇게 행복하게 해주어 고맙다. 당신 없이는 불가능했을 것이다.

작가의 말

"내가 슬퍼할 일은 아니지."

라고 그때는 말했다.

하지만 그것은 틀린 말이었다.

내가 고등학교 신입생이었을 때, 한 남자애를 만났다.

미술 시간이 되면, 우리는 나란히 이젤을 놓고 서 있었다. 옷이 더러워지지 않도록 작업복을 덧입었고, 손가락에는 붓이 끼워져 있었고, 손과 팔에는 물감 방울이 튀어 있었다. 둘 다 이어폰을 끼고 있었는데, 옆쪽의 스툴 위에는 투박한 디스크맨이 놓여있었다. 선생님이 무언가 이야기를 시작했고, 우리는 듣고 있던 노래를 정지했다.

정확히 무슨 말을 했는지는 기억나지 않는다. 아마 중요한 이야기는 아니었던 것 같다. 그런데 선생님이 이야기를 끝내자, 옆자리의 남자애가 내 쪽으로 몸을 틀었다.

"네 그림 좋다."

나는 내 공들인 선들을 바라보았고, 그 애의 거침없고 알록달록한 색채들을 보았다.

"난 네 그림이 좋은데."

우리는 마주 보며 미소 지었다.

난 참 수줍음이 많았다. 그 애는 부드럽고 친절했다. 우리는 각자의 음악을 재생했고, 계속 그림을 그렸다. 조용히, 나란히 서서.

처음부터 다시 시작해야겠다.

내가 고등학교 신입생이었을 때, 한 남자애를 만났다. 이름은 스콧이었다.

그 애는 호리호리한 몸에 반짝이는 까만 머리카락, 도톰한 입술, 커다란 갈색 눈이 귀여웠다. 그 애의 성 첫 글자와 나의 성 첫 글자는 알파벳 순서가 엇비슷해서 우리는 종종 같이 앉게 되었고, 나는 그것이 달가웠다.

다른 아이들과 마찬가지로 우리도 아침이면 학교에 왔다. 필기를 하고 연극 리허설을 하고 그림을 그리고 시험 대비로 벼락치기를 하고 운동장을 돌았다. 우리는 성장의 비기를 알아내려고 최선을 다했지만, 겨우 열네 살이었으니 주어진 시간은 많았다.

하루는 스콧이 미술 시간에 나를 보고 웃으며 말하기를, "네 그림 좋다." 그리고 나의 답은, "난 네 그림이 좋은데." 그다음에 우리는 각자의 디스크맨 재생 버튼을 눌렀고, 나란히 서서 자기만의 세상 속에서 남은 시간을 보냈다.

우리는, 우리 200명은 전부 고등학교 신입생이었다. 우리는 졸업반 선배들이 자기들끼리 모여 앉아 햇볕을 쬐고 있는 모습을 훔쳐보곤 했다. 널빤지 같은 식당 피자를 먹고 체리 맛 캔 콜라를 마셨다. 쪽지를 주고받았다. 가십을 주고받고 서로를 위로했다. 사랑의 아픔을 느꼈고, 처음으로 입술과 입술이 맞닿는 힘을 느꼈다. 화장실 칸막이 속에서 울었다. 깔깔 웃었다. 누군가가 우리를 알아주기를 바랐다. 우리가 틀렸을까 봐 걱정했다. 수학 시간에 연필을 깎고 탈의실에서 옷을 갈아입고 버스 정류장에서 기다렸다.

우리는 이 모든 것을 매일 같이 반복했다. 그러던 어느 3월의 아침, 스콧이 죽었다는 소식을 들었다.

"어젯밤에 자살했대."

누가 그 말을 했는지는 기억나지 않는다. 나는 제일 친한 친구와 함께 학교로 가는 버스에 앉아 있었다. 다들 스콧에 관해 이야기하는 중이었지만, 우리 둘은 조용히 있었다. "농담 같은데."라고 내가 친구에게 말했다.

친구는 아무 대꾸도 하지 않았다.

우리는 학교에 도착했고 스콧은 없었다. 그 후로 스콧의 얼굴을 보게 된 것은 그의 장례식에서, 다른 사람들과 함께 앞으로 나가 관 속에 있는 스콧을 봤을 때였다. 그전에는 장례식에 가 본 적이 없어서 관 속을 보는 것이 선택이라는 사실을 몰랐다. 그때 그것을 *알았더라면*, 스콧을 보는 대신 그냥 자리에 앉아 눈을 감고 옆자리에 앉아 있던 그 애가 내게 보여줬던 미소를, 그 친절하고 환한 미소를 떠올렸을 것이다.

하지만 버스에 앉아 있던 그날 아침의 나는 이런 것에 대해 몰랐다. 우리는 학교에 도착했고, 스콧을 보고 싶었던 나는 계속 교정을 둘러보며 스콧의 까만 머리를 찾았다. 학교에서 공식적인 알림을 전했던 것이 언제였는지, 그전부터 소문이 기정사실로 굳어졌던 것인지 기억나지 않는다.

실제로 기억하는 것은, 같은 날 수학 시간에 있었던 일이다. 선생님은 쉰 목소리와 애원하는 듯한 얼굴로 전날 배웠던 것에서 진도를 이어가고 있었다. 그런데 우리 중 하나가 울음을 터뜨렸다. 그리고 또 다른 애도. 그리고 점점 더 많은 아이들이 울기 시작했다. 결국, 선생님은 책상에서 티슈 상자를 꺼내놓고, 시간이 필요한 사람은 밖에 나가도 좋다고 했다. 그래서 나까지 일곱 명쯤이 밖으로 나갔다. 다들 울고 있었고 무슨 말을 해야 할지 몰랐다. 복도에 함께 앉아 서로에게 티슈 상자를 건넸다.

우리의 침묵을, 평화로운 침묵이 아닌 공포에 질린 침묵을 기억한다. 우리에게는 무슨 일이 일어났는지 이야기하기에 적당한 언어가 없었던 것이다. 침묵의 눈물과 침묵의 점심시간. 침묵의 산책과 침묵의 수업. 침묵과 공포와 무겁고 진한 슬픔.

우리는 함께 어른이 될 줄 알았는데.

내가 고등학교 신입생이었을 때 나는 스콧의 장례식에 갔다. 관에 눕혀놓은 스콧을 보았다. 그 애의 어머니는 울부짖었고, 나는 귀를 막고 싶었다.

내가 고등학교 10학년이었을 때 내 제일 친한 친구와 나는 더 이상 버스를 타지 않기로 했다. 우리는 아직 어두울 때 잠에서 깨어 함께 쇼핑몰로 걸어갔고, 가장 좋아하는 다이너 자리에 앉아 아침으로 해시 브라운과 치즈케이크를 나눠 먹었다.

내가 고등학교 11학년이었을 때 나와 친한 친구들은 프롬*에 가기에는 너무 반항아들이라 그 대신 다 같이 저녁을 먹으러 갔고 밤이 어두워진 후에도 거리를 배회했다. 아무 이유도 없이 근사하게 옷을 차려입고.

내가 고등학교 12학년이었을 때 나는 어린 시절도 막바지에 다다랐다는 것을 깨달았다. 우리는 밑이 해진 청바지와 여름 원피스를 입고 햇볕이 쨍쨍한 졸업반 자리에 앉아 있었다. 함께 졸업반 파티에 갔다

*** 고등학교에서 열리는 댄스파티.**

가, 그다음에는 에너지 넘치는 친구들 여럿과 바닷가 별장에서 밤을 보냈다. 칠흑 같은 밤하늘과 별빛 아래서 부서지는 파도와 모래 위를 맨발로 걸어 다녔고, 나는 우리의 삶이 바뀌고 있음을 느꼈다.

영어 선생님이 졸업식 연설을 써보라고 해서 썼다. 나는 여전히 수줍음이 많아 수업 시간에 발표할 때도 목소리가 떨렸지만, 그래도 무대 위로 올라가 모든 학생과 그들의 가족이 보는 앞에서 우리가 얼마나 오랫동안 알고 지냈는지에 대해 이야기했다. 그들이 내게 얼마나 의미 있는 존재인지에 대해 이야기했다. 대부분은 별로 친한 사이가 아니었지만. 또, 어린 시절을 공유함으로써 얻게 되는 유대감에 관해 이야기했다. 내 이야기는 진심을 담은 것이었고, 사람들은 눈물지으며 고개를 끄덕였고, 스콧은 우리 옆에 없었다.

스콧이 죽고 이십 년이 넘는 시간이 흘렀다. 그때 우리는 이제 막 십 대가 된, 정말 어린 아이였다. 우리가 한 번도 통화한 적 없다는 사실은 중요하지 않다. 아주 친한 친구가 아니었다는 사실도 중요하지 않다. 중요한 점은 스콧이 이제는 이 세상에 없다는 것, 하지만 지금도 살아 있었어야 한다는 것이다. 그때는 함께했으나 지금은 없고, 우리는 스콧과 함께 하루하루를 보내지도, 같이 도서관 맞은편에서 공부하거나 경기가 끝난 후 늦게까지 어슬렁거리거나 졸업앨범에 4년 동안의 추억에 대한 메모를 남기지도 못했다. 별빛 아래 함께 서 있지도, 졸업식에서 함께 무대를 걸어가지도 못했고, 함께 혹은 따로 걷게 될 새로운 인생의 길목에서 그 애를 꼭 안아주고 작별인사할 기회도 없었다.

우리가 고향에서 도망쳐 살아가는 종류의 사람일지라도, 어린 시절의 친구와 연락하지 않고 동창회 따위는 꿈도 꾸지 않는 사람일지라도, 우리는 함께 자란 아이들에 의해 형성된다. 스콧은, 내가 그 애를 알고 지낸 아주 잠깐의 시간 동안, 나를 더 좋은 사람으로 변화시켰다. 그리고 죽음으로써 내게 상실의 슬픔이 무엇인지 알려주었다.

그 애의 관이 지하로 내려가는 모습은 절대 잊지 못할 것이다. 그 애 어머니의 울음소리, 이 소설에서는 잉그리드 어머니의 울음소리인 그것을 결코 잊지 못할 것이다. 어떻게 그 소리를 잊을 수 있을지, 알 수 없었다.

어쩌면 이 책을 쓴 것은 그것을 알아내기 위해서였을까.

내가 독자에게 가장 많이 받는 질문은 다음과 같다. "어떤 영감을 받아 이 소설을 쓰게 되었나요?" 가끔은 조금 다르게, 이런 식으로 표현되기도 한다. "어디서 아이디어를 얻지요?"

지난 10년 동안 《우리가 있던 자리에》에 대한 질문을 받았고, 내가 했던 답변은 모두 사실이다. 나는 우정의 시작과 끝, 밀물과 썰물에 관해 이야기했다. 전에 고등학교 사진 과목 교사로 일했던 나의 어머니가 보여줬던 한 학생의 사진에 관해서도. 그 사진에는 상체의 연약한 피부에 *못생겼어, 뚱뚱해, 멍청해*라는 단어를 새긴 여자아이가 있었다. 샌프란시스코의 자그마한 교외 지역에서 다른 장소를 꿈꾸며 보냈던 고통스러운 성장기에 관해 이야기했다. 스콧에 대해서도, 그 애가 열네 살 때 자살했다는 것도 이야기했다. 독자의 질문에 대답할 때는 스콧의 이름을 언급하지는 않았고, 대답 맨 앞에 "그 애는 제일 친한 친구는 아니었어요, 잘 아는 사이는 아니었죠."라고 서두를 붙였다. 내게 스콧의 죽음에 관해 이야기할 권리가 없다는 듯이. 그 죽음이 나를 상실감으로 채운 건 이상한 일이었다는 듯이.

"내가 슬퍼할 일은 아니지."라고 그때는 말했다.

그렇지만 그건 내가 슬퍼할 일이었다.

스콧은 내 가족이 아니었고 심지어 친한 친구도 아니었지만, 충격과 혼란과 상실감은 우리 모두의 것이었다. 우리 모두 자기만의 고통과 트라우마와 상처를 끌어안고 살아간다. 그것들을 전시하거나, 누구의 고통이 더 큰지 재봐서 얻을 것은 없다. 하지만 그것들을 공유하는 행위로는 얻을 것이 *많다*. 그 공유가 어떤 형식을 택하든, 얼마나 지저분하거나 어렵든 상관없고, 공유하는 과정에서 내겐 그럴 자격이 없다고 느끼거나 다른 사람을 의식하게 되거나 자신이 초라하게 느껴져도 상관없다. 과거에는 스콧네 가족의 사생활을 보호하고 스콧에 대한 기억에 손상을 입히지 않으려고 그 애의 이름을 숨겼지만, 지금은 다르게 생각한다.

이제 우리는 모두 어른이 되었다, 스콧만 빼고. 이 글이 출간될 때쯤 나는 서른여섯 살이 될 것이다. 스콧도 서른여섯 살이 될 수 있었다. 인터넷에서 스콧을 검색해봐도 아무것도 나오지 않지만, 내 신입생 시절 앨범을 펴보니 마지막 페이지에 스콧의 사진이 있다. 과거에 박제된 채, 밑에 출생과 사망 일자를 매달고.

내가 스콧에 대해 아는 얼마 안 되는 것들을, 여러분도 알았으면 좋겠다. 스콧에 대한 가장 생생한 기억—아주 보잘것없고 난데없는 기억이라 해도—을 나누고 싶다.

나란히 놓인 이젤, 붓과 물감이 튄 손.

나의 공들인 선, 스콧의 알록달록한 색.

까만 머리칼과 갈색 눈과 미소.

친절한 몇 마디 말.

그렇게 많은 시간이 흐른 지금도, 갑자기 스콧이 떠올라 그 애가 신입생 시절을 잘 살아냈다면 지금쯤 어떤 삶을 살고 있을까 생각해볼 때가 있다.

나는 고등학생이었고 자라서 이 소설을 쓰게 되었다.

나는 이 책을 숨 가쁠 정도로 완전히 몰두해서 썼고, 절망감으로 썼고, 두려움으로 썼고, 사랑으로 썼다. 이제 여러분에게, 읽어주어 고맙다는 말을 하고 싶다. 말로 표현할 수 있는 것 이상으로 의미깊은 일이다. 이 이야기는 비극에 관한 것이기는 하지만, 이야기의 심장에는 희망, 그리고 비극을 딛고 일어서는 회복력이 자리하고 있다. 그 심장이 당신을 위해 크고 또렷하게 고동치기를, 이토록 고통스러운 삶이라도 함께 살아갈 만한 가치가 있음을 알려줄 수 있기를 바란다.

여러분 중 스콧처럼, 잉그리드처럼 힘들어하는 사람이 있다면, 내면에 있는 힘을 끌어내어—당신은 그 힘이 사라졌다고 생각할지 몰라도, 나는 그 힘이 남아 있음을 안다—신뢰하는 사람에게 도움을 요청했으면 좋겠다. 주변에 적당한 사람이 없다면, 다음 장을 펼쳐 당신을 도와주려고 대기 중인 사람들에게 기댈 수 있기를 바란다. '도와줘'라며 손을 내미는 것이 가장 용감한 행동이 될 때가 많다. 당신의 고통을 숨기지 않았으면 좋겠다.

당신에게는 얼굴을 비추는 햇볕을 만끽하며 졸업반 자리에 앉아 있을 자격이 있다.

당신에게는 변화를 앞둔 인생의 경이를 느낄 자격이 있다.

당신에게는 자신의 절망에서 의미 있는 것을 창조해낼 자격이 있다.

용기와 타인의 도움을 통해서, 당신은 이것들을 해낼 것이다.

그리고 그것은 아주 행복한 일이 될 것이다.

니나 라쿠르

2019

자살 충동이 느껴지거나 위기 상황을 겪고 있다면,

당신을 도와주려는 사람들이 있다는 걸 기억할 것.

지금 당장 전화하거나 문자를 보내면 된다.

〈전국 자살예방 상담전화〉
1393

〈정신건강위기상담전화〉
1577-0199

〈청소년상담〉
1388 / 110
* 휴대전화일 경우 지역번호+1388(110)

문자#1388
카카오톡 #1388과 친구맺기 후 상담실시

Hold Still
by Nina LaCour
First published in the United States of America by Dutton Books, a member of penguin Group (USA) Inc., 2009
Published by Penguin Books, an imprint of Penguin Random House LLC, 2019

초판 1쇄 발행일 2021년 5월 13일
초판 2쇄 발행일 2021년 12월 27일

글 니나 라쿠르
그림 미아 놀팅
표지 그림 애덤스 커발로
옮긴이 임슬애
펴낸곳 든
출판등록 406-2019-000010호
주소 (10881) 경기도 파주시 문발로 119, 202호
메일 deunbooks@naver.com
블로그 blog.naver.com/deunbooks
인스타그램 www.instagram.com/deunbooks
ISBN 979-11-974614-0-8 03840
값 16,000원

잘못된 책은 구입한 곳에서 교환해드립니다.